从故乡出发的温暖

秦益辉　著

北方文艺出版社

·哈尔滨·

图书在版编目（CIP）数据

从故乡出发的温暖 / 秦益辉著. –– 哈尔滨：北方
文艺出版社, 2025. 3. –– ISBN 978-7-5317-6534-9

Ⅰ . I267

中国国家版本馆CIP数据核字第202586LR41号

从 故 乡 出 发 的 温 暖

CONG GUXIANG CHUFA DE WENNUAN

作　者 / 秦益辉

责任编辑 / 富翔强　　　　　　　　　　封面设计 / 吉建芳

出版发行 / 北方文艺出版社　　　　　　邮　编 / 150008
发行电话 / （0451）86825533　　　　　经　销 / 新华书店
地　址 / 哈尔滨市南岗区宣庆小区 1 号楼　网　址 / www.bfwy.com

印　刷 / 三河市中晟雅豪印务有限公司　　开　本 / 710毫米 × 1000毫米　1/16
字　数 / 150 千　　　　　　　　　　　　印　张 / 18.5
版　次 / 2025 年 3 月第 1 版　　　　　　印　次 / 2025 年 3 月第 1 次印刷

书　号 / ISBN 978-7-5317-6534-9　　　　定　价 / 89.80 元

序　言

益辉是个热气腾腾的人。在她的世界里，有的就是真善美，有的就是想说就说，想做就做。无论是写作还是教学，她都给人以一种"拼命三娘"的感觉。

来"金手指写作坊"近十年，她也算是非常努力的一位，陆陆续续地发表了数十篇文章。她始终保持低姿态，小草一般，倔强而顽强地生长。

她心底的座右铭是："教书育人，兢兢业业；读书写字，养心怡情。"

春节之际，她和夫君回来一次，我们匆匆地见了一面，并不隆重地吃了一顿饭。时间太紧迫，可即便是在如此紧迫的时间里，她依然坚持晨跑。第二天早上，在我家后面的仙洞山公园，看见她大汗淋漓地跑步。我想，多年来她一直坚持跑步，对她有很大的影响。她对一切都保持了昂扬向上的态度，包括在学校里，也是被同事们认可的教学标兵。

前几日，她和我说了出版一本散文集的愿望，对此我是大力支持的。她把整理好的书稿发给我，嘱我给她写个序，我想，无论从师生关系，还是私人友谊方面，都是责无旁贷的事情，况且，向社会推介真善美的事物，本就是一位作家的义务。

翻阅完整部书稿，感受颇深。与其说这是一部散文集，不如说是来自一位教师的心灵史和生活史。烟火气和正能量，使这本书热气腾腾，正如她的人。

朴实无华，没有刻意写作的痕迹，更没有炫技，这样的书写或许文学性差了一点儿，但我觉得文字的"钙质"更足，就像从地里冒出来的蒲公英，顽强、质朴。这些特点我们从几个专辑的名字便可初见端倪——"故乡温暖·富养灵魂""人间烟火·最抚凡心""慢享生命·静待花开""身放闲处·心在静中""清欢拾光·青绿染心""成长不易·成长不已"。应该说，这些小专辑的设置，还是颇为用心的，在我们如履平地的平静、温馨的阅读中，时不时地突出一个小山峰，站在这山峰上一饱眼福，见识那些与众不同的风景。

她写故乡的植物，饱蘸着浓浓的情感。在她看来，那些植物亲切无比，每一种都闪着光，与她的心进行一种呼应。

她写故乡的各种美食，生动而真实，读起来不禁令人垂涎，仿佛它们此刻就呈现于你嘴边，迫不及待地想吃上一口。

当初在QQ上相识，聊天后知道了她的夫家就在七台河，她对七台河有着极大的热忱。所以，她笔下的"故乡"，有她的出生地，也有七台河。

她是性情中人，唯有这个性子的人，才适合写散文。也正因为如此，故乡的味道，那些牵动人心的事物，总是不自觉地从她的笔尖儿缓缓流出——

"一把一把的山上柴，从故乡出发，一程一程，马不停蹄地蔓延，路经我们生命中的每一个暗夜，每一个寒冬。

那样的暗夜，不凉；那样的寒冬，尚暖。"（选自《从故乡出发的温暖》）

"父亲立在天地间，站在田垄上，像一棵棵行走的秧苗，走到哪里就扎根在哪里。那甩动的锄头，坚硬得像父辈们的筋骨，在希望的田野上，在荒坡山野，一锄一锄开垦出生命的绿地。"（选自《开耕：村庄里直抵人生四季的吆喝》）

这样的句子就像蓄满泪水的手帕，读起来沉甸甸的，给人一种踏实感、触动感。

也有平凡日子里的感悟：

"贫穷并不可怕，可怕的是你被贫穷怕住了。果实如果害怕阳光，永远不会成熟；蝴蝶如果害怕蜕变，永远不能翩翩起舞；雄鹰如果害怕高空，永远不能展翅蓝天；蚌如果害怕磨砺，永远不能产生珍珠。

克服一个又一个困难，实现一个又一个愿望，才会有珍珠的璀璨，才会有一个个好日子的烈焰。"（选自《把贫穷磨砺成珍珠》）

还有她记录的生活中的"善"和"美"——"一拨一拨的好人撑起了世界的辽阔，一颗一颗的善心点亮了人间的大爱之灯。"

也有对孩子教育方面的感悟："花，催不开，果，要等待才熟。让孩子在成长的时间里，多一点伫立，也许就多了一些思考，多了一分成长。"（选自《别催促一朵花去绽放》）

还有她在教学中的真实经历，与孩子们互动的点点滴滴，无不充盈着真挚与爱。对待学生们，她时而如母亲百般叮咛，时而如智者循循善诱，时而如好友袒露心扉，与孩子们打成一片，俨然一个"孩子头儿"。这样的教育方式也使得孩子们非常喜欢她，孩子们以学为乐，成绩自然也好。

总之，这是一本自我疗愈之书，是她写给自己的，也是想呈献给世界的。尽管在书写上还存在一些不足，但这份热忱，已足够在她的生命中燃起一把理想之火。

这是她的第一本个人散文集，但我相信，这绝不会是最后一本。这只是开始，期待她在今后的写作中，为我们呈现更多的热忱与能量。

是为序。

朱成玉

（中国作家协会会员、中高考热点作家、教育部语文课题组专家）

目 录

第二辑：人间烟火·最抚凡心

第三辑：慢享生命·静待花开

第四辑：身放闲处·心在静中

第五辑：清欢拾光·青绿染心

第六辑：成长不易·成长不已

第一辑：故乡温暖·富养灵魂

从故乡出发的温暖

骨子里喜欢这样的秋季天气，一切都刚刚好的样子，大地像母亲铺好的床，暖意融融，让儿时的记忆一股脑儿涌出来。

晚秋的空气很干燥，是上山捡柴的最好时机。每逢双休，我们几个便会拿上竹耙，背着竹篓一路蹦蹦跳跳地入林。一般情况下，我们并不会把所有的时光都搭在捡柴上。大把的时光是用来嬉戏玩耍的，待到快回家时，我们的篓子一般都还是空的，不过没有关系，树下堆满了落叶、松针，三下五除二，几耙子就能装满一篓子。

我们一般捡拾的都是枯枝落叶，即使装满了一篓子也是很轻的，不耐烧。最耐烧的是油茶树枝，砍下的树枝经过一两个月的晾晒，到寒冬大雪的时候，可以拿来烧火取暖。一般母亲只要挑上两个晴天就能备好寒冬所需的柴火，我们的柴火房从来没有断过柴，一年四季都满满的。

拾捡山柴是乡下农人为寒冬准备的第一份温暖，多了才能聚烧成火。寒冷的冬天，油茶枝烧尽的灰，可以引火，进而一天都不会灭。引火只要少部分，这个时候，母亲会物尽其用，把它们取一部分扒出来放到一个类似茶壶的器皿里，盖上盖子，就会成为火子。树木不充分燃烧形成炭，火子是树木充分燃烧但未化成灰之前不给氧形成的。吃火锅的时候，在炉子里铺上一层火子，同样管用，最重要的是为我们清贫的生活节省了一笔买炭的钱。

剩下的灰火力还很足，母亲会先把灰扒到两旁，根据火力情况放上大小不一的地瓜，和上灰。母亲总能适时地拿出地瓜，拍拍灰，之后上下捏捏，再用刀切成两半，用筷子挑上一小块猪油，看白白的猪油一层层融化，黄澄澄的地瓜更诱人了，"好了，熟了，拿去吃吧！"我们接过热气腾腾的地瓜，先是猛猛一吸气，深深一嗅，油润的地瓜香沁人心脾，再用勺子一口一口地送入嘴中，热乎、软滑的地瓜挑逗着味觉，唇齿留香。类似地瓜的土豆、毛芋等都可以煨。有时候母亲会为我们煨鸡蛋，煨鸡蛋很有讲究，先用蘸了水的报纸多层裹住鸡蛋，再放进火堆，这样鸡蛋不会炸裂。鸡蛋是最好吃的，剥掉焦黄的壳，散发的蛋香，香气袭人，令人垂涎三尺。但在那个时代，除了肉和鱼，鸡蛋是农家餐桌上的第三种荤菜，加上煨鸡蛋煨不好会炸裂，容易造成浪费，所以煨地瓜和土豆还有毛芋的时候居多。

山柴烧出的米饭特别香，尤其是锅巴，打完米饭后，母亲会再填把山柴，热锅以后，让猪油在锅边走一圈，融化的油顺着锅边慢慢浸入，一粒粒米都均匀地铺开在锅巴上，烘烤粘连着，铲起来一小块对折，入嘴香脆香酥。如果在夏天，锅巴和米汤融合，可以熬成锅巴粥，柴火的香味和着米饭的轻微糊香，依个人口味，可以加糖、盐，也可原味，我喜欢原味。如果是双抢季节，在一天的辛苦劳作后，咸菜就着这原汁原味的一碗锅巴粥，能彻底驱走一天的劳累，暖胃暖心，那是记忆中永远的味道。那灶膛的灰、火温热了农村没有零食的日子，温暖了童年记忆。

怕寒冬，更怕寒冬熬夜温书习字。母亲知道我怕冷，特意为我准备了一个烤火盆，读着弥漫墨香的文字，听着柴火发出的细微"噼啪"声，心生温暖，神清气爽，拼劲儿十足，脑海里无数次憧憬着胜利欢呼的场景。所以，灯下伏案入眠的时候也很多。一开始母亲还会喊醒我脱衣入睡，时间久了，母亲也不喊我，而是半夜轻轻起来，每每那时，我总是佯睡，看灯下，母亲一枝一枝为我添柴，看那蹿老高的火苗"呲"得母亲身子轻轻往后一仰，火盆里的光把母亲的身影贴到墙上。如今忆起，温暖依旧！

那些燃烧在记忆中的柴火，平平淡淡却又浓浓烈烈！

现在都是天然气烧饭，但那斯斯文文吐出的火苗，终究比不上山上柴在灶膛里的"吱呀噼啪"，甚至火苗成串往外喷，喷出的小火能烧掉刘海儿，甚至眉毛，特别干净利落。一把一把的山柴，从故乡出发，一程一程，马不停蹄地蔓延，路经我们生命中的每一个暗夜，每一个寒冬。

那样的暗夜，不凉；那样的寒冬，尚暖。

乡野一抹红

乡村山野，清明节后，满含童年味道的乌泡子便会闪亮登场，它们像一个个散落在山间、地头、路边的红色小灯笼，憨厚可爱又红亮得诱人嘴馋。

乌泡子，又称刺范、山莓、树莓等，是我们最喜欢的野果之一，属于带刺灌木植物，高度多在1—3米之间，果实由许多饱满的红色的小颗粒簇拥着紧贴在果核上而成，呈椭圆形，头扁圆，蒂部大且托着两片小叶芽。向阳的山坡、山谷、荒地、溪边和灌木潮湿处，果实往往长得特别大，最大的有拇指粗。成熟的果子一般呈深红色，味甘。它们与鲁迅笔下的覆盆子不一样，覆盆子是可以完整剥落下来的，而乌泡子不能，只能和果核一起吃下去，但是并不影响口感。

最近一次品尝乌泡子也是三年前了。

那年"五一"劳动节，电话里得知，叔叔身体不适，便决定回家看看。电话里不经意地问了句："妈妈，家里的乌泡子红了吗？"就这么一问，没想到母亲在料理好叔叔的丧事之后，特意到山里采摘了一回。那天，妈妈端了一杯乌泡子出来，说是她和堂弟大卫搭梯子在屋后摘的。时隔十几年，真的大快朵颐了一把，还是记忆中的味道。儿时，时令水果虽少，但能干的母亲总能让我们尝到各种现在看来绝对是绿色环保的野果。阳光朗照的日子里，母亲洗衣服回来都不空手，会用衣服角包上满满一兜乌泡子回来，用盆打水，加点儿盐，乌泡子一泡，红红的肚子上顶个小绿帽，煞是美丽，说令人垂涎欲滴一点儿都不夸张。

有时候，我也自己去摘，屋后无人打理的茶园就是最好的寻觅处。生长乌泡子的带刺植物一般是高植株或者丛生的，好在一株上有好多粒，我们躲过满是刺儿的树枝，踮起脚尖轻轻拉下刺条，手掌朝上，用大拇指和食指轻轻捏住，再小心地折下，一个个小小的"红灯笼"便翻滚在手掌心了，我们总是迫不及待地就往嘴巴里送，根本顾不上还没有洗呢！边摘边吃，边吃边摘，口舌生津，唇齿之间溢满了香甜的滋味，满足得很。吃够了就放塑料袋里，带回家一起品尝。

乌泡子有刺藤，被刺到会很疼的，有时看着母亲凝固的血痕也觉得吃得心疼心酸。另外树又高，加上又是蛇出没的季节，所以我总是摘不到大颗的，而记忆中又大又红又甜的乌泡子定是母亲摘的……

乌泡子有"黄金水果"的美誉，果实酸甜可口、营养丰富，各种成分易被人体吸收，还有补肝益肾、明目乌发的功效。另外，用其叶制成的茶还有调经养颜，以及收敛止血的效果。需要注意的是，野生山莓虽然绿色无污染，但要留意周围的环境是否有污染，是否有啄食过的痕迹，稻田边要注意是否喷洒过农药。所以，还是山里的相对安全，但是山里的会有小虫子附着在上面，安全起见，最好是拿回家用盐水或者清水清洗干净以后再吃。

山里的野果，是大自然的馈赠，是乡村孩子的美味，散在四季里，饱蘸了浓浓乡情。路边一点红，挂在刺丛中，长满一路，果虽小，但很多，多得伸手可摘，鲜红在记忆里，甜甜的，美美的，多像牵挂人的眼，明亮动人又满含泪光。

"大人走过要跌绊，小人走过不肯息……"我们唱过的儿歌在乡村回荡。我相信，无论过去多少年，乌泡子依然是记忆中香甜一路的美味！

植物燕窝

说到桃花，自然离不开美人和爱情，而今天我要说的却是一道与之有关的乡野乡味——桃油。

桃油，是桃树枝干肿胀部位或者被划破的地方流出的淡红色、黄色透明的胶状体，黏在枝干表皮，顺着光看，有种晶莹剔透之感，煞是惹人喜爱。捏在手里，软软的，滑嫩舒适！远远望去，像是树干的点点凸起，像朵小花，又像一颗颗软糖！诱惑呀！

母亲说桃油其实是桃花的眼泪！特别是下雨天或者树受伤后，桃油量就特别多！小时候，刚入初夏，下雨天之前，我们就会去桃树底下摘桃油吃，用我们的话说就是"下雨天，雨打桃树，桃树伤心流泪了！"

往往，那段时间，雨后，桃油便会出现在我们的餐桌上。

母亲只负责烧，我们负责取食材。我们会在母亲不注意之际，拿着大盆，类似于现在煮火锅的盆子，不锈钢的，一溜烟地冲到桃树下，因为母亲总叫我们打伞或者雨停后去摘，我们却觉着与透过桃树后的雨亲密接触确实是摘桃油最好的享受。还有就是桃根处铺着一层掉下的桃油，很美，我们常会一大把一大把地抓起来，打"桃油战"，你扔我，我扔你，可有意思了！这时还可以听得到雨打桃树的滴答滴答声，可以听得到哥哥或者弟弟被雨浇到后的尖叫声，因为桃油滑溜，踩上去极易滑倒，所以时不时还有我滑倒之后，屁股与大地扎扎实实的撞击声，哥哥弟弟的笑声……小小的桃树下，就这样热闹开了！

接下来是清洗，因为桃油里有干枯树皮渣，为了不影响口感，要很细心地挑除。滤水备用。

记忆中桃油的做法很简单。母亲先用油烧锅，再把桃油倒进去，"哧哧——哧哧"桃油便舞蹈起来。翻炒一段时间之后，就是加入农家独有的配料——剁辣椒！黄得剔透的桃油应和着红红的辣椒，单从颜色上看就很鲜美，最主要的是此时桃油的清香和剁辣椒的淡淡酸香一起弥漫整个厨房，令人直吞口水！

母亲说桃油要久煮一会儿，熟透才能被吸收，不伤肚子！我们总在它们没有上餐桌前就喝上几碗，浅浅的酸味，如果冻般透明，细细品之，桃木清香依旧未退，一口下去，鲜嫩滑爽，直到胃底……

每次煮桃油母亲都会熬一大锅，因为桃油不像蔬菜随处随时都有！但是还有一种方法就是趁大太阳天，摘收桃油，晒干后储存，到想吃的时候，用清水浸泡十多个小时后，泡发变软，就和下雨天直接取材一样了！只是这样的机会也不太多。因为每年秋季会有人挨家挨户地高价回收干桃油，所以从初夏和整个暑假，我们都会很有耐心地光顾桃树林，一粒粒地摘下，靠着它们本身的黏性捏成团，放到阳台上自然烘晒干，凝进了太阳光的桃油更香气扑鼻，香气里绽放着我们用钱换得零食之后的所有满足，我们自然舍不得多吃桃油！

直到那次同事说我孩子正长身体，送一些"植物燕窝"补补后才知道，桃油就是她所说的桃胶，桃胶有"植物燕窝"之美称！

百度得知，桃胶是桃树分泌出来的树脂，又名桃油、桃脂、桃花泪、桃凝等。桃胶的分泌主要是由于桃树干受损或者被真菌感染产生，特别是雨后，真菌随雨水扩散，树体流胶点增多，病情逐渐严重，所以雨天桃胶很多。流胶部位易腐烂，会导致树衰弱，严重时，枝干或者全株会枯死！原来桃胶的分泌利于伤口愈合，是桃树的自我防卫机制！

如今，桃胶已是价格不菲的养生营养品，"每天一碗桃胶羹，面若桃花不用妆"！除了美颜，还养胃……

但不知为何，现在品这道乡味时，总觉得愧疚至极，或许因为最终才读懂母亲的那话"桃油，是桃树流的伤心之泪！"

馨香浪漫的栀子花

写关于栀子花的只言片语，无关乎风花，也不沾雪月，只顾及味蕾感觉。从春天到初夏都可以看到栀子花的白色花朵。高雅的香气令人无法忽视她的存在，即使在山间。

《本草纲目》记载："栀子，叶如兔耳，浓而深绿，春荣秋瘁。"入夏开花之时，为了解馋，我们便会踏入深山，摘取栀子花。野生栀子，叶子呈革质，表面翠绿有光泽，很像幸福树叶子的表面。野生栀子花是单层花瓣，一般六七瓣。中间是花蕊，有的蕊须紧贴花瓣中间。栀子树的叶是常年在风霜雪雨中翠绿不凋的。

读书那会儿放学早的时候，我们会进山采摘。栀子花也是成片成群地长着的。白色的花朵盛开在绿叶之间，赏心悦目，总会诱惑着我们，驻足欣赏，感叹自然的奇妙和匠心独运。每一朵栀子花都像是一个精灵，优雅迷人，在自己的空间里从冬季开始孕育花苞，直到近夏至才绽放，吐露芬芳！

采回来的栀子花先要去蕊须，最好把花朵分成两半，防止藏匿着小虫之类的；接着是放到开水里面焯一下，去掉涩涩的味道；第三步是把焯后的栀子花放到冷水里泡着，直到炒的时候拿出来。这只是准备食材的过程。

栀子花一般炒着吃，根据个人口味，可以加肉末等。先放油、配料等炸锅，接着拧干栀子花，散开，虽没有了山间的洁白，但是淡淡的香气还在的，把它们倒入油锅中，它们丝毫没有退缩，"哧哧，哧哧"声，声声入耳，跟随着锅铲，不断变换着旋律，在最美的时刻翻转出赴汤蹈火的轨迹。出锅后，依旧香气氤氲，很是特别。入口清脆清香，美不胜收。盘中那倔强的一丝丝，流露出满满的自豪，平静而又从容淡定。

后来得知，因栀子花多在夜里盛开，沾了月的灵气，所以栀子花给人冰清玉洁的感觉，虽然没有牡丹的娇艳，却不失荷花的妩媚，宛如小家碧玉般清秀隽永。

想起了明朝沈周的《栀子花诗》：

> 雪魄冰花凉气清，
>
> 曲栏深处艳精神。
>
> 一钩新月风牵影，
>
> 暗送娇香入画庭。

出生平淡，但是香气持久温馨，脱俗的外表下蕴含的是美丽、坚韧、醇厚的生命本质。想着每一朵花的故事，编织着多彩芬芳的生活！对生活，有最真的痴，就有最深的醉，然后，如痴如醉！浪漫清简，繁花似锦！

传说，栀子花是天上七仙女之一，她憧憬人间的美丽就下凡变为一棵花树。一位年轻的农民孑身一人，生活清贫。他在田埂边看到了这棵小树，就移回家对她百般呵护。于是，小树生机盎然开了许多洁白花朵。为了报答主人的恩情，她白天为主人洗衣做饭，晚间香飘院外。老百姓知道了，从此家家户户都养起了栀子花。

因为栀子花是仙女的化身，女人们个个都戴着她，真是花开遍地香满人间。有位贤淑优雅的清纯少女，她有个癖好就是喜欢白色的东西，从身上的衣着至家居的一切家具都是使用白色的。她是一位虔诚的信徒，经常祈求神，祈求将来能嫁给一位与她同样清纯的夫君。

在某个冬天的夜里，有人来敲门。她开门一看，竟是一位穿着白色衣着和长着白色翅膀的天使，天使对她说："我是纯洁的天使，我知道在这世界上有位可以与你匹配的纯洁男性，所以特地赶来告诉你。"并从怀里掏出一粒种子，对她说："这是一颗天国里才有的花种子，你只要将它种在盆钵里，每天浇水，第八天它就会发芽，枝叶也会慢慢地茂盛起来，而最重要的是你必须天天保持身心的纯洁，而且要每天吻它一次。"当少女还没有来得及问清花名时，天使已消失在黑夜里。

少女依照吩咐，小心地栽培这颗种子，终于看到它开出纯白典雅的花朵。算算日子也已一年了，就在这天夜里，天使又出现了，女孩高兴地述说那朵清香的美丽花朵，以及一年来的心得。天使就说："你真是位圣洁的少女，你将可以得到最清纯的男士来与你搭配成双。"说完天使的翅膀竟落了下来，变成一位英俊潇洒的美少年。他们终于配成双过上幸福快乐的日子。这纯洁、典雅、漂亮的白色花朵就是栀子花。

又到一年毕业季，《栀子花开》的旋律又在耳畔响起，清新优雅，还有沁人心脾的香和沉醉的浪漫。

把山红遍的花

映山红这个名字很好听，有一种"把山红遍"的意思，热情、响亮，很大气，做成美食，也很绚烂。

乡野孩子，总能闻到春天的气息，从来不会错过任何一场花事，从白丝丝的"萝卜花"被折回养瓶中开始，我们就在盘算下一场的花开。"老虎花"，我们不敢碰，听名生畏；野樱花最美，粉红粉红的，着实惹人爱；我们最期待的是映山花开。

（农历）人间四月，最美踏春赏花时。此时，自然生长的杜鹃花，长于林间，藏在山中，遍满山野，一簇簇、一丛丛，一树树，红了山野，似团团燃烧的火堆，又似醉汉红着脸，卧躺天地间……树枝上，一朵朵像撑开的倒立的雨伞，又像是一个个朝天的喇叭，血红的花瓣上散落些许黑点，呼应着花蕊。我们总会呼朋唤友地进山折花带回，美滋滋地插进玻璃瓶中，一日三回地看着、护着。

我们的期待不仅仅只限于赏美，而是把它们做成美食，吃进肚子里。第一步，摘映山红。这一步很简单，不过也要注意，最好保持花朵的完整，不仅仅是好看，最主要是方便清洗。第二步就是清洗。先剔除带须的花蕊，用清水洗干净，滤水后加入适量的盐，主要是杀菌。这个过程要控制好时间，半个小时左右，太长水分会全部流失，太短，起不到杀菌的作用。第三步，再用清水洗净，直至盐味尽无。拧干散开，一朵朵小花害羞地你推我搡着。第四步是加入适量的糖，拌匀，静置……待糖化开，融入水，一道清脆清新的凉拌映山红就好了，有的人不加糖，直接吃盐拌的，各有味道。

一口下去，满嘴春的气息，升腾开来，沁人心脾，连吃几盘仍意犹未尽。在一旁的奶奶总会眯着眼睛说："吃吧，多吃点儿，吃完你们再去摘，我再给你们拌！映山红能杀菌止咳呢！"那样的岁月，总是热烈的。

后来读到过"望帝春心托杜鹃"，才知道，映山红是杜鹃花的一种俗称。杜鹃花，又称山石榴、映山红，落叶灌木。全世界的杜鹃花约有900种。中国是杜鹃花分布最多的国家，约有530余种，杜鹃花种类繁多，花色绚丽，花、叶兼美，是中国十大传统名花之一，被誉为"花中西施"。

映山红还有一个美丽的传说。

相传，古代的蜀国是一个和平富庶的国家。那里土地肥沃，物产丰富，人们丰衣足食，无忧无虑，生活得十分幸福。

可是，无忧无虑的富足生活，使人们慢慢地懒惰起来。他们一天到晚，醉生梦死，纵情享乐，有时连播种的时间都忘记了。

当时蜀国的皇帝，名叫杜宇，是一个非常负责而勤勉的君王，他很爱他的百姓。看到人们乐而忘忧，他心急如焚。为了不误农时，每到春播时节，他就四处奔走，催促人们赶快播种，把握春光。

可是，如此年复一年，使人们养成了习惯，于是，杜宇不来就不播种了。

但是，杜宇积劳成疾，最终告别了他的百姓。可是他对百姓还是难以忘怀。他的灵魂化为一只小鸟，每到春天，就四处飞翔，发出声声啼叫："布谷，布谷。"直叫得嘴里流出鲜血，鲜红的血滴洒落在漫山遍野，化成一朵朵美丽的鲜花。

人们被感动了，开始学习他们的好国君杜宇，变得勤勉和负责。他们把那小鸟叫作杜鹃鸟，他们把那鲜血化成的花叫作杜鹃花。

五彩缤纷的满山红，声声入情的《映山红》，唤醒了人们对美好生活的追求，以及难以忘怀的爱国情怀，它也象征着国家的繁荣富强和人民的幸福生活。这就是我国人民热爱杜鹃的真谛。

我不知道所有的杜鹃花是不是都能吃，但是家乡山里野生的红遍山头、山坡的映山红，连同整个春天的热情和希望一起入肚以后，能更绚烂那时候的岁月。

一口口映山红吃下，心花怒放了那时的心情，也燃烧了那时岁月，热烈、绚烂，有滋有味！

绿色的有机茶片

（农历）二月的乡野，茶树抽芽长叶，随着气温的逐渐上升，一种长在树上的乡味——茶片慢慢成熟，到清明节时可以食用！

茶片是生长在油茶树上的一种果肉肥厚的嫩叶，背面带有一层光亮的透明膜，成熟的时候会脱落，未脱落时味道很涩，脱落后的茶片一般是白色的，味道很清甜，和现在市场上的莲雾果味道极像。还有一种红色的，吃起来就很涩，算未熟透。还有一种叫茶泡，像一个个小灯笼，但很少见，童年时候经常呼朋唤友去采茶片，毫不夸张地说，真有种寻山珍野味的感觉。现在回想起来，这是山野给予我们的馈赠，在零食匮乏的时代，那些美食，真的是用钱也买不到的童年美食呀！

后来慢慢知道，茶片、茶泡其实是油茶的一种病害，叫"油茶茶苞病"，也叫油茶茶饼病，是真菌侵染花芽、叶芽后分别形成的茶片或茶泡，因为它们的成长需要营养，所以某种程度上会影响到油茶的产量，大人们大多是不太喜欢这种美食的，但于我们，确实是舌尖上难以抵制的诱惑！

由于茶树耐贫瘠，无病虫害，又生长在远离城市污染的山野，不施农药、化肥，于是茶片、茶泡，以及茶子榨出来的茶油都是名副其实的"有机""绿色"食物。

茶片深居山野，远离尘嚣，长成了自己纯净的内心和洁净的外表！茶片有助于消化道的吸收，还能明目！

绿色，是现在的流行词语。绿色食品，绿色心情，绿色世界……回过头想想那段满山跑的童年时光，那时多美，多绿色！

我们的疯跑强健了体魄，我们的美食，蓄积了胃动力，我们的双眼，看到了满眼的洁净和绿色……是绝对绿色无污染的，不仅乡味绿色，更重要的是绿了双脚、眼睛，还有身心！

生性粗放的淡竹叶

小贝是我朋友圈的网红，不因为其他，就因为她那个懂事、乖巧可爱的点宝。今天看她的朋友圈，如此写道，"臭点宝昨晚还发烧，今天在家待了一天，去了一趟医院，就知道累你妈妈（嘬嘴的表情符号）"。我读出了暖暖的爱意。

小时候，我最怕生病，不是怕自己难受，主要是生病了麻烦，还让本来就很忙很累的爸爸妈妈操心牵挂，因为我家离医院远，又没有车，去趟医院真心没有现在方便。

淡竹叶，是父亲为我"抓"的治感冒的最好良方。淡竹叶是鸭跖草的别名，属一年生披散草本。其叶形为披针形至卵状披针形，叶序为互生，茎为匍匐茎，花朵顶生或腋生，花瓣上面两瓣为蓝色，小巧精致，玲珑可爱，定睛看，像一只翩翩起舞的蓝蝴蝶。

淡竹叶多为野生。山坡、林地或林缘、道旁阴凉处，多为它们的定居点。它们耐贫瘠，喜温暖湿润，耐阴亦稍耐阳，在阳光过强的环境中，则生长不良，常表现为植株低矮、分蘖力降低、叶色发干、偏黄等。它们的根系特别发达、健壮。一节一节地匍匐在地上，节上生根，枝枝节节缠绕，不顾细节，张扬恣肆地占据地盘。我家屋前的水泥坪旁是一块稻田，坪比较高，所以长的野草也比较多，加上还有一棵泡桐树遮着阴又不失光照，所以特别适合淡竹叶生长。

记忆中淡竹叶汤总是在雨天喝，并且多半是傍晚。南方的雨天，容易感冒，而且还都是一起感冒，或许就是我们说的"心有灵犀"吧，因为添加衣服之类我们是同步的，还有我们风里雨里都在一起。

每每这时候，忙碌了一天的父亲回家会为我们去"抓"药，他选择生长健壮的植株，扯出嫩叶，回家清洗，因为它们就是靠节上的根系扎根的，所以基本上没有什么泥土，只要去掉一些黄叶就好，洗好以后，父亲会把它们折成均匀的短节，直接用淡竹叶捆上，这样便于煮。淡竹叶有种说不出的味道，微苦，父亲要求我们一口一碗，我们学着父亲教给我们的方法：用力摁住鼻孔，一鼓作气一口喝下，最后只剩下一些残渣，我们把碗一倾，放下后，就去领"奖励"了——白砂糖。一口白砂糖就能填补我们所有因缺乏零食而生的遗憾。"这就叫作先苦后甜"。每次喝完，父亲总会边说边微笑地补充。甜和苦融入血液，匍匐到身体的每一个细胞里。接下来出身汗，基本上感冒就会好得差不多了。

相传，建安十九年，曹操独揽大权，在朝中威势日甚，此时刘备已取得了汉中，势力慢慢发展壮大，在诸葛亮的建议下，发兵声讨曹操。先锋即是张飞与马超。兵分二路，张飞一路兵马到巴西城后，即与曹操派来的大将张部相遇。张部智勇双全，筑寨拒敌。猛张飞急攻不下后，便指使军士在阵前骂阵。张部不理，在山寨上多置檑木炮石，坚守不战，并大吹大擂饮酒，气得张飞七窍生烟，口舌生疮，众兵士也多因骂阵而热病烦渴。

诸葛亮闻知后，便派人送来了50瓮佳酿，并嘱咐张飞依计而行。酒被抬到了阵前，张飞吩咐军士们席地而坐，打开酒瓮大碗饮酒，自己更是把瓮大饮。有细作报上山寨，张部登高一看，果然如此，遂恶狠狠地骂道："张飞欺我太甚！"传令当夜下山劫寨，结果惨败。原来张飞使的是一条"诱敌之计”，他们白天在阵前喝的不是什么"佳酿美酒"，而是孔明遣人送来的一种中药汤：淡竹叶汤，既诱张郃上当，又为张飞和众军士们解火治病。

前天，小女可心深夜高烧，我们心急如焚，驱车到医院，排队、挂号、验血、检查、喝退烧药、等待结果……凌晨三四点才退热，情况稳定下来。回家的路上，看着怀里疲倦至极的小可爱，睡态可人……"成长不易，成长不易啊！真把我吓坏了！"伊人边开车边说着……

我脑海里久久不能挥去的是父亲看着我们喝下淡竹叶水后，争着用糖压苦味的释然的微笑，暖暖的，让人落泪……

成长不易，成长不已，这是生命的本质。生性粗放、药用价值极高的淡竹叶融着浓得化不开的父母之爱，肆无忌惮地匍匐生长在我们身体的每一个细胞里。

种谷：村庄一言九鼎的承诺

记忆中的春天，是且忙碌且有条不紊地走向夏天深处的。

山坡上春意渐渐浓密起来。层层叠叠、深深浅浅、密密麻麻的绿色，铺开、泼洒在山野，各色野花，呼啦一下将要冒出来的时候，满载农民伯伯一年之希望的春耕，也将渐渐拉开序幕。

寂静了一个冬天的田地，开始热闹起来了。

农田里的活儿是一件接着一件的，或者有的时候还是同时进行的。比如，犁田和育种。

当农人在田地间忙成一幅画的时候，躺在暖房里的种谷就开始慢慢发芽了。

种谷的来源有两种，一是直接到店里购买，但是即使这样，也会有种谷不好的时候；二是自家留的，头年秋收的时候会把长势好、没有虫病的稻谷留下来当种谷。

育种谷真的是一件很有讲究的活儿，出芽率不高的话，到时候秧苗就会少，这种遗憾是会影响到心情的，一年伊始，都希望有好的兆头，而育种谷就是春耕活动希望萌芽的最关键一步，坚守着村庄一言九鼎的承诺，因为时间跨度长，所以一旦没有弄好，是赶不上时间的脚步的。

育种谷的工序细琐还要注意分寸，把握火候。印象中育种谷一般都是在晚上，也不清楚是有讲究，还是爸妈白天忙，只能放到晚上。先是要给种谷"絮窝"，主要材料是稻草，稻草铺开，横竖垒出窝的样子，再用牛粪等把稻草窝最底下一层填充好，在最外面用塑料封好，既牢固又不透风，填充到顶上留一个洞，接着要灌好多桶开水，直到窝里热气腾腾、温暖舒适为止。再把浸泡好的种谷放进窝里，用棉絮、稻草、塑料布等封好。

带着美好春意的时光依旧在村子里来来去去，唤醒东墙根，南墙根下歇歇脚，又不偏不倚地轻轻落在西墙根。那些害羞似的躲在墙根下的花花草草，风里听鸡鸣犬吠，听杂沓的脚步声，牛儿们的"哞哞"声是向着远方的，融进炊烟里，一起婀娜多姿。

村头村尾的招呼问候，都关于"育种"，都带着希望，含着笑意。

种谷很矫情，要经常关心。间隔是多久，我们不知道，每次都是晚上，忙活一天的父亲会喊上我拿着手电筒帮他忙，掀开窝盖，手伸进去试探温度，有的时候温度不够，需要继续浇灌开水的，这样做主要是保持窝里的温度，父亲说温度要刚刚好，太高会烧坏，太低，会冻坏。

其实这些都是有据可依的，初中接触生物的时候才知道，种子发芽必需的三个条件：充足的空气、适量的水分和适宜的温度。种子萌发时，首先是吸水。种子浸水后使种皮膨胀、软化，可以使更多的氧透过种皮进入种子内部，同时二氧化碳透过种皮排出，里面的物理状态发生变化；其次是空气，种子在萌发过程中所进行的一系列复杂的生命活动，只有种子不断地进行呼吸，得到能量，才能保证生命活动的正常进行；最后是温度，温度过低，呼吸作用受到抑制，种子内部营养物质的分解和其他一系列生理活动，都需要在适宜的温度下进行的。这些是种子萌发的外界条件，内部条件是种子是活的，胚是完整的，发育成熟的，粒大饱满的，即有充足的供胚发育所需的营养物质，且种子不在休眠期，等等。

"听，种谷在大口大口喝水发芽呢！"每次跟父亲去看种谷的时候，父亲就会这样说："瞧，热气腾腾的，多么舒适的窝呀！"揭开稻草和塑料布的时候，窝里的热气总会迎面而来。看种谷的时候不能乱说话，母亲说怕彩头不好，所以不知道说什么的情况下，就以开怀大笑来表达内心的喜悦和满满的好奇心。

夜，是乡村的夜，是谷种努力发芽的夜。生命或许就是这样，总在不知不觉的时候萌动，怀着憧憬，倔强地勇往直前！

这个时候的田间活动应该是做秧田。犁完耙平之后，做好田垄，静置一段时间，要把田做成宽约一米左右的田块，中间需要适度的距离，方便排水等。

等到种芽发好了，就可以选择一个好天气，最好是阴天，播撒种子。播撒的时候一定要注意不要折断了新芽。还要注意好密度，太密太稀都是不可取的。

接下来就是用镗子镗平泥面，这样做主要是让种子落泥安家生根。之后就是插竹签，这需要一边一边地来，弯成拱形，最后用泥巴把薄膜压好。别小看这薄薄一层的膜，保温效果是很不错的。至此，育苗的大概流程已经好了。

从温室移到空旷的田地，这是满载农人希望的种谷们接受的又一次考验。气温异常的夜晚，父亲会提灯去嘘寒问暖，灯火也会一下子活跃起来，摇曳在希望的田野上。

浓稠的夜，一天一天被铆足劲儿发芽、发光的种谷们一点一点地顶破，顶破着！哪怕微光如豆，也能点亮夜的黑，也可以照亮前行的路。

其实，自然万物都是有自己的成长规律的，育苗播种，待花开结果，都是这样顺其自然的事情。

种谷承载着农人们一言九鼎的承诺，笑着笑着就发了芽，父亲乐着乐着就看到了丰收。

开耕：村庄里直抵人生四季的吆喝

"一年之计在于春，一日之计在于晨。"春回大地，天气渐暖，田间耕作就应该顺势而始了。乡下的日子，分分钟都被农活织得紧紧密密的，丝毫耽搁不得，延一时就有误一年的可能呢！

头年（农历）十月秋收以后，大地基本上就进入了冬眠期，来年耕种的第一步应该就是犁田了。我们方言叫"犁白（bò）水田"。

一田一人，一头牛，天地间。这样的画面铺在天地里，不需要任何的修饰，就是一幅绝美的田园山水画。

你想想，斜风细雨中，蓑衣斗笠，挥动的赶牛鞭，手扶着的犁耙尖插入泥土，大块大块新翻出来的泥土，自觉地往一边靠，一条一条，一道一道，有序站着队。牛在头，犁在中间，人随后，一圈一圈牵引着走向希望的那头。细腻松软的泥土，大口呼吸着春的气息。

天气好的时候，后面还有一个提着小桶的跟屁虫，或者就是小桶被挂在犁上，等那被翻耕出来的泥鳅或者鳝鱼赤裸裸地出现在犁道中的时候，弯腰拾起即好，它们可是给勤劳者们最美的馈赠呢。如此一想，岂不是更有趣，有意思，有情调！

我喜欢四季的村庄，一年四季的风景，暖暖的，给人内心向上生长的无穷动力，你总能感觉到岁月萌动的韵律，无端地让人心生欢愉。

就像犁，从历史长河中缓缓走来的勤劳使者，一次一次地相互凝视里，满含惊喜。

儿时见的犁还挺像原始的那种，我在历史书中见过，具体年代我记不清楚了，但是那从历史里风尘仆仆赶来的样子没有太大的变化，只是变得越来越轻巧了，毕竟农民伯伯的智慧是无穷的。

农人手握着犁梢，根据土地的松硬程度，调整犁尖就能控制好田地的深浅。犁田既是体力活，又是技术活，田地不能犁得太深太浅，刚刚好最好。犁田高手在春耕时期很是抢手，很受人待见的。他的活儿也是排得满满当当的，农家的活儿都是按照他犁田的时间来定的，他一定是说到做到，不能误事呀。

村庄田地里的泥土，都从他的脚趾缝中挤出来过，他的脚丫就是田地优劣的鉴别者，布满村庄的每一粒泥土，都与他有过亲密的接触。

田犁出来以后，要在白水里静置一段时间，目的是让杂草等腐烂。之后便可以开始"做田垄"。每年春耕都要做田垄的，起到加固的作用。有的只修半面，有的修整面。

做田垄之前应该是用锄头翻动犁不到的边边角角，这样的活儿都是包在父亲身上的，那时候是生意的淡季，家里的六七亩地是需要花费父亲至少两天时间的。

父亲的活儿做得特别仔细，"慢工出好活"，母亲经常这样说。因为小路上全是泥巴，路面又滑，一不小心就会摔倒，所以我也只能趁给父亲端茶送水的机会去感受一下农活的乐趣。

边边角角修整以后，选一个好的天气，就可以做田垄了。有专门的工具，我叫不上名字来，主要借助两块木板完成，一块木板打泥到小路上，另一块负责挡泥，并弄平整，这个活儿最好两个人来，也有简便的，就是一人用木板打泥到田垄上，再弄平整就好。

小时候上学，最怕这个时候的田垄路，因为干得不那么快的缘故，我们经常会陷到泥巴里，弄脏心爱的鞋子。有的时候甚至还会滑倒掉进白水田里呢，我就摔出过阴影，冰凉的水会一下子浸透衣裤，直接凉到心里去，最主要的是回家换衣服耽误时间，不仅母亲会责备我走路不小心，还会因为迟到被惩罚呢。我就被罚过打扫教室。

但是不管怎样，我不埋怨，我觉得村庄里所有的存在都是那样的合情合理。

等田垄干的期间，农人也没有闲着，要做秧田了。秧田要根据地的亩数来定。我家六七亩地，秧田就要五六分地。先用耙把地弄平整，分成一米多宽的块，再用镗子一镗一镗地镗得光光滑滑，像床铺一般，等待种子着床。

至此，田间的劳作可以先停停，给充足的时间让土地也舒展舒展筋骨，活动活动关节，毕竟酝酿好的开头是很重要的。

这都是儿时的点滴记忆，时至现在，田间的劳动都是机械化了，铁牛替代了水牛、黄牛，发动机取代了农人缓缓迈开的脚步，犁田变得如开车一般简单了。那一犁一犁犁出的风景渐渐地少见到了。

父亲立在天地间，站在田垄上，像一棵行走的秧苗，走到哪里就扎根在哪里。那甩动的锄头，坚硬得像父辈们的筋骨，在希望的田野上，在荒坡山野，一锄一锄开垦出生命的绿地。他们深深爱着脚下的每一方土地，甚至灵魂深处都渗透着泥土真情的密码。当一片一片的田地在他们前方静静守候的时候，他们才发现，原来那一双双卑微粗糙的血肉之手，也能开垦出一片一片的繁花似锦。

"开耕！开工！"一次次，一年年的田间吆喝，穿透村庄的角角落落，直抵每个人人生的四季，永远不知疲倦！

记忆里的美食

品尝记忆中的美食，可以一遍又一遍地重温隐藏在心灵深处的岁月的样子。

寒假回家，母亲说去年南瓜大丰收，两三根藤就结了快二十个大南瓜，怕烂了，就做成了南瓜圈。她乐呵呵地拿出来，要我们品尝。一口下去，还是儿时那味道。

挂浆南瓜圈应该是关于南瓜美食里最简单的做法吧。

先把成熟（一定要老得金黄金黄的）的南瓜洗净去皮，从蒂和尾两端切开，挖掉肚里的南瓜子（不要扔掉，积累多了，晒干，可以炒着吃，超级香的），再切成厚薄适当的圈，太薄容易断，太厚不易干，这也是技术活呢，不好把握。继而放到蒸笼上蒸，熟透后，平铺到竹编的菜盘里，蒙上遮灰的细网，放到太阳底下晾晒。注意要定时翻面和挪动，防止粘住了，断开就不能叫作南瓜圈了（不成圈也没有关系，只有碍观瞻，不影响品尝）。太阳好的时候，晒个一两天南瓜圈就成形了，待晒透再拿去蒸，这个时候要挂浆，一般是米浆，最好是糯米浆，挂好浆晒出来的南瓜圈特别诱人，黄亮黄亮的，摸上去细腻光滑，咬起来柔软香甜，满是母亲的味道！

其实这种挂浆法做美食还特别适合做地瓜干，说简单是因为整个过程技术含金量不高。难一点儿的是红薯片的做法。

红薯片的食材准备时间跨度比较大、收集难度大、程序麻烦。

刚入夏，知了还在树上鸣叫的时候就要开始准备了。这个时候要收集的食材是酸枣。待酸枣熟透了，黄黄的果子历经一夜的风摇雨打后，会掉落。每天清晨，我和弟弟都会早起，赶在他人之前去捡拾，因为只有那几棵酸枣树。酸枣树下并不是平地，一般都长满了灌木，有的还有刺儿，所以我一般是提袋捡拾弯腰即可的酸枣，灌木丛里、深洼地里的一般交由弟弟，很多时候都会看到他的手臂被刺划破，道道划痕凝固着血汁，问他痛不痛，那时他总是呵呵一笑，手一摇，响亮地丢下两字"没事"！

因为父母忙，收拾捡拾回来的酸枣自然就落在我身上。把酸枣洗净后，放进锅里，加水，水盖过酸枣就好，烧火煮熟。打捞起来，待冷却后，把酸枣皮和肉分开，接下来就是去核。去核的方法是用手或者筷子搅拌，因为煮熟的酸枣肉一搅拌就会和核干净地分离，肉还会成团。去掉的核不要扔了，晒干后可以用细铁丝或者粗线穿起来做成"房子"，拿来踢，能成全我们一段快乐无忧的心情；也可以放火炉里用来取暖。

接下来就是要把切碎的酸枣皮和肉分开装好，放进菜坛子里密封好，藏起来，待到秋季地瓜成熟以后用。储藏的过程要随时注意换水，因为酸枣很娇贵，不好打理，容易变质发霉。大抵美味都是这样矫情吧！整个过程都需要足够的耐心，所以弟弟宁愿捡拾，也不大喜欢插手这些慢工细活。

酸枣肉可以摊开成薄片晒干，切成丝拌蜂蜜，做成酸甜酸甜的酸枣丝，细腻柔滑；晒半干的酸枣皮拌上蜂蜜是另外一种风味，粗犷豪迈！

晚秋，大概枫叶红遍山头的时候，挑个晴好天，就可以做红薯片了。

看好天气后，母亲会在前一天晚上去掉洗好的地瓜皮，第二天天亮的时候，母亲一边忙其他，一边煮地瓜。待天亮之前就已经把刮好的红薯片端到晨霜退去的太阳底下晒了，忙好一切，母亲还要上集市，帮父亲打理生意。

看到做红薯片全过程的机会是不多的，因为母亲忙，一般她都早早就做好了，只有偶尔的空闲之际，母亲会在晚秋的下午阳光里做，每当那时，我们也可以幸运地做上几片。

去皮煮熟地瓜后，要把熟透的地瓜放到一个大盆里，用锅铲把它们打成泥，再把夏天备好的酸枣肉或者皮拿出来，蒸熟以后，放到地瓜泥里。搅拌均匀，地瓜的香和酸枣的酸香在刚好的温度里浸润，扑入鼻孔，会挑逗你的味蕾的。每每这时母亲就会挑起一块放入我们的嘴里，我们总是迫不及待地尝鲜。

"真好吃！"真的，微微的酸里透着浅浅的地瓜甜。用母亲的话来说，"好吃得小舌头都吞掉了！"

在煮地瓜的时候就要边给红薯片铺好"床"，一般是把梯子横放在四方凳上，再把活动的木门板搭放在梯子上，在木板门上铺好干净的布。

接下来就是刮了。准备好一盆凉水、一块小布、一把刀，再拿出刮薯片神器——片子模具，其实一点儿也不神奇，就是一个长约30厘米，宽约10厘米、厚约半厘米的一个用木板拼成的小槽子，有点像文具盒，只是低于文具盒的高度，还有一个支出去的木柄，是为了方便手拿的。

把拧干的布平整地搭在片子模具上，再用刀挑上一小团红薯酸枣泥放布上，然后让刀贴着模具边缘来回刮，直至红薯酸枣泥被挤压平整，填满了槽子后，捏着布的两端，把红薯片子扣在布上后，轻轻揭下布，这样一块和着酸甜味的红薯片子就做好了。一般布要刮两三片就要洗一洗，布太湿太干都不行，红薯片子都易断裂。

这里可有技术含量了，要快是自然的，要不，凉了就不好刮了；还要掌握好力度，要不刮来刮去，要不会坑坑洼洼，要不就填不饱满，缺角有洞的；更考验人的耐心，因为是几个动作千百遍地重复。这是个眼睛看着简单做起来难的活儿，我们一般只是趁母亲短暂走开时才"展示"手艺，一般情况下，母亲会留着我们做的，用母亲的话讲就是"多实践才能得真理""熟能生巧"！

晒的过程也要精心照顾，隔段时间要翻面，直至干透。最后一道程序就是挂浆。

依旧选个太阳天，淘好糯米（一般米也行，只是没有糯米透亮），加水煮开，漏出米汤，把米汤用刷子均匀地刷满晒干后又蒸熟的红薯片，再放到干净的菜盘里，晾干，于是浸润着太阳味道和红薯香甜、酸枣微酸的红薯片子就做好了，金黄油亮，模样诱人。当然还可以根据个人口味，放酸枣皮、剁辣椒、陈皮、芝麻等都可以！也可以什么都不放，到时候不挂浆，剪成小块放油里一炸，香脆焦黄，也很可口！

那时候，家里没有冰箱。晒好的南瓜圈和地瓜干，以及红薯片都要放到石灰坛（坛子底下放满石灰，铺上纸壳，就是一个天然的干燥房）里储藏，待到过年拿出来待客，既美味又体面。更是零食匮乏年代里我们的美味，特别是天寒地冻之季，放学归来之时，一边看书写字，一边品尝，满满的都是那个秋季午后的阳光味道，那样满足，那样饱满，那样醇厚！

那天母亲打趣地说："他们（侄女侄儿）都说什么时代了，不吃南瓜圈了。不像你们那个时候了啊！给你带点儿去温州吧！好吃又好看！"我当然很喜欢的。

想念家乡这些挂浆美食的时候，我会去超市买来地瓜干和薯片解馋，但是吃来吃去，总觉得没有记忆中的那种味道！我深思：或许因为这些用来解馋的零食没有我们任何的付出，它们之于我们，是空洞的、陌生的，所以对它们的品尝也无法打开记忆的味蕾之门，还有那份深埋心中的岁月模样！

米汤的香，被子的暖

岁月无声，记忆总有痕。

小时候，家里没有洗衣机，所有的衣服、被子、蚊帐等都是手洗的。印象最深的要数浆洗被子了。

被子属大物件，难洗难干，一定要挑个大太阳天洗。保证一天就能晒干，因为晚上还等着盖呢！

先烧好热水，母亲说被子上的污渍要用热水泡才容易洗净，还有就是用热水不会冻到手。烧水的任务一般交由给我。当热水倒进盛放被子的大盆时，那跳跃出来的暖气氤氲在空气里，迎面扑向母亲，这时母亲总是打趣地说"这是仙境哩"。倒真像天上神仙腾的云、驾的雾。

洗衣板是搓不干净大物件的，当它们在洗衣粉水里泡上一定时间后，我和弟弟该上场了，那也是我们很期待的一个环节。我们会迫不及待地脱掉鞋袜，卷起裤腿，等母亲一声令下，我们就跳进盆里，使劲踩，借用脚的力量踩，从外圈踩到里圈，再从里圈踩到外圈，看着它们一边吞吐换水，心里大抵都是快乐的，因为一吞一吐其实就是在淘换脏东西，渐渐地看着净水变成脏水，别说多有成就感了，瞧我们踩的姿势就可以知道：双手背腰，低头望盆，眼随脚走，那叫一个神气。

踩上一会儿要翻个再踩，如是几遍以后，母亲又提来热乎乎的水，直接倒进去，把脏水换出，这样换过两三次水后，拧干再涮两三次，直到水没有了泡泡，变清澈了，就可以用米汤浆被子了。

米汤的做法很简单：早上煮早饭时，多掺入一些水，先用大火烧开，渐渐地，清水慢慢变浓，这时候要用锅铲搅拌几次，以防粘锅，等到米粒吸足水，足够撑破肚皮，释放出全部的米香后，将米饭捞出放在事先准备好的竹篾筐里，米汤就顺势慢慢地漏到了大桶里，兑上适量的开水稀释后，澄清待凉。再把它们倒入干净的被子的盆中，反复搓揉，使被子里每个地方都沾上米汤，再拧干，晾晒即可。这种用米汤浆洗过的被子，既保暖，又耐脏，而且睡得很舒服。

儿时不懂，还疑惑地问过母亲，这不是让被子越来越脏吗？现在明白了，浆洗其实是一个非常古老的名词，浆洗就是洗净并浆挺衣物，使衣物整洁庄重，并且浆洗过的衣物除布料结实耐用、板挺以外，最大的好处就是可以很轻松地就可以把油泥一类的脏物不用费太大力气就洗得干干净净。

白色的会更洁白，衣物服帖笔挺，看起来更有精神，而不是皱巴巴的一团；更主要的是，母亲说小孩子睡了夏天不生疮，不害病，冬天既暖和，又清香。

忙活完这些，我们都要趁着太阳好洗个澡，用母亲的话说，把身上的泥搓干净了，皮肤才能更好地感受到被浆进被子里的太阳的温暖！记忆当中每次换完被单的那个晚上，母亲都会来给我们掖掖被子，说刚浆洗过的被子笔挺，要盖好，不要着凉了。那个晚上我总会穿薄薄的秋衣入睡，让肌肤更贴近被子，想着母亲在太阳底下洗、晒、晾和缝被子的背影，闻着浆在被子里的太阳米汤的香味，缓缓入眠，尝尽人间温暖！

现在只要把衣物扔进洗衣机，扭好旋钮直接拿出来晒就好了，也不用浆洗，有蒸汽熨斗，真的省了不少事，只是每每换完床单以后，总找不到那种被太阳晒过、浆洗过的笔挺，肌肤也少了儿时那种与被浆进被子里的太阳的亲密接触，总觉得那温暖只属于那独特的年代！

有机会，我还想在大盆里洗一回被子，在那寒冬晚上盖一回浆洗过的被子，让肌肤再次亲密接触那被浆进了被子里的散发温暖的阳光，再听一回母亲的叮咛，还有那叮咛里满满溢出的：米汤的香和被子的暖！

苦瓜汤

苦瓜，是盛夏的时令菜。

它对土地要求不严格，各种土壤均可种植。在农家屋前院后，任何一处空地，播上种子，待出苗后，浇水，搭棚，基本上就可以等着瓜挂藤了。苦瓜吃法丰富多样，我唯独喜欢喝苦瓜汤，源于它是父亲的最爱。

母亲嫌它太苦，一般不种，所以一般情况下，我家的苦瓜都是自生自长的。很多时候，是父亲忙完生意后，买回来的。父亲很少买菜，唯一买过的就是苦瓜。和父亲一样，我特别钟情于苦瓜汤。

做法很简单，新鲜的苦瓜切开去籽以后，切成薄片，根据个人口味，选择放不放盐去苦水，备用。待水开以后，放入沸水中，再添加酸菜，虽然名为酸菜，但是不酸，等汤开了再放油和盐巴，当然喜欢吃肉的，可以加进肉末。但是，我和父亲一样，喜欢苦瓜的原汁原味，苦后，有种清凉入心，有苦尽甘来的那种感觉。

苦瓜的苦，苦得清爽，能去火。吃苦瓜，懂得苦尽甘来的道理，特别是苦瓜能降血糖，苦瓜，甜心利身。

苦瓜生来就"苦"，长相丑陋，不招人待见；入口苦，没有几人喜欢。但是，它们依然守着内心的清凉，心无旁骛地成长。

苦瓜还有很高的药用价值，苦瓜根、藤、叶及果实清热解毒，明目。

现在，苦瓜易找，但是坛子酸菜难寻觅，这道菜也只能苦甜掺半于记忆中了，不过现在我学会了一种新的吃法：清水洗净苦瓜，切薄片，不焯水，直接凉拌，看着翡翠般绿的苦瓜，你会忘却一切的苦。

每当吃苦瓜时，我总会想起不喜欢吃苦瓜的哥哥、弟弟皱着眉头的吃态时，父亲的感叹："吃苦瓜是苦一阵子，苦尽甘来，而不吃苦将苦一辈子呀！"

每每吃苦瓜，总能想起这样的一幕幕。如今，苦瓜也是颇受人欢迎，吃法也是各种各样，有清炒的、有凉拌的，还有切薄片、蘸芝麻酱吃的……

但怎么吃，还是觉得苦瓜酸菜汤好喝，清淡、酸爽，留在唇齿间的却是微微的甘甜……像极了我们的生活，在最苦中总会有一丝的甜！

泥鳅汤面，吃不尽的母爱

立夏已经有一段时间。连续几天雨后，今天气温回升，夜间在操场散步，虽微风拂面，依旧稍感闷热。这样的天气，要是在乡下，就是捕捉泥鳅的绝好夜晚。

南方的田野，蕴藏着很多美味，其中最受欢迎的当属有"水中人参"之称的泥鳅了。

南方的稻谷要插双季，春耕之前要犁地，翻耕后要沤一段时间，把野草之类的腐烂，耘成平地之后，或插秧或播种在其上。如果赶上闷热的晚上，母亲就会叫上我和弟弟去"扎"泥鳅。

说"扎"，是因为母亲用的工具很不一般。泥鳅浑身光滑，用手很难抓住，生活经验极为丰富的母亲会自创神器，再光滑的泥鳅也逃不过神器的追捕。神器的零部件很简单，就是用线把长针一根一根地捆绑在劈开的竹子或者木棒上，捆绑五到六根就可以了，针与针之间大概一厘米，手柄可以留长一点儿，可以够得远些。

因为我怕黑，所以，我一般是手执手电筒走在最前面，母亲拿着神器在中间，后面是弟弟提桶跟上。耘过的水稻田平整，经过一天的澄清，如果泥鳅们出来透气，平躺在泥面的时候，肉眼就可以看见。特别是光照的情况下，看得更清楚。所以，寻找目标的任务自然就落在我身上，母亲则会在我的提示下，准确无误地"扎"向泥鳅，弟弟则会适时地把桶伸向神器边上接住泥鳅，母亲和弟弟配合得天衣无缝，所以再滑的泥鳅也不会逃脱的。因为我们的目标都在田里，所以田埂上如果有沟沟坎坎之类的话，我就"落网"了，好几次，我都直接滑到水田里，成为落汤鸡。划破夜空的笑声粒粒滚落在水面，惊欢了泥鳅，惊亮了夜晚……

"快起来，作孽几不（方言，可怜的意思）！"很喜欢母亲放下手中的神器，一边拉我一边唱歌似的说这句话。母亲当时的打趣话，如今忆来，满含酸酸的心痛却又幸福着。那时母亲为了改善我们的伙食，总会想着法子为我们"加餐"，但是，心底一向善良的母亲从不轻易杀生，看到小动物流血受伤等都会替它们痛好久，有的时候甚至觉得她承受的痛更重。无法想象她一把"扎"向泥鳅时内心该是有多么自责和痛呀！但是又有什么办法呢？孩子们要长身体，需要呀！

那时，每"扎"住一条，母亲总会无奈又心痛地说上这样一句话："作孽几不，泥鳅妈妈多心痛呀！但谁叫它们是一道菜呢？还是水中人参，没有办法呀！"

很多时候，我们也会自己到半干的水稻田或者池塘里，亲手去抓。抓回去以后由母亲或者哥哥送上餐桌。

印象中吃得最多的是泥鳅面。

先用茶叶水把新鲜的泥鳅养上一到两天，让它们把肚子里的脏东西吐尽，之后用刀剖开肚子，去掉五脏六腑，剩下的八成都是可以入口的。洗净以后滤干，油开以后用小火稍稍煎到两面微焦，加入适量的水炖上20多分钟，加入面条，最后放好调味品等，香喷喷的营养价值极高的泥鳅面条就做好了，味道超级好，鲜美无比，我们总会吃到不剩一滴汤。

当然，还可以和莴苣一起炖，也可以红烧，还可以做成纯泥鳅汤，或者炸泥鳅，等等，但是从量少就能感觉到鲜的角度来说，母亲做得最多的还是泥鳅面汤，因为几条泥鳅就能提鲜，这样可以减少很多泥鳅妈妈的心痛！

泥鳅面汤，吃不尽的母爱。

吃出春天味道的美食

春回大地，万物苏醒。篱笆旁，田垄边，菜园里……青青野菜、野草，青绿着，蜿蜒着，逶迤着，绿意盈盈。特别是那些乡野乡味，总能诱惑着我们的味蕾。

（一）解馋又康心的蒿子粑粑

乡野乡间，（农历）二月的田野，不，只要有土的园子边、院子角、路边、小山头，等等，历年枯黄干巴的青蒿从根下开始生苗，一株株一片片地联手，对抗着春寒，如草一般，钻出地面，乃名草蒿。它是乡野乡味之蒿子粑粑的必用食材！

草蒿，处处有之，春生苗叶，待茎叶长至六七片之时，是蒿子粑粑食材最佳的采摘时间，此时茎粗肥软，茎叶色至深青，叶片上面墨绿，下面色较浅，呈灰白色，叶面披着短短的微毛。气香特异，味微苦，可食用，常用于配料。

（农历）三月踏春，携篮提袋，遇见青蒿，剪摘或指掐均可，最好的是带蕊一起，不仅仅是量多，最主要的是方便清洗干净，还不会造成浪费，自然之精灵万物，同样心痛浪费，想想它们历经寒冬，竭力吐绿，展示出来的这么一个过程也是值得我们尊敬和敬畏的，不容许践踏！

想要采到又嫩又大的食材必须要到不好找、也不起眼的角角落落，尽管草蒿扎根给点儿土就行，但是板结地营养少，环境不好，它们会长得相对"艰苦"点儿，显老成。菜园边，草丛堆旁的就长得娇嫩粗壮，家族成员也多！

保证食材正宗的话，要能区别草蒿和黄花蒿，从气味上区别最简易，草蒿味虽特异，但清香，故又名香蒿，黄花蒿为臭蒿，样子也肥胖些！

把专注而又怀揣敬畏之心采回的新鲜食材倒入大盆中清洗干净，滤水备用是谓第二步。一朵朵似花的草蒿尖在清水里荡下沉浮，似舞者轻盈飘逸……看着它们的欢呼雀跃，你会心生怜爱之意，你会明白之前所有一切的耐心寻、细心找、用心摘都是对生命最虔诚的尊敬呢！

与此同时，锅里的水也开了，将蒿子放入锅中焯烫后，捞出过凉水，确保它们的青绿色，再挤干水分用刀切碎，也可以用料理机打碎，区别就是前者粗些，吃的时候会有嚼出叶子纤维的感觉。如果觉得蒿味太浓，可以在凉水里加入石灰，这个是勤劳善做美食的母亲的独家秘方呢！所以，我们家的蒿子粑粑很受邻居们的喜爱，说口感很纯正而且很特别！

再依据个人口味加入糯米粉，或多或少，没有特定比例，糯多蒿少蒿子粑粑就糯些，反之蒿味浓些！我们家的蒿子粑粑就选择后者，我们都觉得蒿草多更有嚼劲，更有春天原汁原味的野性美！接下来依个人口味加入糖或者盐，掺入米粉搅拌均匀，这个过程直接关乎口味，均匀最重要！

把搅拌均匀好的食材搓成大小一致的圆团后，就可以下锅煎制了，先压扁，间隔开来，然后少油小火慢煎，待两面金黄后，就可以装盘了！

一口咬下去，软软糯糯，外皮焦香，或甜或咸，与蒿香完美结合！

那时候的蒿子粑粑就这样霸道地占据了美食的位置，离开家乡后，也吃过几回蒿子粑粑，但是一口下去，脑海中浮现的尽是家乡田里乡间母亲和嫂子专注、勤劳的背影，还有那颗甘作配料的蒿心！

对于自己，草蒿是主角，然而很多时候我们并不会在意甘心当配料的它们！想起青蒿素，想起那个与"呦呦鹿鸣，食野之蒿"有关的诺贝尔奖获得者屠呦呦，这个名字和这种植物两千多年以前就以独特的方式联系在一起，相对于历史而言，我们都是自然和社会的配角！

相对于草蒿的抗疟、抗菌、抗寄生虫等作用，解热、免疫、利于心血管系统等，草蒿之为乡味食材却又是多么不值一提！然而它们依然理直气壮地充当着我舌尖上的主角！一口咬下去的蒿香味，解了馋，健康了心！

天地间，生活中，主角太多，多得每人都是；主角又太少，少得都是配角，无妨，在配角的世界里演好配角，或许你就会是主角！

（二）欢蹦乱跳的安康

《论语》有云："暮春者，春服既成，冠者五六人，童子六七人，浴乎沂，风乎舞雩，咏而归。"大约写的就是（农历）三月三的情形。

老家农历三月三，有吃地米菜煮鸡蛋的习俗。地米菜即荠菜，在路边或野地里随处可见，它不仅营养丰富，而且还能治疗多种疾病，民间不仅有"阳春三月三，地菜当灵丹"的谚语，还流传着"春食地菜赛仙丹"的说法。

（农历）三月的农村，地米菜很常见，如果你有闲情雅致，不妨带上小铲子，挎个竹篮子，趁着风和日丽的天气去田间，一来踏踏青；二来挖一些地米菜。那些长得翠绿翠绿的，叶片肥厚且张牙舞爪的，有白白的根须，还没有开出小白花的，就是极好的地米菜了。地米菜的小白花，一看就能清新身心的那种。还有一种不接地气的做法就是直接去菜市场买。

食用地米菜的方法很多，凉拌、爆炒，还可用来做馅儿或做汤，均色泽诱人、味道鲜美，是一道药食同源的美味佳蔬。用地米菜来煮鸡蛋是常见的一种吃法，煮鸡蛋可以挑老一些的地米菜，因为只食鸡蛋。每到三月三这天，人们会将新鲜的地米菜洗净后捆扎成一小束，和鸡蛋同煮，据说可以祛风湿、清火，腰腿不痛！

记得小时候每年这天，母亲都会早早起床，用新鲜的地米菜为全家煮上一锅鸡蛋，地米菜的清香总能够将赖床的我们从睡梦中唤醒。母亲说，（农历）三月三吃了鸡蛋一年都不会头痛。现在，嫁到了东北大家庭，地米菜更是可以变换着样式吃：用开水一焯后，蘸酱吃，自然的清香和着豆酱的芬芳，春的味道扑鼻而来，简直就是人间美味；婆婆最擅长的还是做馅儿包饺子，麦香包着满是春天味道的荠菜香，一口下去便咬到春的气息了，舌尖上满是欢蹦乱跳的安康。一口咽下，满满的希望入肚，储藏着健康，升腾出希望；最接近春天的吃法就是洗净直接蘸酱生吃，颇有"人间有味是清欢"的感觉。

这里面有个美丽的传说。

相传三国时期，名医华佗来沔城采药，有一天，偶遇大雨，在一个老者家中避雨时，见老者患头痛头晕症，痛苦不堪。华佗随即替老者诊断，并在老者园内采来一把地米菜，嘱老者取汁煮鸡蛋吃。老者照办，服蛋三枚，病即痊愈。此事传开，人们都纷纷用地米菜煮鸡蛋吃，热潮遍及城乡。华佗给老者治病的日期是（农历）三月初三，因此，三月三，地米菜煮鸡蛋，就在沔阳形成了风俗。以后逐渐传开，在江汉平原一带也盛行起来了。

时光匆匆过，怀念那有温度的蒿子粑粑和地米菜。蒿子、地米菜，田间之植物，翠绿着它们的翠绿，清淡着它们的清淡，这些能吃出春天味道的美食，从历史的画卷中走来，还将继续走向明天的岁月里，亘古不变！

热辣滚烫的爱

每次从东北回来，公公总要带许多的特产，比如，干豆腐、农家酱、羊杂、旱黄瓜等，这些是每年的标配，今年例外，因为老姨家的辣椒长势喜人，多得压弯了枝头，特别是今年的辣椒颜值特别高：身材苗条，有高度，肉厚，最主要的是有辣椒味，入口还不辣，一口下去，干脆微辣清新，余味清甜，给人一种热情洋溢的感觉。

两千多里外来的辣椒，好像有点水土不服，第二天就开始发软了，怎么办呢？计上心头，小时候储存辣椒的妙招可以试试。

乡下，一般都有自己的菜园子。种上几垄辣椒，它们铆足干劲儿地长，吸太阳热气，沐雨之甘露，红的、绿的、紫的，大的、小的，倒垂挂在枝头，特别显眼，爱吃辣椒的我们单单看着就觉得很是喜气，垂涎三尺呢！

辣椒特别肯结，每到夏天，多得吃不完的时候，母亲总会想着法子储存它们，可以让这种纯天然的香辣味一年四季飘满我们的餐桌。

储存辣椒最常用的办法是做成白辣椒和剁辣椒。

选择一个晴朗的夏日，等露水干后，母亲就会挎篮入园采摘辣椒，红的、深紫的或者深青色的都可以摘下。摘的时候要注意不能用力太猛，以免折断了枝干，影响再结果。用心的母亲都会折断好几枝，何况是我们呢？所以，我们可以当跟屁虫，偶尔采采，过过瘾，一般都是母亲自己摘的。满篮的辣椒，总能诱发人的食欲。

回家之后，就是分拣。把青色的辣椒挑出来，紫色和红色的放一边，放置一晚让它们全红透做剁辣椒，颜色均匀好看。

挑出来的青辣椒可以做成白辣椒。洗净晾会儿，倒入装有开水的锅中，焯个几秒，捞出来，放到大的竹筛盘里晒，这时候辣椒的颜色还是青色的，待它们在太阳底下暴晒以后，会奇迹般地慢慢变成白色，这时候帮它们一边翻个个，一边拿把剪刀，把辣椒剪成两半，目的是让水分全部蒸发掉。再继续晒，大夏天的一个太阳天基本上就能晒干，但是要注意，不要晒得一点儿水分都不留，只剩一层皮的白辣椒是不受人欢迎的。晚上，忙碌了一天的母亲会搬出我们洗得干干净净、晾干的坛子，把晒得半干的辣椒和紫苏一筷子一筷子地夹进坛子里，最后轻轻压紧，用保鲜膜或者塑料袋蒙上坛口，再盖上坛盖，最后在坛槽外加好水，目的是隔绝空气。接下来就等辣椒在密封的坛子里慢慢地变为爽口的白辣椒。一周左右，母亲就会夹几个出来尝鲜，炒肉、炒酸豆角、炒豆干，甚至炒白菜也可以加点儿，直接吃也可以，酸辣酸辣的味道，地道得一塌糊涂！

在夏天，不担心第二天会突然下雨，即使下雨也没有太大关系，因为剁辣椒可以不用晒太阳。做剁辣椒，我可是行家里手，因为辣椒含有辣椒素而有辣味，能增进食欲的同时也会辣到皮肤。母亲是一个无辣不欢，甚至喜欢越辣越好的人，很多时候我在想她风风火火的性格与喜欢吃辣椒应该有一定关系。但是如此"不怕辣，辣不怕"的母亲，双手一沾剁辣椒就会变得通红通红的，母亲说难受得很，还一时半会儿不好。奇怪的是，我的手不用任何保护措施也不会辣到一点点，自然，做剁辣椒的绝活母亲就手把手地教给了我。

剁辣椒，顾名思义，要剁。要用刀把洗净晾干的辣椒一个一个剁得碎碎的，其实也不是什么技术活，只要你手皮不怕辣，屁股坐得住，你就可以学会。如果真要说是技术活的话，你应该注意，先用手拿着辣椒尖，再把辣椒平分成四份，再剁，会省很多事，并且大小还很均匀，这是母亲试出来的。还有就是刀。刀有两种，可以用菜刀，也可以用专门的铲子，它的手柄很长，有半人高，可以站着一铲一铲地剁，这样不仅手沾不到辣椒，还很轻松，但是比用菜刀慢，辣椒也会被剁得四处溅开，有的时候还要把好的辣椒剖开，储存辣椒籽，以待来年再用，这个时候铲子就不方便了，所以我比较喜欢用菜刀，小巧方便。

把辣椒剁得碎碎的，红的辣椒肉和白的辣椒籽和睦相处如同一家人的时候，我的任务可以说完成了。此时，我会大呼："妈妈！妈妈！你来看看好了没有！"待母亲说可以了之时，我会装作很吃力（其实也挺吃力）的样子站起来，用手捶捶腰，舒展舒展肩胛等，母亲总会一边心疼地说道："快歇会儿，快歇会儿，累坏了吧！"一边接过我手里的刀，把辣椒翻动几下，整理好，让红红的辣椒水酣畅淋漓地渗出来，这时她总会很深情地闻闻并说道："好香辣，好香辣呀！"接下来加入适量的盐，搅拌以后装入坛子，之后的步骤同做白辣椒一样了。

我家的剁辣椒很淳朴，只有盐，没有加任何其他东西，母亲说这样的剁辣椒才是最正宗、最地道的。同样一周左右就可以尝食了。打开坛盖，清香的辣味入鼻，辣的火热和沉静之后的清凉混合，真是美味至极。

夏天我最喜欢的就是白开水泡白米饭就着原味的剁辣椒下饭，辣椒的香味和脆生劲还在，更多了密封发酵后生出的淡淡清酸味。呀，一口下去便知人间最美清欢是啥味了！剁辣椒因为在剁碎的过程中汁水出来了，所以没有那么辣了，更爽口、更怡人！

现在市面上的剁辣椒要么辣椒太烂，要么里面加了各种各样的调料，或者……总觉得不那么正宗!

现在每年春节回家,母亲总会给我满满地灌上几瓶剁辣椒,闻着诱人的香味,总会百感交集,一来现在入乡随俗,不是很能吃辣了;二来,想想这是母亲忍了多少的疼痛才剁出来的呢……

母亲说辣椒水灼手的感觉是火辣火辣,滚烫滚烫的。在我这里,每瓶剁辣椒却是沉甸甸的,它的味道是可以绵延到千里之外的我们的餐桌上的,而这种味道也是热辣滚烫的,是谓母亲的味道!

热辣滚烫的爱是可以吃的,一个白辣椒、一碗剁辣椒就可以成全。我坚信,无论是故乡还是新故乡,都一样!

吃不尽的人间烟火味

乡下的腊尾春头，是人间烟火味最浓的时候。

一进腊月，家家户户就忙开了，为过年囤积食材，必不可少的便是各色腊味。腊味常为猪肉所做，还可以是鱼、鸡、鸭、鹅、牛，等等，丰富多彩，因为在冬天腊月将肉类以盐渍经风干或熏干制成而得名。

它们的做法都一样，先备料，把新鲜食材洗净，猪肉切条，鸡鸭鹅分半只或整只，鱼切块抑或整条，它们想着被收入年，怎样都行，洒洒脱脱，从不畏首畏尾；接着用充足的盐巴浸渍，母亲说这样做的目的是沥干肉里面的水分，入味也便于久放；几天后拿出，清水洗净后，用绳子穿挂好放在太阳下晾晒，悬挂在屋檐下或者竹枝竹节上的腊味们，安分守己，于冬日暖阳里听风声、唠家常、静享岁月安详；最后一步就是烟熏，最初是用锯木的木屑，后来听说这个不健康，就改用茶叶和枫树球，利用它们不充分燃烧的烟来熏，其实最原始的方法就是吊在灶膛口，等一把把树叶一根根柴燃尽后，烟从灶膛口飘出，腊味们依旧坦然以待，任其烟熏火燎的，有的时候那熏出的油就直接滴在烧火人的头上，那也是香的。

最后一步很有讲究，要把握好烟的浓度，烟太大太小都熏不入味，要不肉太黑，要不就没有颜色。还有一旦生了明火，就有把肉全部烧焦的可能，所以熏腊肉也是一项技术活，母亲熏得一手好腊肉，盐味、烟味、腊味都是刚刚好，腊味颜值还高。盐里泡刀下剁，风里来烟里熏过的腊味，浑身上下沾满的是人间草木味，看着馋，闻着香，一口咬下，唇齿间有味，还能尝出腊味们饱受风霜雪雨后的岁月的香。

当腊味们安于屋檐一角，集聚自然之气的时候，厨房内热气腾腾的黄豆正等待出锅，待冷却后，放入密封的抽屉格子里，铺开薄薄的一层，继续呼吸、发酵，甚至还要长出厚厚的一层"绒毛"，小时候看了不敢吃，总觉得会吃坏肚子，无论母亲怎么解释，疑虑总在心头，直到有一次老师在课堂上说这种"绒毛"没有毒，才放心食用。再加入适量的酒搅拌，"绒毛"就被揉成了深浅不一的黑色物质附着在豆子上，再被一同装入密封的坛子里继续发酵，这样，地道淳朴的腊八豆就做好了。待来年，阳春三月出坛上桌，那香味可以飘满整个农家小院呢！

腊味不一定非要在腊月吃，熏好的腊味平时就挂在屋檐下或者通风的地方，看风雨骄阳，绵绵细雨，静待春暖花开。

腊味的吃法很多，洗净蒸熟之后，切成小片或者小块，碟子里一放，就着红红的剁辣椒，趁着热乎劲吃，最解小孩儿馋。那香味在蒸屉被揭开之前就铆足了劲儿，扑通扑通欢跳得老远老远，它们可是蓄足了整个腊月的阳光雨露、冰雪风霜呢！上餐桌了，能不狠劲地撒欢吗？

其次就是炒蒜苗或者蒜叶吃。烧锅、倒油，待油开，腊味入锅，小火文煎，待两面焦黄的时候，盛起来直接上桌，香酥有味；或者加入蒜苗、蒜叶、红青辣椒，翻炒一会儿，加少量水烹一会儿，再出锅上桌，蒜苗等可以吸收多余的油脂，吃起来劲道、不腻且爽口。

在家乡最标配、最传统的吃法是和腊八豆一起蒸着吃。在碗底铺上一层腌制好的腊八豆，再把切好的腊味平铺在上面，直接蒸好便可食用。饱食岁月沧桑的腊味蒸沥出的油滋润着每颗熬过"黑暗"岁月的腊八豆，香味瞬间被激发。每每这么吃的时候，母亲总会把豆子拌饭吃，她说颗颗豆粒粒饭和滴滴油的香是靠勤劳和一个一个的日子换来的，踏实、厚重、淳朴着哩！

再等等，待园子里的菜薹长出以后，就可以与腊味一唱一和了。白菜薹，头顶黄花，身披绿衣，腰板硬朗，有个分支就长一根菜薹，摘了以后还长，逢阳疯长，一茬儿一茬儿地摘，一茬儿一茬儿地长，把日子吃进了岁月的年轮里。

倦鸟归巢人歇作，踩着黄昏，挎篮入园摘把菜薹，乘着炊烟回家，腊肉已经切好，油也已经炸开，翻炒的腊肉在呼朋引伴，等着菜薹下锅，"扑哧"一声，年轮里的岁月即刻被唱响，噼里啪啦，热闹极了。

起锅入碟，青翠的菜薹娇羞地依偎在褐色的腊肉旁，像是在诉说着人间的最美清欢。母亲总会把第一筷子夹给父亲，不管是菜薹还是腊肉。"尝尝，香着呢！"母亲脸上总是挂着饱满的微笑，一种好像能吃出每一个日子的香喷喷的知足的微笑！父亲毫不推脱地夹起就入嘴，细细咀嚼，"这烟熏出来的味道就是不一样，地道！"在父亲那儿，这腊味似乎还有嚼不尽的酸甜苦辣。

庚子鼠年，久晒烟熏的腊味成了我们餐桌上的紧俏菜，一碟腊味，一杯酒，三五人，几句家常，也别有一番人生滋味。"只要我们众志成城，困难一定会退去的。"举杯之际，我们总会这样鼓励着彼此。原来，特殊时期吃腊味，还吃出了别样的含义。

因为"腊"与"辣"同音，所以在他乡每当问朋友吃不吃腊肉时，吃不了辣的朋友听名就摇头摆手地说："不吃！太辣！"其实，湖南腊肉不仅不辣，还色彩红亮，烟熏咸香，作为湖南的一道特色菜，肥而不腻，鲜美异常。

早在周朝的《周礼》中已有关于"肉脯"和"腊味"的记载。当时朝廷有专管臣民纳贡肉脯的机构和官吏。在民间学生也用成束干肉赠给老师作为学费或聘礼，这种干肉被称为"束脩"。

这样的腊尾春头，对于漂泊在外的人来说，美食一旦与故乡沾边，它们就有了更深层的情感寄托和牵挂，这些腊味里，吃不尽的人间烟火味也着实开始日渐诱人起来。

第二辑：人间烟火·最抚凡心

把贫穷磨砺成珍珠

从桃花江美人窝出来，朝着家所在的方向，左转，两边高山、大树旁逸斜出，遮住头上的天空，窗外一失原本的明亮。导航无法显示我们的目的地，很明显，我们迷路了。

"妈妈，这是回家的路吗？"

"是的，走吧。"母亲从容地说，"从桃江回益阳，只有这一条路。我就是眯着眼睛走，也知道是哪儿。"

"细木（爸爸的小名），你看，这坡下的平地就是当年我和连儿（父亲的徒弟）拉沙发到桃江歇脚的地方。三十几年了，还是没个人烟，只是树木都高了，那时候躺在沙发上，抬头就能看见密密麻麻的星星。嗨，可美了！"

我六七岁大的时候吧，沙发特别流行，那时的沙发很简单，类似现在的长椅，只是材质是木头和真皮，我记得我们家的沙发比别人家的高级一些，打开还可以是一张床，所以逢年过节家里来了客人，不怕没有床，平时折叠就是沙发，不占空间，这都是父亲和他的徒弟们想出来的，换到现在应该算是创意吧。正因为这原因，拉沙发到桃江县里卖，是很有市场的。

"那段时间，你爸身体不好，不能干重活，做沙发都已经很吃力了，不能指望着再让他拉沙发去卖。指不上你爸爸，我就和你们的连哥哥用板车拉着沙发到市里去卖。"母亲语气里透着坚定。

想起父亲生病的那段日子，屋里屋外弥漫着中药的味道。母亲说熬过的药渣要倒在路边，任人踩，病才能好得快。印象最深的是，每次父亲把药喝下去以后，都一脸坦然，再苦的药也不能让他皱一下眉，用父亲自己的话说这是"良药苦口利于病，苦尽甘来！"其实，何止是吃药，很多苦日子他们也是吃得下去的。穷苦在父母眼里并不可怕，相反那是追求美好生活的动力！

母亲在形容拉板车这件苦力活的时候，说那就像在拉纤。尤其上坡的时候，绳索嵌到肉里，车和沙发就像一只无形的大手，挣扎着往后退，往前每一步都很吃力，但也要咬牙坚持，不然松了劲儿就再也拉不动了。那个时候母亲总会抬头去看星空，星星虽然寥寥，光也清冷，但是却能感受到一种温暖的力量，似乎星星里有无穷的宝藏，突然觉得生活再苦，也是有奔头的！

那么苦累的岁月，母亲也不忘给我们的心灌输童话的汁液，夏夜里，凉席双排开，弟弟在左，我在右，母亲坐在中间，轻摇蒲扇，仰望星空给我们讲着美妙的故事，讲着讲着，母亲就让我们抬头看星星，她说星星会说话，它们眨着眼睛，一定是听懂了我们的话，在点头致谢呢。母亲说星星喜欢听人们的愿望，星星越高兴就越亮，像珍珠一样光彩夺目，就像心愿发光一样！

那段脱贫致富的岁月里，满天星星倾听了母亲多少心愿才有如此的璀璨呢？

如今，贫穷已离我们远去。母亲说："现在好了，妈的心愿一个个都实现了。其实贫穷并不可怕，可怕的是你被贫穷吓住了！"

是啊，贫穷并不可怕，可怕的是你被贫穷吓住了。果实如果害怕阳光，永远不会成熟；蝴蝶如果害怕蜕变，永远不能翩翩起舞；雄鹰如果害怕高空，永远不能展翅蓝天；蚌如果害怕磨砺，永远不能产生珍珠。

克服一个又一个困难，实现一个又一个愿望，才终有珍珠的璀璨，才会有一个个好日子的烈焰。

起笔善良，落笔诚信

儿时，父亲做着小本生意，养家糊口。因为本性善良，不缺斤少两，所以生意一直还可以。但只要是生意，不分大小，就难免有赊账的。

父亲的"账本"很多，大小不一，外形各异，非常简单朴实，有时候甚至可以是我们没有写完的笔记本。账本里面的内容也很简单，就是年月日，然后就是赊账人的姓名和赊账金额。

我特别喜欢翻阅父亲的账本。因为那字真好看，一笔一画，横平竖直，端端正正，干净利落，怎么看怎么喜欢，怎么看怎么不像冷冰冰的账本，明明就是件艺术品。

平日里我们是不动账本的，能动权归属母亲和父亲，偶尔我也能动一下，比如，今天谁来还账了，父母不在家或者他们手头活儿丢不开时，我先行使权利——在赊账人名字上画两道横线，表示已还。

如果不是那次的将错就错，我压根就不会想到这账本里还有那么多善意的谎言。

那天午后，在家午睡的我被敲门声唤醒。只见门外站着一位白发老爷爷，背很驼，挂着拐杖，说是来还钱的。按母亲的交代"来者都是客，夏天倒杯凉茶，冬天沏杯热茶"，倒水给爷爷后，我从爷爷枯瘦且颤抖的手中接过钱，翻开账本给爷爷，让他找名字。

爷爷不识字，按照他说的时间和姓名，我找到了指给他看，说了钱数。

"怎么只有40元呢？明明50元呀！我记错了日期？没有啊！不过我回家也没有称多少斤啊！"爷爷嘀咕着。

我按照父亲记的账收了40元，在那个年代，榨油的肥肉才三四块钱一斤，少记10元，应该不会的。

"爷爷，等我爸回来，我问问他，不过不会记错的，您放心吧！"爷爷若有所思地走了。

记得很清楚，那天母亲先回的家。我把来龙去脉跟母亲说了以后，她的话让我对父亲善良的账本更多了一份爱意。

"我知道，那是一队的张爷爷，膝下无儿无女，是五保户。那天到你爸爸肉铺待了很久，都没有开口说要砍肥肉榨油，后来才知道他想赊账，等拿到下个月的政府补贴再还。张爷爷说要砍50元钱的。你爸爸二话没有说，给他砍了50元的，但告诉他说没有那么多肉了，只有40元钱的了，就这样账本上记的是40元，不是50元喽。你爸爸从不少称，大家也都信他，账本记多少就是多少的！当天我在，我发现斤两与钱不对，等张爷爷走后，我问你爸才知道的！你爸心眼好，看不得老人家受苦，少记几块钱，是常事。"母亲边笑着边回答道。

父亲的账本一般一年整理一次，今年没有还上的，就整理出来记到下年的账本上，所以就会出现很多的烂账。有时候赊账人拿给我们尝自家园子里的菜或者其他，母亲都会折算成钱，告诉父亲钱还了，然后画上横线……用母亲的话来说就是："谁都有钱不够周转的时候，富，富不了一辈子，穷也穷不了一世，什么时候有钱什么时候还，没有关系！至于不还的，也就算了，我们吃点儿亏就吃点儿亏吧，吃亏是福！"

"我相信大家，都是老顾客了，有的还是乡里乡亲，低头不见抬头见的，不用催他们也不会赖账的。老催，别人面子上也挂不住。信任，就是相互尊重呢！"每年整理账本的时候，父亲总会这样说。

　　每段时光，都藏着不可复制的美好。那时翻阅，现在重温：账本，起笔善良，落笔诚信，一笔一画，本本分分，很有父亲风范。

芳华写进日记，青春做伴心不老

父爱如山，静默不言！

今天是父亲的生日，他已经长大的孩子们，要么远嫁，要么在他乡辗转奔波。哥哥甚至好几天之前就开始在提醒，要多给父亲打打电话。

"爸爸！生日快乐呀！"打电话接通的瞬间，我就迫不及待地为我的父亲传递祝福。

"哦，辉辉呀，生日呀！年年都一样的！"父亲素来话语很少，嘿嘿一笑是他的招牌表情，声音还是那样年轻，年轻得就像是儿时我在父亲跟前撒娇时候父亲的嘿嘿一笑。

那时候，我很喜欢用女孩子扎头发的橡皮筋给父亲扎辫子，那个时代的父亲前面的头发比较长，并且还很有精神，根根站立，一律往后倾仰。

我则很喜欢用自己缠好的各色橡皮筋给父亲扎辫子，无论扎几个，无论怎么磋磨，父亲总是一边嘿嘿笑着，一边整理当天的账本，不觉得烦，反而觉得开心。那时候没有手机，没有相机，这样的画面也就只能写进心声日记本里了。

"爸爸，家里天气怎么样呀？牙齿弄好了吗？"

"天气没有风雨，也不是晴天！牙齿弄好了，可以嚼一些软的东西了！"父亲依旧嘿嘿地笑着。

应该是"七夕节"那天吧，侄女和我视频，发了一张她和爷爷奶奶的照片，接收的瞬间，我泪湿眼眶。

因为牙齿脱落，父亲的嘴巴也成了瘪瘪嘴，顿时心塞。叹息自己太少关注慢慢奔向年老的父母亲。寒假回家就再三叮嘱母亲一定要"逼"父亲把牙齿补上，当时想的倒不是为了美观，只因为一桌的佳肴他能吃的不多。

此时，不仅想到牙不好加重胃的负担一念，更多的是美观的问题。不，不，我印象中的父亲绝不是这样的，不是这样的，我心痛时间流逝在他身上打下的烙印。

视频的时候，我一边忍着心酸，一边开心地聊天，结束后，我给即将开学的侄女留下一项作业，一定要让爷爷去医院把牙齿补好，即使"绑"也要"绑"去弄好。

前几天，国庆节，迎来大学第一个国庆长假的侄女选择了回家看看，我原本让她来我在的城市开开眼界的，但是她委婉拒绝了，说来日方长，后来才得知，她是想回家帮爷爷奶奶秋收，出来工作以后，我居然把这样重要日子都忘记了。

靠双手勤劳致富，这应该是我们的家风，这怎么能忘记呢？！但是现在我却实实在在、彻彻底底地忘记了！

"阿姨，有时间常回家看看爷爷奶奶吧，最近他们老是念叨你，他们表面说不想你，其实内心挺牵挂的。"那天我在武夷山旅游，侄女发来如此的信息。

我马上拨通视频聊天的按钮，不顾一切地和母亲聊起天儿来……听着电话里头永远年轻的声音，顿觉，芳华写进日记，青春做伴心不老！

一颗一颗的善心点亮人间的大爱之灯

好几天过去了，心依旧停留在医院转角的地方。

"去急诊区验血吧，你的情况挺紧急的！"听到医生这样的叮嘱后，内心不禁后悔害怕了起来。其实我是可以早点儿来检查的，只因为手头的工作，于是一次次地推迟了预约。

偌大的医院，人头攒动，说摩肩接踵也不夸张。来来往往的人都是匆匆的脚步，在医院我一般不看人的脸，就可以避免看到各种失望、悲痛。

就那样低头抽血，低头坐着，在取单机旁等着化验结果。

看人生百态，思百态人生。

思绪是被取单机器旁的一对老夫妇打断的。

他们讲的是方言，言语声极细。阿姨一手拿着化验单，一手在取单器上来回按键，直觉告诉我，她不会用这高科技神器。

我走上前，还好阿姨没有拒绝我的帮忙。我接过条子，患者的结果还未出来。化验单显示的是叔叔加急的血样检查。"72岁？家人呢？是不是也像我们一样，在外地……"经过简单的沟通，我知道了他们来自文成，医院太大，不熟悉，又不认识字，所以不会取单。叔叔心脏四次支架……之前住院四个月了，孩子们都在外地，这次是来复查的……

我示意阿姨小声说，不想让叔叔听到。我紧走在阿姨前面，任泪流满面……

　　我走在前面，是不想让叔叔看到我的眼泪，怕叔叔徒增担心。其实我泪流满面与叔叔的病情没有丁点儿关系，因为我压根就没有看懂化验单。也不是因为听到叔叔心脏支架了四次，花费了近50万元，相反叔叔面部的平静，心态的乐观反而让我觉得自己脆弱；叔叔阿姨无助的表情，混着掠过脑海的跟叔叔阿姨相仿的父母的脸庞……

　　那天，寒潮刚来，很有冬天的感觉，风也是刺骨的。父亲一大早出去买东西，路过一个水坑，不小心连人带车翻到了旁边的水沟里，用父亲的话说，当时人少，车还刚好压在他身上，动弹不得，正犯愁的时候，邻村的一位并不相识的好心人把父亲从车底拉出来，并且送到了医院，还忙前忙后，直至母亲到了医院，好心人才离开。

　　"多亏了那个好心人，其实我们也不认识，只是一起在市场做生意，打过照面！医院那么大，他帮我们挂急诊，找医生。要不两眼一抹黑的我们还不知道要怎么办呢！放心，现在你爸爸静养几天，腿就好了！"母亲在电话里多次这样真诚地表达对好心人的谢意。我只能一边听电话一边想象那样的画面，一次一次前进倒退，反复想象各个画面，想象他们的每一句话的内容，想象父母应该会再三道谢并且也会解释儿女们都在外地的细节，还有就是父母的无奈和焦急，应该像极了今天医院里的叔叔阿姨吧……

　　肆无忌惮的泪珠滚落，忧伤无奈填满心房。

　　"谢谢你，谢谢你！"把叔叔阿姨带到诊室门口的时候，阿姨紧紧握住我的双手，连声说道。

　　"不用谢的，阿姨！……好的，那你们坐在凳子上休息一会儿，一会儿会叫到叔叔名字的！"我不知道还要做什么，也不知道还能做些什么！只是那样紧紧地挽着阿姨的胳膊，静静地，近近地，默默地，不安地并排坐着。

"要不，你先忙去吧！我们等就可以了。谢谢，谢谢！谢谢！……"许久后，沉默被阿姨的不知道一口气说了多少声的"谢谢"打破。我故作轻松地在他们的目送中离开，直至走廊转角，回头刹那，我还沉浸在温暖的目光里，我挥动告别的右手，转身后直揩双眼，再次泣不成声，泪流满面！

温暖的泪，是送父亲去医院的好人给予我的温暖的泪。

想起了那些好人，热心公益的磨刀老人——吴锦泉，虽然他只有磨一把刀一块钱的经济来源，但是却一次又一次几千元地向灾区捐款；拾荒老人韦思浩为寒门学子拾出一片辽阔；化名"炎黄"善行27年的张纪清……

婆娑泪眼里，他们连同那位好心人，还有无数的"叔叔阿姨"的样子在眼前模糊了又清晰，清晰了又模糊……我心灵的天空你们来过，你们拥着善良的心携大爱的灯缓缓来；于是，我的心温暖无比。

涌进心头的是感动，溢出眼眶的是感恩。感恩这些好人撑起了世界的辽阔，这一颗颗的善心点亮了人间的大爱之灯！

请把手机调回正常状态

我不追赶时髦，我不恋电子产品，我不是众人口中的"低头一族"，我更不是手机依赖族。我坚决不带手机进教室，与孩子在一起时坚决不碰手机；同事家人聚餐手机一定会被冷落；开会时、睡觉时……手机一定调成无声，所以很多时候伊人会调侃我用的是外国手机，那是因为很多时候会带来不便，特别是着急找我的时候，联系不上。

其实，很多人认为，关机或者调成无声是生活界限的设定。之前我也一直这样想，但是这段时间里我一直在反思一个问题：关机或者调成无声状态，真的有必要吗？

（一）

那段时间，因为工作的变动，哥哥的上班时间变成了夜间，都知道，夜间开车是很容易疲劳，很容易犯困的。哥哥说，有的时候浓茶都解决不了问题，眼皮就是不听使唤，有次差点出危险。

"其实我晚间困的时候，就想找人聊天，那样才精神，但是，半夜三更的，打扰别人不好！"事后哥哥这样说。

接下来的日子里，母亲总能掐好时间，每次哥哥晚间出车，她就和哥哥煲电话粥，天南海北，家里家外，无所不谈。自然哥哥很顺利地度过了那段夜间开车的辛苦兼危险的日子。当然这些都是后来我才知道的。当时就在想，一向要早起做生意的母亲，是哪里来那样充沛的精力呢？母亲只是淡淡一笑而不回答。我们知道那是一种叫作牵挂的力量在支撑的。

试想，如果哥哥有夜间关机或者手机调成无声状态的习惯，我想，母亲该有多少个深夜的辗转反侧，夜不成眠呀！

（二）

相比之下，我自惭形秽。

那段时间，母亲最终还是秉持住了一向只报喜不报忧的观点，尽管我们经常劝说也无济于事。那次要不是家里实在没有人手照应不过来，母亲是不会把父亲摔了一跤、颅内还有轻微出血的事情告诉哥哥的，因为我们兄妹三个都在外地，父亲住院了，需要人照顾，重担自然落到了侄女身上，于是需要哥哥向侄女班主任打电话请假，这才知道了实情。

母亲说最危险最令人害怕的时刻已经过去了，没有关系，留院观察两天就可以出院。母亲电话里一再嘱托哥哥不要告诉我，不舍得让我担心！母亲说父亲摔倒的时候，脸色苍白，不能言语，完全失去知觉。好在母亲并没有慌张，先给弟弟的好朋友打电话，继而马上拨打了急救电话，送到医院才化险为夷。试想，这样的时刻，如果电话处于关机或者无声状态，流逝的是时间，但是带来的却是不堪设想的后果呀！

那段时间，我和父亲的通话次数出奇多，说比以往一年打的电话总数还要多都不夸张，身在外地，又加上无法脱身的工作，我只能电话里听听父亲的言语，其实我最担心的是后期并发症，我打的每一个电话，无论什么时候，无论父亲在忙什么，电话总能接通，听到父亲清晰的表达和呵呵的笑声，才肯放心。

那次父亲在洗澡，母亲接通电话以后父亲也要说上几句，挂电话之前，我听到了父亲跟母亲的对话。

"不管在忙什么，一定要接通他们的电话，和他们聊上几句。我知道他们这段时间担心我的身体！怕没有接到电话会多想！"父亲的声音。

还真是这样的。

那天早上，也就是父亲出院后的第三天，我一觉醒来，看手机显示两个未接电话，未接电话的时间就透显着几分危急，凌晨1点的，接连两个电话我都没有接到，怎么了？父亲出了什么事情，难道身体不舒服？还是上次摔倒了，身体还没有完全恢复？还是……

一连串的疑问瞬间划过脑海，说真的我想到了最坏的结果，表面异常冷静，内心却早已乱了方寸，吓坏了在一旁的伊人。

马上回拨，马上回拨，必须的。

"丁零零，丁零零！"真的还只响了两声，电话就通了。

心被电话里的嘈杂声吓得更慌了。

"喂，爸爸，在哪里呀？怎么了，昨天晚上你的两个电话我都没有接到。我手机调成了无声。"我噼里啪啦地说了一大串。

"哦，辉辉呀，我在市场。我昨天晚上没有给你打电话呀，那是不小心触到了那个键吧。放心，我没有事了！还好你手机调成了无声，要不昨天晚上就打扰你休息了！"电话那头，依旧是熟悉的父亲的呵呵声。

在父亲看来，幸亏我手机调成无声；而在我想来，这样不知不觉地被打扰，或许还真的是一份难得呢？

让手机恢复成正常状态吧，这样的生活会更多些坦然和随时随处的沟通。

（三）

习惯一旦养成就真的成了习惯，短时间内并不会改好。

前段时间，难得的盛夏凉爽天，难得的放假休闲时间，躺床就睡的好睡眠光临，加上又是二胎的非常时期，放纵自己睡得天昏地暗……

从下午1点蒙头就睡，直到被一种似乎是电话的振动声惊醒，一看手表，5点多了，再看手机，醒目地显示三个未接电话，母亲来的！一个激灵一扫睡后的起床气，猛地坐直了身子。

什么事情，这段时间还真的有了电话恐惧症，家里涨洪水了？因为这段时间家乡发大水了，到处水流成河，灾情很严重，莫非……

"妈妈，我刚刚在睡觉，没有听到电话，怎么了，妈妈？"我一脸疑惑。

"没有什么大事，就是想问问，你寄回来的虾怎么做好吃？我看你没有接电话，一开始以为你有什么事情，放假了没有接电话，又是大白天。后来一想，怕是你在休息，就没有打了，我已经爆炒好了！"母亲还告诉我，炒得还不错，挺香的，一家人正围桌品尝美味的晚餐呢！

心中的石头总算落地。

找到手机声音的设置，我把声音调成了最大声，现在是，以后一定也是！

其实手机，本身不过就是一个通讯工具，是彼此保持联系的最便捷的方式，它本身就只是一种存在。但是，我觉得应该还是恢复它正常的状态，让它来喜怒哀乐我们的生活。

把手机调回正常状态吧，经历了这些，或许会明白，有些时候，或者某个意外的时刻，你比自己想象的重要；请把手机调成正常状态吧，做那个可以肆意被当成煲电话粥的对象，会感觉到自己的重要；请把手机调回到正常状态吧，第一时间沟通，距离虽远，但是心近！铃响接通的刹那，是心生温暖的时刻！铃响接通的瞬间，是一种真实而心安的生活状态！

关机或者把手机调成无声状态，虽安静了你的生活，但内心能宁静吗？这样想来，关机或者调成无声状态，真的有必要吗？

那么就把手机调回到正常的状态吧，因为再微小的一个动作或者一个事物，也可以作为情感的表达，再平淡的生活，也会因为这种及时的沟通、及时的表达而显现出温暖、幸福、心安的面貌！

花开成景，花落成诗

那天，预约做血糖筛查，早早就去了医院，空腹抽完血之后，遵医叮嘱：5分钟内喝完165毫升的葡萄糖之后不进食，静坐等候，稍后再来抽血！

（一）

静坐医院走廊，看着来来往往的悠闲踱步的身影，这样的感悟会顿涌心头：人生真的无常，健康活着真好，即使不是千万亿万富翁！

就这样发呆静坐，看背影感慨人生，隔了两个小时，抽了两次血。正准备回家，在出门口碰到了同事林老师，她帮侄女来办理转院手术。关于她侄女的病情，之前有过一些了解，大概一年前检查出乳腺肿瘤，良性的，手术后，调理了一段时间，病情稳定了。直至上个月才知道病情恶化，已经扩散，要转到上海治疗。她说侄女已在上海住院了，转院手术也已经办好了。一向乐观开朗的林老师没有跟我说更多的信息，但从她微笑里读到了一种叫不容乐观的牵挂！

也是从以前的聊天中知道她侄女的些许情况的，四岁孩子妈妈，长得漂亮，一名贤妻良母；工作很体面，能力强，最重要的是正处于事业上升期。这样年轻的生命，才花开二十六呀，就要遭受这样的摧残！这怒放的生命能承受如此之重负吗？

"你也不要太上火，现在医学科技很发达的！"分别的时候，我这样说道。

"好的，谢谢，她心态很好！应该很快就会恢复的！"林老师微笑招呼完，急匆匆地上了车。

（二）

路边，上次来时开得正欢的合欢已凋谢，此时正满树浓绿。树下路两边，细密的绿叶间，粉紫的、白的木槿花纷繁而美好。

我不觉伫立，停下了脚步！

记忆中木槿是一种在庭院很常见的花种，可做花篱式绿篱，孤植和丛植均可。小时候，母亲在菜园周围都种上了木槿。一入夏，粉的、白的木槿竞相绽放，形成一道美丽的风景线。还是飞虫们的小小乐园呢！我和弟弟经常会顶着烈日，挨着母亲的斥责去抓蜻蜓；还有一种甲壳虫，会飞的，然后用绳子绑住它们的脚，看它们飞翔。

木槿的适应性很强，较耐干燥和贫瘠，对土壤要求不严格；耐修剪、耐热又耐寒。在入夏之前，父亲就会把木槿篱笆修剪得整整齐齐的，一来是为了美观；二来是为了方便晒东西，夏天各种吃不完的果蔬，母亲都会把它们晒干，等到秋冬季节食用。一个夏天要修剪三四次吧！

木槿花期长，从5月可一直开到10月份，约有半年的花期。但就一朵花而言，于清晨开放，第二天枯萎。那时候，只觉得那粉紫粉紫的颜色很美丽，开得很热烈，偶尔会摘下几朵插在发间，别在衣服上。有时候我们身上长火疖子或者有红肿，母亲也会摘下几朵木槿花，捣碎，涂抹在患处，红肿很快就会消失。

知道木槿花能吃是在前几天，一位朋友在群里说到了木槿花煎蛋，很香。百度一下，还真有这样的记载："木槿花的营养价值极高，含有蛋白质、脂肪、粗纤维，以及还原糖、维生素C、氨基酸、铁、钙、锌等，并含有黄酮类活性化合物。木槿花蕾，食之口感清脆，完全绽放的木槿花，食之滑爽。利用木槿花制成的木槿花汁，具有止渴醒脑的保健作用。我想如果那时候知道木槿花能吃，那我们的味蕾记忆应该会更丰富了！

木槿的花、果、根、叶和皮均可入药。木槿种子入药，称"朝天子"，多么富有诗意的一生呀！如此看来，花落又何惧！

记忆中的木槿花依旧绽放着，一季一季，一茬儿一茬儿，平庸热烈而又温柔顽强。

（三）

玉走金飞，没有想到，在这样的时候他乡邂逅木槿花，它独自盛开成景，凋落成诗。看着这安静来到世间的朵朵木槿花，极力绽放自己，吐露芬芳之后，又沉默着离开。这花开花落间，似乎看到了我们每个人的一生。

人的一生也如花的一生。只是，我们哭着来到这个世界，继而努力绽放自己，或平庸，或伟大；继而又在哭声中离开人间。这样的过程让人觉得如镜花水月，那样虚幻和短暂，或许也唯有如此，人生才显得珍贵吧！

如此，我们更多的时候不应该只看到花的美，闻到花的香，而应该以看花的心态来看自己，如木槿花一样，在自己贫瘠的土地上依然生长、开花、结果，与风雨为伴，凋落后入药，即使一路成长不易，也始终保持花开成景、花落成诗的心态，努力绽放自己短暂的一生，不恋过去，不畏将来地活出发光发热、如诗如歌的生活模样。

如一朵花一样，花开时花开，花落时花落，都是风景，都有专心，都是坦然。这也如我们常说的"痛苦时痛苦，快乐时快乐"，充实地享受地过好每一天，就是最大的收获！

真的，人生如花一朵，那么，花开成景，花落成诗应该就是最美的人生状态了。这样想着的时候，粉紫的木槿花和素未谋面的林老师的侄女的微笑重叠一起，模糊了又清晰……

　　在记忆和沉思的氤氲下，我不觉加快了脚步！

抵达春天的盘缠

立冬了，预示冬天到了。

昨天晚上哥哥来电话说父亲摔了一跤，并再三嘱咐有时间一定要和父亲通个电话。挂断电话已是深夜，不想吵醒父亲的美梦，我选择了今天早上通话，电话里父亲的声音如同今天的天气，阳光朗朗。父亲说没有事，不用担心，还要我听听早市的热闹声。我如释重负，一晚的左思右想，各种请假回家的理由，各种反思、愧疚，抑或对当初选择远嫁他乡的自责，一点一滴，一点一滴，滴了漫漫一夜……之后跟母亲通电话，问及为什么前天电话里不告诉我父亲摔跤的事情，母亲反而怪罪起哥哥来，说为什么要告诉远在他乡的我，让我们担忧牵挂！

其实对于远游的我，牵挂永远是心头最沉重的情愫，特别是寒冷的冬天！

家乡的冬天很冷，儿时常听大人说"像地窖一样冷"，我没有下过地窖，但是知道冬天的寒冷。

尤其是下雪之前，天阴沉沉的，风吹到脸上说像刀割一点儿都不夸张，空气很干燥，即使有太阳也是冷的。我极不喜欢这样的天气，但是温暖常常弥漫在这样的天气里，放学回家，母亲早就把取暖的炉子燃起，我们哥姐弟几个只管依偎炉边做作业，热气腾腾的饭菜也准备好了，等爸爸回来，我们温馨的晚餐也开始了。

母亲是一个健谈的人，并且始终都是带着微笑说话的，她总会给我们讲白天的所见所闻，在一旁的父亲只是以"嘿嘿"微笑声回应。母亲总会抓住时机给我们上思想教育课，尊师友善待同学，勤奋努力，爱学习这是永恒不变的话题，但是母亲从不说教，而是讲故事，讲她听过的或者看到的现象，然后让我们思考。

最难熬的是晚上独自一人写作业复习的时候，窗外，北风呼呼地刮着，一阵雪粒以后便是簌簌的下雪声，手冻得都不想写字，躺在被窝里看书睡着通宵点灯是常有的事情……

时至冬天，这里还感觉不到寒冷的气息，只是牵挂始终无法释怀。

母亲怕冷，尤其是腿，父亲天天在外奔波，风里来雨里去，只怕刺骨的寒冷肆无忌惮地侵袭他们被岁月打磨后并不硬朗的身躯。"不用担心，我们能动就动动，天气不好就休息，你放心，在外好好工作。"永远都是这样温暖的回答。"到这边来吧，这里的冬天暖和。""不了，家里还有好多事情，放不下。再说去了给你们添麻烦。"……这样的时候，爱永远是单向行驶的！

"今天天气很好，大太阳天！刚从店里买了一床棉被，放心吧！这个冬天不会冻到的！"母亲的话似乎是融在太阳里送过来的，温暖！

闭眼，记忆中的老屋，记忆中的晚餐、记忆中的冬天在金灿灿的冬日暖阳里缓缓铺开，铺开，铺成一片火红……

突然想起王兆胜《老村与老屋》中的文字。

每个从山村走向都市的人，大概都有一个如梦如幻的村庄记忆，也有一个关于"老屋"的深深情结。因为它们不仅仅包裹着我们的童年、少年甚至青年时光，还成为我们这些远走天涯的游子生命的根系。

在上《乡愁》的时候，同事在感慨，没有经历过漂泊的孩子如何去理解那乡愁两字背后的所有情愫、所有乡思、所有牵挂哦。

牵挂，或许更多的是对故乡对亲人的一种思念吧。凸凹《故乡的滋味》中有这样撩人心扉的文字：

"故乡，就像母亲的手掌，虽温暖，却很小很窄。它遮不了风雨，挡不住光阴，给你的只是一些缠绵的回忆……"

还记得那是我刚踏上工作岗位的第一个冬天，力不从心的我像冰霜一样，没有了欢言，所有的期盼，所有的热情在那个冬天被冰封！放假回家，火炉边和父亲秉烛夜谈，工作上的事情，生活的烦恼，也有憧憬和梦想……母亲可口的饭菜，生活中的嘘寒问暖……兄弟姐妹们的畅谈，相互的鼓励……心中重描的朵朵梦想之花，让我对春天有了新的期盼！尔后的生活，就多了相互的牵挂和鼓励！牵挂缠绵出美好的回忆，回忆凝聚成寒冬里的暖。

太阳出来了，很好的晴天。键盘敲过，温暖来过……

雪莱说："冬天来了，春天还会远吗？"这样想来，冬天我们相互牵挂相互取暖，心生暖风，人生就没有寒冬。

这样寒冬里的温暖就是我们抵达春天的盘缠！

让免费的变得珍贵

说实在话，我是一个很不善于表达的人，特别是面对亲人的给予，只能把满满的感恩装进心里，任它滋生成温暖。

两位母亲都一样，性格很要强，很为子女着想，儿女的事情，在她们那里永远都是最重要的事情，用她们自己的话来说，就是"只要你们平平安安、幸福健康、好好努力工作就好！其他都不重要！"没有豪言壮语，但是很暖心。

和以往的晚上一样，电视机旁，大人唠家常，侃谈新闻见解，谈谈工作，最多的话题还是离不开吾家小朋友，从在学校的表现谈到他奇思妙想的积木创作，从早餐说到晚餐，从有到无，他的小嘴里蹦出的字眼总觉得都满含天真，满是快乐。听到我们的聊天话题偶尔冒出来的话足以让我们乐很久很久……

不一样的是，父亲以很轻松的语气告诉了我们母亲最近的身体状况，要我们抽时间陪母亲去一趟医院，母亲怕耽误我们的工作时间，责怪着父亲："没有什么大碍的，不要紧，都挺忙的！"母亲的话更让我的心里不是滋味。

"是不是平时累到了，妈！"我检讨着自己，"平时那些事，放着吧，我回去做！"

日复一日，年复一年，上班时间，家里的活儿总是母亲在忙；美味的饭菜总是静躺饭桌，我们只要进门就上桌吃饭；接送宝贝上下学，宝贝的饮食起居，用不着我们操心……现在因为怕耽误上班，连身体的不适都不打算开口……

"那点儿事不算什么，到了这个年纪，应该适当动动了。做家务，就当是运动运动了，不动反倒不舒服的。"母亲说道。

满满的愧疚，满满的担忧，莫名地害怕……

是到了儿女应该多关注老人身体状况的时候了，而我们？是到了儿女应该多体谅老人种种的时候了，而我们？是到了多陪陪老人的时候了，而我们……

水的清澈，并非它不含杂质，而是在于懂得沉淀；记忆的美丽，并不是它不含伤感，而是在于时间的筛漏；心通透，并非没有杂念，而是在于明白取舍，明白感恩！

今天是感恩节，虽说是一个西洋节日，但学会感恩，学会做一个给予者，应该是我们一辈子要修的学！特别是善待父母和老人！不要遗憾于"子欲养而亲不待"。"有孝可赡"这是幸福！是的，朋友一语中的！

听不见花开的声音，应该学会陶醉花香，珍惜扑鼻的花香！要让亲情的免费付出，变得更贵重、更值得！

记忆有痕，岁月留香

　　回首，醉过的花香，氤氲在微润着泥土气息的空气里；流汗的炎热，褪去在闪烁着萤火虫"明灯"的夏夜里；收获的喜悦，吹开满是期待的那扇心门；踏过的雪，融化在记忆中飘满欢声笑语的田埂上……岁月啊，阳光晒过，记忆留香！

　　春天总在不经意间来临。某天，或许就在小草刚冒出那两片生命的嫩芽之时，经过一个寒冬侵蚀的树丫刚长出那嫩芽之际，约上几个好友，趁着久违太阳光的沐浴，找个属于我们的简单的方式来挽留周末的春光，找个空旷的山坡，享受共读一本书的拥挤心情，揣测各自读到同一情节时的青涩情怀；抑或干脆丢掉所有的矜持，从坡顶一直滚到坡底，感受天地瞬间在眼前翻滚，刺激的尖叫似乎也在翻滚，直至最后随风散去，感受这样一份放纵带来的刺激……

　　现在想想，还是很有创意的。不过最好不要穿毛线衣，那些亲昵地粘在衣服上的草屑会成为你回家挨骂的直接理由，记忆中就温存了母亲留有的责备，那时的母亲一定是在厨房准备晚餐，锅碗瓢盆交响曲中流淌着几多温馨，这时会后悔，因为自己的放纵给母亲带来的洗衣辛苦，尽管在母亲那里只是一声带着微笑的责备……

　　再后来，春天会在我们的寻觅中渐渐落幕，寻觅中有满山映山花的烂漫，有满园春色的娇艳，有山茶片、野草莓的诱人，还有田埂上蒿草混着的刚翻的泥土散发的清香，落在追逐过后的松软的田埂上，随春秧种入了憧憬里……

"布谷，布谷……"那飘满微雨或者蔚蓝澄澈的天空里，布谷鸟掠过，留下的呼唤，为春的落幕伴奏，正所谓"一声杜宇春归尽"。

夏天的乡村似乎与"太阳白花花""大地像个火炉""炙烤"这样的词眼连不上关系，它多的是大树下的浓荫，小溪边的清凉，微风里的清爽，一切如此开怀容纳，记忆中的夏天多的是乡野的情趣。

清晨，那抹阳光特别干净利落，透着沉睡一晚的树叶给予的清新氧气，扑面而来，有大山的气息。影子被拉得长长的，慵懒地紧贴地面，不过紧张而又忙碌的双抢季节，是不能这个时间起床的，这个点的时候，用母亲的话来讲是"别人都干完一茬活儿了"，抢稻收回，抢秧入田，双抢嘛。天地间，忙忙碌碌的都是身影，不过也是乡里乡亲话家常的最好时机，上田和下田是最好的聊伴，大人的话题永远离不开孩子们的成绩、成长等，每每这时，心里乐开花的一定有个我，长长的秧垄，黑油油的泥土吱吱地从脚缝中冒出的时候，心中阵阵清凉，遐想无限，与成长有关，跟希望相连，更多的是那份对丰收的渴望……

"快立秋了。"父亲抵抵滑下来的眼镜，微笑着说。秋的消息总是关心季节变化的父亲第一个从日历上读到的。晚稻拔节孕穗，棉花裂铃吐絮。立秋了，秋来了，笑看"立秋十天遍地黄"。

记忆中收获的喜悦是秋的主旋律。秋有湛蓝，有火红，有金黄……"春种秋收"，金黄沉淀的稻谷、饱满的小麦入仓，这是自然赐予的生命延续的食粮；花生破土而出了，为中秋佳节赏月添上美味；"寒露不摘棉，霜打莫怨天"，趁天晴，赶紧采收棉花；还有地瓜也是这个季节餐桌上的佳肴，母亲总能带给我们地瓜的各种惊喜的吃法；满树的金橘沉枝头，让人那样垂涎欲滴，满满的都是那份经霜后的收获，甜甜的……

尽管"一叶知秋""一场秋雨一阵凉"，不必黯然伤神，那秋里依旧有热烈，正应了史铁生笔下的各色菊花"秋风中正开得烂漫"。

如果说秋美在成熟，春美在羞涩，夏美在坦露，那么冬应该是内向的。

冬天，最盼的是那场大雪的突然眷顾，盼那片片洁白、那份惊喜，抑或那份宁静和安详。雪夜，灯下，温暖的火炉旁，北风呼啸，"再下大点儿，开春定是丰收年。"一旁织毛衣的母亲说。其实那叫瑞雪兆丰年，课本上说的，生活中，我们小孩不懂。最好的是腊八时节下场厚雪，积雪更添春节味道。静静地聆听，静静地分享，殊不知"冬天来了，春天也不远了"，融化的雪地里，一个个新的生命正在悄悄蓬勃……

岁月悠长平静，朝花夕拾，捡拾心中满满的记忆，期待又一年的芳草绿……

留香的岁月不老不旧，只要愿意弹灰！正所谓记忆有痕，岁月留香！

采出生活的诗意

一片一片绿叶，显示春的生命；一朵一朵花红，绽出春的色彩；滴滴雨落，润出春的灵动；缕缕风吹，抚出春的温柔……独自漫步春日里，感受春的温暖，欣赏春的美景，倾听万物拔节的声音，任思绪自由飞舞。

眼前，玉兰花未开，但是新抽出的嫩叶像极了那新冒出的茶叶尖，那种绿得沁人心脾的颜色是我记忆中的颜色，弥漫开来的是那缕新茶的清香。

不觉之间又到了一年采茶时。

妈妈很喜欢喝茶，特别是自己家制的茶，她说比"龙井"等名贵茶叶还好喝。

我的家乡不产茶，但是后山上有很大一片茶树，妈妈曾说过那曾经是集体的，后来分到各家各户了。就是这片茶树林，记下了几多童年的歌谣，春有茶采，有花摘，初夏有野草莓，秋是我们游戏的天堂，冬看雪花飘飘，我更钟情于采茶时节的春。

采茶时最好邀上一两个伙伴，一边聊着天儿，一边采着茶，任手指在茶树上跳跃，挑选那沁人心脾的翠绿，清新的茶香在茶叶被摘下的瞬间弥漫，夹杂着乡野、混着阳光雨露的泥土清香；垄垄绿里，如果你穿上艳丽的衣服，一定是抢眼的风景……当然我们不是整天都去采摘的，都是放学后的空闲时间去的。只因为妈妈喜欢喝茶，说尤其喜欢喝家乡的茶，苦于没有时间采摘，我理所当然地应该实现妈妈的小小心愿，熟能生巧，也就这样练就了我，我成了小有名气的采茶高手呢！

挑个好天气，先把茶叶洗干净，晾干后，放到没有一点油的大锅里，慢火炒。那样的采茶时节，各家各户一般都有一个专门用来炒茶的大锅，虽然炒不上几次，但是为了避免麻烦，一般有专用锅，或者几家共用一锅。炒茶要注意火候，过了，茶会苦；不到火候，茶的清香无法翻炒出。接下来把茶叶铺到竹匾里，均匀抖开晾晒。这期间还有一个很重要的程序就是不等茶叶全部晒干，要手工揉几次。别小看这个揉，一般人可是揉不好的，用妈妈的话说用力要均匀，还有每次揉的方向应一致，这可是个技术活，不是所有人都会的。这样揉好晒干的茶叶粗细均匀，叶叶卷紧的程度一致，这样的茶叶在市场上往往能卖到好价钱。那时邻里之间晒的茶基本是妈妈揉的，他们说即使自家吃，看着也舒服，拿出来更有面子！最后一道程序便是选茶，因为采茶的时候总会夹杂些老叶子，挑出的老叶子也可以用来泡茶，一般是泡大壶茶。妈妈最喜欢选我摘的茶，因为基本没有老叶子，省事！

我们家的新茶一部分是城里的亲戚早就预订好了的，谁家送一斤，谁家送半斤，妈妈就这样用心用情地让清明茶香弥漫！还有一部分留着自家喝，妈妈很喜欢喝茶，特别是浓茶，所以要备足一年的，特别是过年的时候，我们家是不用出去买茶叶招待客人的。很大一部分是拿出去卖了贴补家用！

总觉得采茶的心情就像那时候的天气，微润微润的，特别宜人。后来我才知道，妈妈说她也喜欢这份采茶的心情，她喜欢置于自然的那份随心所欲，那满眼的绿，划开便能绿了心！妈妈说她喜欢绿色，那是庄稼的颜色，那是希望的颜色！所以喝茶的时候，都觉得是喝着希望呢！直至现在，妈妈经常在电话里问我们需不需要家乡的清明茶，用她的话来说，龙井、红袍都不如自家清明毛尖茶！

不识字的妈妈，自然不会讲出多么惊天动地的大道理，但是朴实的字里行间我常常能读出新意，读懂一生辛劳的妈妈，如何用她的双手改变着我们一家的生活，从贫穷到富足，从小到大，到以后的每一个日子！

万物酝酿一冬的心事绽放在春天。勤劳的春天不负所托，润万物促花开，倾其所有诠释生命中希望的最美姿态！

又到一年采茶时，愿勤劳双手一叶一叶地采摘，采出生活的诗意、生活的远方！

灵魂里住着太阳

母亲就是我心中的太阳,我一直这么认为。

小时候,我是典型的乖乖女,用现在的话来讲,就是准宅女一枚。哥哥弟弟几个总有他们的游戏,记忆中满田地里追赶也能谈得上是最有意思的游戏吧,尤其是秋收以后,大片大片的稻田裸露着肌肤,皮肤湿润微黄,稻子的清香还没有全被镰刀割断,在田间逗留,像田地间疯跑的孩子一样,忘记了回家。突然想到这样的游戏类似于"跑酷"吧,田垄上、水沟里,上田跳到下田,肆无忌惮,累了,直接在还未来得及把稻草收回家的人家地里倒头就滚,打几个滚,闻闻稻草香,稻香粒粒在鼻尖扑闪扑闪,有太阳的味道,也有汗水的微酸微咸。

有好几次,我没有忍住,加入了奔跑的行列,那是秋收刚过吧,镰刀割断的稻根还没有干枯,有的还长出了新稻穗,没有长出新稻穗的根都还是直挺挺地立在田间,整齐划一,如刚强的士兵。我就在这样的田间"跑酷"。越跑越轻松,越跑越肆无忌惮,恨不得自己是插上了翅膀的小鸟,振翅就可以高飞。直至母亲的"回家吃饭了"的呼声隐约入耳我才明白我是有任务在身的,喊哥弟回家吃饭。

晚上洗澡,水刚淋到腿上,我就尖叫起来,母亲循声赶来,还在浴室门外,透着着急的"怎么了"就顺着门缝挤进来了。

"腿痛！"我指了指小腿肚。

"哎呀，你也到田间疯跑了？你看，那禾苗根还是很硬的呢！瞧这道道划痕！快洗了擦干！"母亲翻出了蛤蜊油，贝壳状盒子装的，据说治皮肤开裂什么的很管用。冬天谁的手开裂都可以涂的，涂了就好。"来，涂上这个！"母亲蹲下来，轻轻均匀地涂开蛤蜊油，细细地缝补着道道红红的伤痕。

"玩，要学会保护自己！女孩子家家的。"母亲说完这句话，深吸一口气后，又轻轻地吹了吹，奇怪，原先火辣辣的感觉一扫而光了，化成了神奇的暖风，微醉心田。

日后的"疯狂"里，总会想起母亲如暖风般的提醒，它牵引着我温暖光滑的一生。

或许是想应验那句"女儿是妈妈的小棉袄"吧，我喜欢当她的"拖油瓶"，围着母亲转的日子挤满了记忆的每个角落。我也喜欢和母亲谈心事，学习上的、八卦新闻……但是那个隐藏在内心的小秘密一直未曾启口。

"辉辉，今天家长会班主任表扬你了！说你是老师的得力助手！"这是高二期中考试家长会后母亲说的。这个我是知道的。那时的我是团支书，我把母亲做事的干练，有条理、做好做细的理念发挥得淋漓尽致。最主要的是母亲"人要老实点儿，要舍得吃亏"的教诲已经深植我心，加上我学习成绩不错，得到老师的表扬太小菜一碟了。

"不过呀，辉辉，妈妈发现你的成绩退到了22名了！怎么了？"该来的还是来了。我承认从小学开第一次家长会开始，我成绩排名都不下前五的。这次，这次……原本以为已经瞒天过海了，只是……

"妈妈，下次我会考好的！"母亲不知道，她的女儿心里有了小小的滑坡，有点偏离了正确的轨道……

现在想想，流淌着母亲原液的心房，怎么会接收不到那些不安分的心跳呢？孩子啊，在母亲面前，你们永远都是透明的！"没有关系，挺一挺，就好了。不要以为下雨天没有太阳，太阳在更高的天上！"我故意添了把柴，浓烟从灶坑出来，熏得我直流眼泪，知道真相的我明白，那是被母亲如暖风般的话感动得夺眶而出的眼泪！

母亲就是这样润物无声地播洒阳光，直至心房被占得满满的，不留一丝缝隙，并且长长久久地住着。

与其说母亲一直住在子女的心里，不如说从一出生开始，我们就被深深地烙印在母亲的生命里，即使下雨天，太阳也在最高的天上！

其实，每个孩子的灵魂里都住着太阳，所以啊，每个灵魂都是阳光灿烂的。

会飞翔的美好

　　或许因为害羞，也或许因为我笔拙，不够温柔细腻，写不出爱情的柔情万种，所以我很少写爱情，只是那样贪婪地享受着爱情。

　　昨天，是情人节，也是我们的结婚纪念日。那年，我嫁到了两千多里之外的北方。他家所在的城市靠近边境，下车呼吸到那里空气的一刹那，我就喜欢上了那座城市，那里的故事也成了我记忆里的常客。

　　在那里，我第一次见到了没过膝盖的大雪，不用担心雪一下下来就会化掉，不过我想北方的孩子一定无法体验到儿时我们藏雪的快乐，因为听黑妈（为了区分妈妈，我们在前面都加了一个字，湖南的妈妈叫湖妈，当然只是我们私下的区分方法，平时都喊"妈妈"）说，这雪要到三四月才化完呢！

　　第一次酣畅淋漓地在雪地里打滚，你都不用担心会有雪泥弄脏衣服挨妈妈骂，起来拍拍抖抖就干净了。有时也可以堆雪人，还可以直接扑到雪地里，一个雪娃娃就窝在雪里了，那雪的白净都透亮出银光，我想张岱笔下那"天与云与山与水，上下一白"就是这样的吧！

　　在那里，第一次体会到四脚朝天的摔跤姿势的优雅，因为雪下是一层厚厚的冰，缺少实地生活经验的我，一放松了警惕，就会摔个仰面跤，这时候或许干脆不起，顺势躺下，或者干脆就打几个滚再爬起，父母除了怕我摔伤之外，其他不合情理的举动他们也就善良地接受了，"可以理解，爱雪嘛"，父亲这样说的时候是笑着的，很像湖爸的憨厚！

在那里，我第一次不在父母身边过年，第一次闯入别人的年里，还渐渐过成了习惯，喜欢上这座城，喜欢那雪那年那些人和事！

昨天一大早，他就发来一个大红包，解释说我们一整天都忙，没有时间出去买礼物，自然出去浪漫地吃顿晚饭更是奢侈，这个大红包就是礼物吧！平时我是不管钱的，自然对钱一点概念都没有，或许明天我就会再把钱转回给他，但当时接收的时候心是澎湃又温暖的！或许就因为有两层意义的一个节日吧！每年的这天总会有惊喜，既平淡又神秘，令人难忘！我们的生活就是日常生活，一起上班一起下班，同一个办公室里面对面坐着，没有华丽的辞藻，没有神秘，没有轰轰烈烈；我们可以把那时候约定好的小习惯坚持到每一天里，比如谁先刷牙，谁先给对方挤好牙膏，当然如果吵架了、生气了一般是不给对方挤的，除了刚开始的时候有几次忘记，直至现在我们都还没有接受过这样的"惩罚"！正是这样的一路相随，我们更了解了彼此。"认识一个人，需要机缘；看清一个人，需要智慧；了解一个人，需要包容"，不知道谁说的，但是我只需要认识就了解了一个人！

生活中的难忘其实并不是刻意而为，它总会发生得那样自然。平素一向沉寂的前同事群，今天因为一张照片，沸腾了起来，朋友说他在整理电脑，刚好看到。照片上傻傻的两个人，笑得很甜，蹲姿，男左手女右手合成心形，各自另一手搭在对方肩膀上，脚下沙滩上用贝壳拼成的"love"单词在阳光里氤氲成香。

那天天很蓝，海水也正蓝；那时，我们从四面八方会聚到一起；那天，我们一起数浪花，踏海浪，一起憧憬；那时，我们情窦初开，我们正年轻。那时我们一伙7人，总是那样形影不离，走到哪儿把开怀带到哪儿！接下来便是一张张的合影，还有定格的各种心情！

"这是当初幸福的小情侣，现在是三口之家了！老了吧！"同事调侃道。要不是同事的调侃，我的目光是不会离开第一张照片的。

"原来我那时候的身材那样好！谢谢你的珍藏！"我回答道。傻傻的两个人就是我和他。这样的回忆之门多么自然地打开。

看那蓝天白云，看那灿烂的笑，看那凝固的青春，突然觉得，青春是一首匆匆的歌，虽唱老了容颜，却唱不老那些曾经拥有的青春年华的心情！

"晒晒现在的我们吧！"随着我们全家福照片的点击发送，我发出了这样的一句话！群里很快收到了张张洋溢着幸福的全家福。青春的年华已逝去，但热血般的青春情怀还在涌动！

自然就是最美的美丽，我们自然地生活在每一天里，不矫情，不多情。一起下班，一起回家，归家路上即使只有我们两人，但在这有温度的城市，也不觉得我们是异乡的拾梦人！我们住在彼此的心里。

日月不老，岁月有痕，属于我们走的只是那么一段，但我们可以把日子过得像黄渤歌里唱的那样，"把岁月走得堂堂，头顶就是天堂"。

或许，爱情正如勃朗特所说："爱他脚下的土地，头顶上的空气，他触摸过的每一件东西，他说过的每一句话，我爱他所有的神情，每一个动作，还有他整个人，他的全部。"

爱情是没有形态的，它也像水，随方就圆，但我觉得爱情应该像那有源头的活水，才能生长幸福的羽翼。而这源头应该就是我们各自的心，只有活在心中的爱，才不会被时间轻易折断翅膀！只要心中有爱，就会把日子过成想要的模样！

天热，别急，慢慢走

奇怪，才早上八点多钟呀，就如此蝉声阵阵。即使是夏天的早晨，也不致如此呀！

关于蝉的鸣叫百度上有这样的描述："雄蝉一般在气温20℃以上开始鸣叫，当气温达到26℃以上时，许多雄蝉就一起鸣叫起来，称为群鸣。当气温达30℃以上时，这些雄蝉不仅鸣叫时间长，而且次数也更多，声音也叫得更响，所以知了在夏天才叫。"

"这才几点，就如此热闹非凡了！"她嘀咕着。

昨天借书的时候，发现读者证还处于欠费状态，各种办法想尽，也无济于事，必须到智慧图书馆去办理相关手续。

流着大汗，一大早来办理这手续，只因梦里梦外都是那几本书的可爱模样，要知道，那都是她很喜欢的几个作家的文集呀！那些文字总如春风，能让心灵生机勃勃，绿意盎然，她很明白，在这样的关键时刻，怎能离了墨香呢？

即使大热天，即使出行很不方便，但她毫无怨言。

她揩了揩豆粒般大的汗珠，继续寻找目的地。

知了叫得更欢了，此起彼伏，声音一浪一浪传来。可是林立于大树中的楼宇，哪一栋才是呢？

她看到一位穿着白衬衫的工作人员，便急忙去问。

　　"老师，请问智慧图书馆怎么走？"

　　"不在这栋楼！""白衬衫"瞟了一眼她，冷漠地说。

　　她当然知道不在这栋楼！墙上醒目的大字——"党群活动中心"她还是认得的。只是？不由得她多问，白衬衫头也不回地走了。

　　这回答等于没说嘛！她有点头昏脑涨，树上的知了越发地聒噪了！

　　正在她犹疑之际，身边一个正在清扫落叶的老人停下手里的扫把，用手指着前方，"你顺着这条道一直往前走，看到第二个白色垃圾桶了吧，然后右转就到了。很近的，天热，别急，慢慢走！"

　　这一句"慢慢走"一下子触动了她的心，这仿佛亲人的话，听着异常亲切，她不禁仔细看了一眼这个老人——密密的汗珠沁满额头，有着像父亲一样古铜色的布满皱纹的脸，一身环卫服的绿色跳跃着生命力，那是一种能给人带来清凉的足以淹没树上蝉噪的绿色！她愿意亲切地叫他"一抹绿"。

　　看她出神的样子，"一抹绿"以为她没听明白，又重复了一遍，"瞧见没？那个穿白衬衫的，就在他那儿右转就到了！"然后又不忘叮嘱一下，"天热，别急，慢慢走！"

　　她的内心在这抹绿色的遮蔽下，无比熨帖和美好，眼前的老人让她想到自己的父亲，微微佝偻的身子、双眼皮、小眼睛、洁白的牙齿，笑容可掬。

　　顺着"一抹绿"所指的方向看去，那白衬衫的身影异样清晰，那就是她刚刚问过路的工作人员嘛！白得晃眼的衬衫，黑西裤，那腰间别着的"H"头皮带格外醒目。

　　"好了！下一个！"右转在视线里的"白衬衫"头也没抬，把读者证递给了她。前后不足五秒，不足五秒就把这个欠费的事办理好了，不足五秒呀！她应该高兴，可以马上去借那几本心仪的书了！只是不知道为什么，她变得不再那么急迫，那些书对于她的吸引力也大打折扣，在"白衬衫"的辐射下，那些书，似乎也变得苍白了。

可是，那一抹绿色还在！她看到那个老人还在清扫着落叶，她知道，天热，"一抹绿"怕她走错路，多走路，或许还怕她一不小心摔倒，毕竟，在"一抹绿"眼里她应该是受保护的弱者，从她臃肿的身躯和高高隆起的肚子，一眼就可以看出来，这是个准高龄高危妈妈！

知了声依旧聒噪，但她却听出了欢快。因为一抹绿色，再惨淡的白，也不足以令人灰心，因为她看到了绿色在惨白的图书馆缓缓走动。

所有的全力以赴，都是人间值得

从 1 月份开始，我就坚持认领本次活动的日记写作任务，终于认领到了 5 月 13 日这一天。感谢这样的一个平台，让我们看见日常的温暖，洞见生活的美好。

其实我想认领一些有意义的日子，比如，结婚纪念日、家人的生日，但是都错过了，认领到今天，其实就是千千万万个日子中普通的一天，突然觉得，没有预设地度过每天，或许就是生活的常态吧，如此，甚好！

还没有认领到之前，我想到了好多主题，比如，我要谢谢为了照顾我们老二而放弃了享受老年生活的父母；要谢谢懂事的老大，谢谢调皮捣蛋的老二妹妹；谢谢包容我这么多年的他；谢谢身边的每一位亲朋好友，还有并肩作战、一起奋斗的同事；谢谢领导的信任、贵人的相助。

然而事实上，这平凡的一天真的很难包容那么多美好，毕竟，每个日子都弥漫着人间烟火味。但也正因为如此，每一个普通的日子都显得弥足珍贵。

今天，如期而至，不徐不疾，刚刚好。

早上，依然在充当"人工闹钟"的爱人呼唤下，开启美好的一天。数十年如一日，我都是如此贪婪地享受着这种没心没肺的日子，即使出差在外，这"人工闹钟"也是很准时的，从不用担心迟到。

睁开惺忪的双眼，洗漱台前，牙膏挤好（谁先刷谁先挤），无论早晚，只要在一起，一定被这样温馨的开始打动着，这是我们从一开始在一起的约定，50年不变，如果没有挤好，那一定是生气了。所以，我们之间的不和谐，通过这一举动就能表现出来，有意见，不需要争吵，彼此就会引起注意、反思，继而想方法"重归于好"，十六年的心有灵犀，我觉得很好，谢谢这个看起来很大男子主义的东北汉子。

阳台春天·百花竞开

昨晚住家里。前天婆婆发信息，说她入手的木槿花开得娇艳无比，是她见过的最火热的一种，我终究没有抵住诱惑，回家住了，就是想看看花草。

我爱花，爱到为自己不慎养死了一株而内心哭泣，惆怅许久，念念不忘它最初的美好。所以，我家的阳台，总有热闹的春天。

开启阳台百花竞开模式的当属君子兰花，透亮的橘色，开得超凡脱俗；鸢尾花、凌霄花、石榴花颜色自成一系，均匀得透亮，雍容又淡雅；月季、玫瑰、木槿、三角梅，深深浅浅的玫红庄重成熟，开了又谢，谢了又开，积极活泼；沙漠玫瑰，低调内敛；海棠、绣球花、蟹爪兰、灯笼花、茉莉花、喇叭花、绿萝，各色多肉，还有我也说不上名字的，各自或开或长，和谐相处。

它们极力绽放，尽态极妍，回馈照料它们并疼爱它们的人。人生一世，草木一秋，最是可贵。

赤诚丹心·向美教育

"美好的一天从早读开始。"每一天，爱人都是早早去教室，陪着孩子们早读，大课间与孩子们一起锻炼。他一直致力于打造幸福民主、和谐的教室，他带的班，各种活动丰富多彩，有集体生日、家书传真情、为榜样点赞，等等。

"教育，向美而生"，这是他的坚守；给孩子们描好成长的底色，做大写的人，这是他的信守；对每一位孩子负责，不让一个孩子掉队，这是他的践行。

他总说，孩子们积极乐观，善良温存，进取感恩，这是给班主任的最好馈赠，也是班主任独属的快乐。

从毕业至今，他做了十六年的班主任，学着成熟，学着进步，从班级管理到参与年级管理，从校先进到集团先进，再到进入市级优秀班级的行列……一步步走来，他用心教育，实心工作，向美教育，人生自然而然就有了高度、宽度和厚度。

得知认领成功后，我试探性地问过儿子，如果要写一个人一天的生活，"我想写你，因为，努力学习、积极进取的你最帅气"，谁知儿子脱口而出："我觉得应该写写爸爸，爸爸每一天的工作都很辛苦，但他又很享受这样的快乐！他的优秀，自带光芒！"

是的，所以必须写写他，必须谢谢他，为我们家遮风挡雨、为我提供精神引领的靠谱的东北汉子。

说回我自己。肩上有责任，心中有成长。我，也是普通的教师，备课、上课、改作业，这是工作的主旋律，从不敢懈怠。

继上次《骆驼祥子》的分享课后，今天和孩子们一起走近威廉·戈尔丁的《蝇王》，开始了期待已久的阅读分享课，此前，已有近半个月的自主阅读。

孩子们呈现的思维导图，各具匠心；通过小组合作梳理出来的感人情节，让人获益匪浅。他们各抒己见，不时碰撞出思维的火花，尽显阅读的魅力。书，特别是名著，它给人的启发和力量就在那里，只要你乐于靠近、融入。

当然还有一些插曲。比如，早自习之前或者晚自习之后的时间是我固定的读书时间。每周一封或者两周一封写给儿子的信，试着做他精神成长的参与者，一起体验成长的幸福，尽管天天见面；从手写不少于一千字，到现在电脑打字不少于两千字，我感受到传递家书的快乐。

零星时间的静心阅读，累积的不仅仅是见识，更是一本本书被见缝插针地读完，这是心的远足，精神的漫步；手写日记的习惯从初中保持到现在，这是记录生活，留香岁月；夜跑、徒步、骑行、马拉松，不仅强健体魄，更坚韧了身心。

时光匆匆，脚步从容。心里有静如处子的安稳，岁月也有动如脱兔的灵动。

今心为念·环环相扣

新入手的钢琴，今天送到家里，妹妹再也不用心心念念地到学校弹钢琴了，也方便了哥哥的音乐考前复习。时间的闲暇里，生命的空白处，旋律悠扬。

中午，是哥哥练习快板的时间，没有回家吃饭。

"突然觉得只有我们两个人的午餐，似乎少了一点儿什么？"爱人感慨地说。

"我今天准备的唠叨，无处安放！"我知道，他想儿子了，其实我也一样，别看在一起的时候不觉得，即使天天在一起，长一点儿时间不见，也会想念。

"其实，我们真的不需要唠叨儿子，他真的很优秀了！他太懂事了，内心一定很辛苦！"爱人意味深长地说。

是的，儿时，我们缺席他的成长，现在，却又挑剔他的点滴，成长路上哪有那么多的十全十美呢。应该谢谢他的自然成长成全了我们为人母为人父的初体验。

"妈妈回来了！抱抱我！""亲亲爸爸，抱抱哥哥！"这是晚上回家妹妹的见面礼，温馨甜蜜，消释一天的疲惫。接下来客厅热闹起来，哥哥妹妹捉迷藏，大人们聊聊一天的日常；与以往不一样的是，今天多了音乐陶冶，哥哥一曲弹完，妹妹点赞，爷爷奶奶夸奖。我想，人间最温馨莫过于有人闹，有人笑吧！

今天没有晚自习，本是夜跑的时间，因为大雨只能取消，欠生活一个"十全十美的表白"（我一般喜欢跑10.10公里）。

那又何妨，有点遗憾，才有期待。

日子在琐琐碎碎中熠熠生辉，生活因忙忙碌碌而有诗意。念念不忘，必有回响；世间美好，环环相扣。只要你愿意，你所有的全力以赴，都是人间值得！

第三辑: 慢享生命·静待花开

每一个孩子都是我们的骄傲

自从听完《教育戏剧——从生命走向生命》的讲座以后，每每看到被学习霸占了大部分休息时间的孩子的时候，我不禁自问：教育，我们到底需要什么样的教育？

今天朋友圈的一篇文章，让我感慨万分。是的，著名特级教师霍懋征生前的一句话，深深打动了我："每一个孩子都是我的骄傲"！我突然觉得这与我们讲座的内容非常契合，"教育戏剧"不就是让每一个孩子都成为我们的骄傲吗？

让每个孩子珍惜生命，敬畏生命，从而使他们的生命熠熠生辉，这就是最完美、最理想的教育。

伯克说过："生命在闪耀中现出绚烂，在平凡中现出真实。"每个人的生命都只有一次，"但我们如能正确地运用它，一次足矣"。如何度过这仅有的一次生命，应该是个永恒的教育话题。

以教育为目的的教育戏剧，"注重用戏剧方法与戏剧元素引领学习对象在虚拟的戏剧情境中，依赖学习对象的观察、想象、创造与反思，达到育人的目的。教育戏剧的重点在于全员参与，从感受中领略知识的意蕴，从相互交流中发现可能性、创造新意义"。

教育戏剧虽然以戏剧为表演方式，但是表演者可以在表演的过程当中体悟到生命的意义，能把内心无法排遣的各种负面情感宣泄出来，从而获得情绪的升华或者精神的提升。观看者能在欣赏的过程当中受到启发，从而达到受教育的目的。比如，瓯海中学的同学们为我们呈现的《重走长征路》一开始就直接指出了生活中存在的现象：独生子女的娇生惯养，怕吃苦；自私自利，不为他人着想；困难面前一味责备，没有团结合作意识，等等，继而通过设定的具体的情境来生成戏剧的矛盾冲突，最后一一解决出现的所有问题，纠正各种错误思想。尽管是以戏剧的形式展现，但是在表演和欣赏的过程中，我们都能受到心灵的震撼，精彩之时，情深之处，我们潜然泪下，懂得了成长的真谛，从而热爱生命，敬畏生命！透过生命的本质，教育戏剧同样能开展与自然与社会的沟通和交流活动，舞台上的体验远胜过硬生生的说教。常怀敬畏之心的人一定懂得感恩和珍惜！

所以，笔者认为教育戏剧就是侧重于生命的教育，生命教育应着眼于全体学生的身心健康和谐发展，引导学生热爱并敬畏生命，建立生命与自我、生命与自然、生命与社会的和谐关系；学会关心自我，关心他人，关心自然，关心社会的生命素养；提高生命质量，理解生命的意义和价值。培养学生生命素养，提升学生生命质量，是学生生命发展和本真教育的需要。

教育戏剧能强化孩子的责任意识。车尔尼雪夫斯基说过："生命，如果跟时代的崇高的责任联系在一起，你就会感到它永垂不朽。"身为学生，应该让他们明白身上的责任，除了学习，另外对自己人身负责、注意安全等这应该都是他们肩负的责任。要学会担起自己的未来、父母的期盼、社会的需要的责任。学校应该加强思想教育，落实每一节班会活动，利用好家庭教育阵地，培养孩子的责任意识。这种责任意识其实在教育戏剧的整个排演过程中都能得以加强！在戏剧的角色体验中能发现自我的各种可能，从而不断地体验自己的内心，最终达到接受自我的目的，明白肩负的重大责任，理解生命的真实。

　　教育戏剧能让孩子拥有吃苦精神。诺贝尔说过："生命，那是自然会给人类去雕琢的宝石。"既然要雕琢就是要学会吃苦。学生，特别是当今时代的学生，蜜罐里长大，在该吃苦的年纪选择了安逸的话，人生就会留下遗憾。"吃苦在前，享受在后，甘于奉献"，这应该是一个人一辈子都应该践行的。苦难是我们成长的精神钙片。凡事怕吃苦，前畏狼后怕虎，做事情斤斤计较，生怕流一滴汗，这样的态度无论做什么事都是不会有结果的。

　　教育戏剧还能培养孩子阳光的心态。让每个孩子都参与到戏剧的排演中来，在这个过程中享受教育的快乐幸福，应该是一件很惬意的事情。门肯·亨利说过，"人活着总是有趣的，即便是烦恼也是有趣的"。一副好的皮囊还需要配以有趣的灵魂。培养阳光心态，这是生命教育必不可少的。"人生如逆旅，我亦是行人！"人人都是天地间的过客，不必计较眼前的得与失，豁达洒脱，心态阳光，灵魂才高贵！

　　教育戏剧强化自我的体验，注重团结合作意识的培养，力求启发孩子热爱的本能，开拓创新意识，学会自我反思，学会与他人与自然与社会友善相待。它关注生活中的问题，门槛比较低，只要你愿意体验就可以参与；它"注重对人性的追问、对生命的领悟类主题"的思考，"让他们更有创造力，打破原来老旧的思维，从而变得更加灵活、更加活跃"。

　　比如"塞翁失马，焉知非福"，这个故事已家喻户晓。智者丢失了马，邻居说你真倒霉，他说是好是坏还不知道呢。不久他家的马从山里带回一匹野马，邻居说你真有福，白得了一匹马，他说是好是坏还不知道呢。他儿子骑野马摔断了腿，邻居说你可真不幸，就一个儿子，他说是好是坏还不知道呢。过了一段时间，皇帝征兵，很多年轻人都死在战场上，可他的儿子因为腿断了不能打仗，未被征兵而活了下来。凡事辩证地去对待，好坏是可以相互转换的。这样想，人就会变得洒脱一些、平淡一些。人生没有白走的路，每一次选择，每一步路都会铿锵有力。

纯粹的德育离不开硬生生的道理灌输，而如果把这样的故事排成戏剧，不仅达到了德育的目的，还能渗透美育。能让孩子们拥有一个阳光的心态，让心有所寄托，这是积极上进、乐观豁达的一种生活态度。身为成人，也需要拥有好心态。好心态才有好生活，只有调整好心态，工作才会高效，家庭生活才会幸福。毕竟三餐四季，一茶一蔬的简朴生活，才是真正的幸福，家庭和谐温暖，才是真正的成功。"流光容易把人抛，红了樱桃，绿了芭蕉。"珍惜每个日常，每份感动！

至于生命教育，其实不仅学生，成年人也应该珍惜生命，热爱生命，进而敬畏生命。正所谓，"天地无终极，人命若朝霞"，即：天地是永恒的，永无终极，人生是极其短暂的，就像朝霞，绚烂夺目一时，转瞬消逝，因此我们要珍惜生命，在短暂的瞬间，尽量活出自己的意义。在表演中学和思，在欣赏中感和悟，不断学习、充实、精进自己的人，任何时代都不会被辜负！

"教育戏剧，会将可能变成一种现实；孩子们会让我们的生命更像生命；教育就是传递，传递不变的东西，不变的就是更符合人性的东西，有温度和爱"！更主要的是它强调的是全员参与，面对的是每一位孩子！在教育戏剧的殿堂里，每位孩子都有参与的自由，都有表演的机会，都有接受教育和被感化的无限可能！

这样看来，因材施教，让每个孩子都走进戏剧，享受戏剧的快乐，让每个孩子都成为我们的骄傲，让每个孩子的生命在教育中熠熠生辉，或许是我们可以追求到的教育！

别催促一朵花去绽放

林清玄说，好的围棋要慢慢地下，好的生活历程要细细品味。那么，美丽的人生风景需要慢慢欣赏，慢慢等待。等一等，自然能体会到其中的曼妙。

"快点起床，要不就要迟到了""快点吃饭，饭都要凉了""快点，公交车要走了"……"快点"俨然成了人们的口头禅。赶时间上班，赶时间秒杀，赶时间挥霍青春。

我催促儿子快点刷牙，他反驳我："妈妈，老师说过，刷牙要刷三分钟，才能赶跑细菌。"我只好妥协："好吧，宝贝，那就慢慢刷！一定要保护好牙齿，特别是在换牙的时候。"

我催促儿子快点吃饭，他反驳我："妈妈，吃饭的时候，不能讲话，老师说的，要一口一口慢慢吃，这样肠道才有足够活动的时间。"我接着妥协："嗯，好吧，慢慢吃。"

在孩子吃饭的过程中，我还不忘让孩子背一两个英语单词，都说人在吃饭的时候记忆力最好，所以我总是不想错过这个最佳的时段给孩子灌输知识。

带孩子很辛苦，总是忍不住在孩子面前叹息："唉，宝贝，什么时候你才能长大啊，妈妈就不用这么忙碌了。"

儿子很懂事:"妈妈,你上班很辛苦,我自己坐公交车去上学吧!"

"谢谢宝贝,但是你还小,要等你长大了才可以。"

"那妈妈,长大还要很长时间吗?"

"是的,不过也很快,一天一天就长大了!"

"妈妈,从今天开始我就多跳几次绳吧,这样就能长得快一点儿了!"

我忽然就为自己的叹息感到内疚了,为何要求孩子快快长大,这和揠苗助长有何区别呢?

"妈妈,我们今天还走来时的小路回家吧。那里车少,我们可以慢慢走。""好的!"我终于被孩子带到了"慢"的节奏里。慢慢走,慢到他可以对一个下水道盖也可以问出好几个为什么,慢到可以蹲下来数清地上蚂蚁的个数,慢到可以数清石壁缝里的野草,问题每天翻新。这时,你不能没有耐心,不能心不在焉,他能清楚看透你的心。

孩子毕竟是孩子,孩子的速度应该是蜗牛的速度,这样才有利于生长,慢慢来,等一等,快乐和健康自然就来了。

慢慢等待一朵花的绽放,慢慢等待孩子拔节,这应该是教育孩子的理想状态。

迎着春风却凋谢在人生的阳光明媚中的魏永康,出生之后,母亲就刻意将他培养成一个"神童",不到3岁就能写出三千余字,不到5岁就念完了九年义务教育课程。不到九岁就开始读高中,不到14岁就破格被大学录取,不到18岁便进入中科院,硕博连读……本该开在春天的花朵,在寒冬盛放。以前的神童如今沦落成问题男子,之后被强制退学。"神童"的梦想之花未能在人生的沃土中怒放,过早凋零,其实他本该长成参天的大树。

花,催不开,果,要等待才熟。让孩子在成长的时间里,多一点儿伫立,也许就多了一些思考,多了一分成长。

慢三拍，静一生。节奏飞快的现代社会，学会慢一慢，等等我们的灵魂，也是一种智慧。享受看寸寸光阴在庭前流连的悠闲，体会"牵一只蜗牛去散步"的浪漫，于满眼春光中静待花开。

路遥榆木知你们心

精彩的故事，永远只有开头，没有结尾，就像成长……

小学时光，两个堂弟和我加上我的弟弟，我们自封为"四人小分队"，因为我年长，自然就是他们的老大，常领着他们变着法子开发各种游戏。

广阔的田野，池塘旁，小溪边，条条田埂道道坎；高高低低的山丘，大大小小的山头，都有我们疯跑打闹的痕迹。春到，入山摘各色野花，寻茶片茶泡；夏来抓蜻蜓，爬树上逮知了，抓泥鳅，钓青蛙，烂泥里打滚，小溪里捕鱼；入秋爬草垛，山坡"摸爬滚打"，偷摘邻居家还没有成熟的橘子，偷挖地瓜，山里烤，时不时还引发"火灾"，小规模的我们可以自行浇灭，但每年总有那么一两次会引发大火，惊动大人们一起来灭火，他们也会责怪几句，说危险之类的话。但乡里孩子，野惯了，也学会了"听话"，大人们责怪之后，我们该怎么玩还怎么玩；冬天经常是伴着雪花一起来的，堆雪人打雪仗，揭冰棱子，挖洞藏雪，打四角板，输得多的甚至还把书本都拿来折了……记忆中聚在一起的时光里，就没有读书习字的美好画面。

还好，那时候读初中不用选拔，只要不是差得离谱，都可以沐浴九年义务教育均衡发展的春风。

那年，我念初一；那天，礼拜六；那时，下着秋雨。

已是黄昏，我刚从外面"野"回来，看到中午就去菜园子劳作的母亲还没有回来，于是准备用专心写作业的"真相"博得母亲的夸奖，只是书桌上作业本、书、笔记本、钢笔，都不在行阵里，连昨晚上停电用的蜡烛也"泪流"一圈。三下五除二，马上开始"打扫"现场，刚整理完桌子，摊开书本，坐好，就听到外面有人喊我名字。

"谁呀？来了！"一边应答，一边飞奔到门前。

"是我，卓老师！"清脆的声音入耳。

我一下子怔住了，不知道如何开口，事实上我也是傻傻地待在那里，一言不发，不知所措。

"不要紧张，老师来家访！打扰你写作业了！"班主任卓老师侧身进门，微笑着说。

"没有，没有，卓老师……我妈妈不在家，老师！"我当时就想家访肯定是要找大人的，大人不在，老师应该很快就会回去的。

"没有关系，来家里看看，只是想了解一下你们在家的情况，没有其他的。"卓老师看出了我的紧张。我突然觉得之前以"老大"身份换来的"足智多谋""底气十足"，甚至是"威风凛凛""镇定自若"，等等，现在一点儿也派不上用场。

简单交流之后，我渐渐没有那么紧张了，只是不知道接下来要做什么，毕竟这些年下来，从来没有老师来过我家里，至于"家访"这个词语，都是我第一次听说呢！

正当此时，母亲挑着桶回来了。

"妈妈，我们班主任老师来了！"我赶忙过去接过扁担。

"您好！您好！你看，家里乱成这样，都不好意思！"母亲从小没有上过学，但是她很尊敬老师，"你看，辉辉也没有早点儿说，要不我就早些回来，准备一下！"

显然，一向热情的母亲，感觉到了待客的不周。一边招呼老师进屋坐会儿，一边要我去倒茶。

"不用了！不用了！我马上还要回学校，就是来了解一下情况！"卓老师拉住了母亲。

我知道，在学校老师交代的事情、布置的作业我是不拖欠的，还有就是学校的各项纪律我也是遵守得可以的，就属于那种平平庸庸，表现不好不坏，学习不上不下的那种吧！

现在回想起来，身为班主任的卓老师应该是感觉到了我身上缺乏那种全力以赴。是的，那时候，根本不知道什么是目标，什么是人生理想之类，对于明天，完全没有概念。

接下来是卓老师和母亲的各种聊天，我则是旁听，其他的内容记得不太清楚了，但老师离开之前的那段对话至今我仍铭记于心，还包括当时我们三个人站的位置，各自表情，当时的天气情况，等等，一直烙印于心。

"你对益辉有什么要求吗？"卓老师问道。

当时，我的心既紧张又憧憬，紧张的是，母亲一直在乡里务农，没有多少学识，我不知道母亲会怎么回答。憧憬的是，我还没有听过母亲关于对我的要求的心里话呢！

母亲微微一笑，略带腼腆。

"我就希望她不要像我一样生活，太辛苦了！多读点儿书，考个大学！有个美好的明天！最好也当老师吧。女孩子当老师挺好的！"在母亲才6岁的时候，外婆就离开人世了，虽然上有哥哥姐姐，但都要跟外公出力赚工分，根本无法照顾母亲；母亲还要照顾比她小三岁的妹妹，这些往事母亲是时常在饭桌上提起的，只是每次都轻描淡写，从没有听她说过"辛苦"之类的字眼，甚至连一句抱怨都没有，总是那样"咋咋呼呼"，那样阳光热情。

瞬间，我好像读到了另一位母亲，一位对我有那样美好要求的母亲。瞬间，我好像觉得自己很重要，这么美好的愿望寄托在我的身上，要知道那时我在左邻右舍眼中，就是"破坏分子""疯丫头"，不太像有学习天赋的。况且从小学到初中，学霸一直都是和我们同村的伯伯家的儿子。相比他，用邻居们的话来说我就是"榆木疙瘩"一个。这种看法的改变一直到我考上大学，到后来参加工作，成家立业，现在每次回去，邻居们总会和我久聊，或许，他们已经忘记了那句随口一说的但被我铭记于心的玩笑话，毕竟，说者无心，听者有意。

"她很有潜力的……"这也是第一次听老师当面鼓励，只觉得心头热热的，当时我心里想的就是一定要发奋读书！"

"是的！只要发发狠，所有的事情都能做好的！"母亲看着我说道，尽管平时她也经常要我们"发狠读书"，总觉得那天那时听来，那句话就像是支起心灵帐篷的一根柱子，坚固无比！

在乡下务农的母亲连自己的名字都不会写，但能说出如此深奥有哲理的话，唯一的解释就是，天底下所有的父母在孩子面前都是伟大的哲学家，他们用与生活做交易换来的成长感悟和勇气，鼓励我们在生命的原野、青春的战场里驰骋。

多少年过去，当年全校师生公认的才华横溢的美女老师已经是行政领导，但仍坚持带班做孩子王，看着那张张灿烂笑脸，就知道孩子们该是有多么幸福呀！要知道，他们的老师，在那个年代就有"家访"理念，懂得家校合力之重要；懂得开发第二课堂，顶着学校的压力也要将"野炊""校外拉力五公里跑""20公里徒步励志行"等进行到底；懂得用书信与我们交流，解决我们成长路上面对的敏感问题，等等；课前有励志演讲、自掏腰包买书籍创建读书角、手把手教我们出黑板报、组织查字典比赛……让我们明白成长是自我最深的觉悟，用现在的话来讲，教育是对生命的唤醒，教育就是让一个人变被动学习为主动学习，变他律成自律，教孩子成为一个有精神内涵的真正大写的人。

或许，卓老师，真的不知道，她那次的来访，给了我一种转角遇到爱和信任的感觉，让我明白并牢记了，我读书不仅仅是为了自己，还有母亲美好的祝愿和老师们殷切的期待。以后的学习中，我总以"你很有潜力""发发狠，所有的事情都能做好的"来勉励自己，再坚持一会儿，再多坚持一会儿，所有美好必定如期而至，终究路遥榆木要知你们心！

长大后，成家立业，相夫教子，我也成了中学老师，教书育人，尽管还走在成长的路上，尽管在教育理念日夜更新的今天，我仍然讲着那时候的故事，主题为信任、尊重和唤醒！

柔软的牵挂

窗外，金华的夜。远远的犬吠声，声声入耳，清楚了模糊，模糊了又清远！

原本以为这样的培训机会是上天给我最美的安排，毕竟，生活还是需要放松和调节的！却不承想，转身的瞬间思念蔓延，牵挂横生！

今晚，你会不会在等，等那扇门开，等你熟悉的那张被你像模像样轻声温柔又甜蜜地唤作"妈妈"的脸！你可知道，你那声温柔的呼唤，能瞬间融化一天所有的辛劳呀！

真愿意就这样看着你们缓缓地安安静静地朝我们走来，带着所有成长的故事和美好心情，就在春风撩起岁月裙褶的某一个瞬间，开花或结果……我们见证着，我们欣喜着，这所有的相遇都是彼此生命里最美的成全呀！

你看，四月的人间春色，娇艳妩媚，花开散香，叶长吐绿，生长势头喜人，撩拨着情怀，攒着流动的春色！你大可不必拘束，浪荡去吧，踏出专属春天的阳光灿烂……

就这样看着，唱着，长大着，辛辛酸酸，甜甜蜜蜜。你们用天真无邪净化出我们等候的每一个日子，丰盈出坚守中的每一份付出，你们告诉我们，生活的最美状态就是心有所念，情有所挂呀！

无论走多远，就算磨破脚跟，只要今晚能抵达你的梦里，我会带着每晚的甜蜜催眠曲，姗姗而来；你知道吗？每个夜深人静的时候，你会边喊着"妈妈"边连滚带爬地寻找着我，那一瞬间，我觉着我就是世界上最幸福的人，那是满满的被需要呀！那个时候，总觉得你们就是我们的全部，我们的全部就是你们，我感恩一种叫作亲情的温暖与幸福，你们是上天赐予我们的最好礼物，好好珍惜就是最奢侈的拥有呀！

今夜，你会不会突然想起，想起我不在你的身旁，闻不到熟悉的味道，看不到熟悉的面孔，听不到熟悉的声音，没有你习惯的睡眠曲，没有轻拍抚摸，于是你拒绝入眠……

又或许，此时的你根本就已经睡态可掬了……

这样想着的时候，我甜甜的思念也溢满心田，今夜想你们，是最奢侈的牵与挂呀！如此一念，金华的夜，也是着实透着诗意和宁静的……那浓得化不开的黑，铺满了密密匝匝的思念与牵挂！

开学第一课，让"想到"和"得到"之间的"做到"掷地有声

开学第一节课，是下午第一节课。

因为是接班第一次进课堂讲课，所以我提早了十分钟进教室。

课件弄妥。

"雨阳，请你帮我写板书课题吧！"我示意着。

"啊？！"他十分惊讶，走到了讲台桌前面。

也许是第一次，他有些紧张，"醉"字写好了又擦掉。

"自信点儿，你写的字很漂亮，写吧！"在我和同学们的鼓励下，他终于写好了。

"谢谢雨阳，刚刚有哪位同学发现，他写的一个字有一个小小的笔画错误？"我顺势问道。

"醉字！"他前座的一位女生大声地说。

"好的，请你上来展示一下'醉'的正确笔画。"她落落大方地走了上来。

"写得不错！"我真心地点赞，孩子们的字还是都不错的。

"同学们知道我为什么先记住雨阳的名字吗？因为我想到了一句名言，是我的初中老师教给我的。"

"不要以为下雨天就没有太阳，其实太阳在更高的天上。"

上课了。

第一节课我没有打算授新课，交代一些规矩很有必要，尽管邓老师、王老师有他们的规矩。

我用的是《士兵突击》中的一句经典台词导入的新课。

先出示"迎接中考"和"中考凯旋"两个词语，接着说，一个是想到的，一个是得到的，要同学们填一个词语，并谈谈理由。

我强调了答题模式：首先介绍自己的姓名，然后说选择的词语，还有选择这个词语的简短理由。

这样一步的设计意图自然是我和同学们之间的一种沟通。

A.我叫龚靖雯。我填的词语是"奋斗"。因为只有不断地奋斗，我们才能取得成功。

自然，我就"奋斗"展开了话题。说到了初中一年的重要性。

B.我叫翁悦恒。我填的词语是"有效"。因为只有做的事情有效了，才能有真正的成功。

我结合"有效"说到了自觉学习的重要性。

C.我叫周媛。我填的是"坚持"，因为只有坚持才能取得成功。

我结合漫画《挖井》，说到了坚持的重要性。的确，坚持是一种态度，更是一种品质。

D.（我选定的是劳动委员发言，他站起来，想了很久，正当我觉得会尴尬的时候，他开口了。）我叫金嘉伟。我填的词语是"细心"。因为细心才能不被扣冤枉分。

我顺势从前面写字要规范出发，说到了"每半分必争"的考试理念，分享了差半分就考上温州中学的一位学长的真实故事。

E.我叫李嘉轩。我填的是"专注"。因为只有专注才能把事情做好。

（我再次诚恳地表扬了雨阳同学认真写板书的这一细节。）

··········

接下来，我出示了原话："在想到和得到之间，还有两个字，那就是做到！"这样一来，我们由一句话引申出来了五句话，也就为我们积累了五句名言！"做最好的自己"，这是我们的约定。

如果要把孩子打个比方，我还是很乐意比作花朵或者树，让他们拥有一颗乐观、上进的阳光之心，不失努力向上生长的坚强之心。成长的路上，即使狂风吹掠、冰雪重压、沙尘席卷，依然能够从容追梦，心平气和地成长，这也不失为教育的大美呀！

好好上好开学第一课，让孩子们知道"想到"和"得到"之间的"做到"必须掷地有声；这样一来，不仅仅能"立下规矩"，还能鼓励学生，更能拉近与学生的距离，多好。

"无声"有痕，"有声"留香

洛蕾利斯·辛格霍夫在《我们为什么需要仪式：心灵的意义、力量与支撑》一书中说，仪式能令我们在自由和秩序之间达到一种平衡，更有意识地去感觉、珍惜生活中的特殊时刻。

"我知道是谁了"

2023年12月18日，在我推开办公室门之前，就是一个日期。但当我看到映入眼帘的一幕后，我知道，它不仅仅是一个日期了，还是一段心情的开始。现在看起来，也的确是的。

桌子上，电脑前。稳坐如莲的橙子在窗户投射进来的光里，鲜亮鲜亮的。橙色也是我最喜欢的颜色。莫名，心头暖暖的。

走近一看，哦，还有一张小纸条。说实在话，执教这些年，收到孩子们的小纸条和小卡片，等等，很多很多，我也没有觉得特别意外。

"Q老师，这是送你的'脐橙'，是江西的，可好吃了！您辛苦了！"

看着这个可爱的笑脸，脑海中马上浮现的是孩子在写这张纸条时候的心情，一定是很开心很欢愉的，他也一定在猜想他的老师看到这张纸条时候的心情如何吧。

笑着看到最后，落款只有一个字。

是他。我的语文课代表，字迹也工整，平时也经常给我带各种小零食尝尝，最主要的是名字中也有这个字呀。

正当我这么想的时候，他乐呵呵地走进来了。

"谢谢你哈。脐橙我收下了。"我一边放下包，一边指着桌子上的脐橙说。

"脐橙？不是我送的呀，老师。"他一脸疑惑地看着我。

"唉，那是哪位同学呢？你看落款……"我和他一起认真辨别字迹。

"哦，老师，一定是Jo！"他话音刚落就已经飞奔出办公室了。

Jo，他？不会吧。他太沉默了，除了上课回答问题跟我对过话、找他聊天谈心说过话以外，在我视线范围内的时候，他都是一声不吭呀，和同学之间也没有什么互动，独来独往的。

记得第一次语文考试考了班级最高分，第二次退步了很多，最近一次又回到了班级前几名，语文功底是不错的。我就是想他开口多说话，所以每一节课必提问他回答问题，且一定还会补充一句：

"这道题目挺难的，谢谢你，总能在老师最需要你解决难题的时候，挺身而出，且能正确回答。同学们，掌声鼓励！"

那个时候，他会选择腼腆一笑后，端正地坐下，眼睛会环顾一下四周。看得出来，他也是享受这种掌声的。

"老师，他说不是他。"课代表又飞奔进来。

"那会是谁呢？"我们打开两个班的花名册，只有你们名字中有这个字呀。

"哦哦哦，那我知道是谁了。没有关系的，谢谢你，上早读去吧。"一瞬间，我心里有答案了。一瞬间，我突然意识到我似乎做错了一件事情，我需要用行动弥补。

执教越久越觉得教育如果不得法，不但起不到教育的效果，还会适得其反。教育孩子时，最好不要盲目施教，更不能让孩子"当众出丑"或者"当众尴尬"，最好暂时采取"沉默"，抓住"无声"处的有痕，也许能收到意想不到的教育效果。

"Thank you very much！"

有人说："师者，当培育起一颗善感的心灵。"包括老师本人。细微处的变化，细微处的深情，细微处的哲学，要学会深深解读。

课后，我把今天我收到了脐橙的事情，非常郑重地说了出来。

"同学们，今天老师的心情和外面的天气一样，温柔晴朗。因为我收到了一个神秘的礼物——江西脐橙。"我用非常感谢且开心的语气说着。

"啊……"教室里开始热闹起来了。

"不要小看一个脐橙啊，特别是江西的脐橙。它凝聚了满满的大爱！"我故弄玄虚地说。

"老师知道的是每年温州都有一群志愿者，以各种形式开展'众志成橙'义卖活动，都是江西脐橙。该爱心活动已连续举办七年。义卖及捐款所得全部用于农历年底慰问温州境内健在的抗战老兵。"

"老师，你怎么知道的？""啊，原来这样……"同学们开始讨论开了。

"老师每年都会买爱心橙子呀。有一年寒假，老师还随志愿者去慰问了抗战老兵呢。那个标准的军礼，我至今难忘呀……"接下来，我详细解说了爱心义卖的相关细节，同学们听得非常认真。

"老兵们还会给我们讲述他们从军战斗的点点滴滴呢。我们要学习老兵不怕牺牲、艰苦奋斗、坚韧不拔的抗战精神。所以，现在看来，这个橙子就不是一般的橙子了吧！"我顺势补充道，也看到了送我橙子同学脸上的微笑。

下课后，我找到了他上交的日记本、作文本，对纸条上的每一个字都进行了精心比对，证实了我所有的猜测都是对的。

晚自习后，等同学们都离开了教室，我也选择给他"小惊喜"，以这种无声的方式。刚好抽屉里有家乡的小特产——毛毛鱼。我拿了两包（怕他不习惯吃辣的），也写了一张小纸条：

"非常感谢你的江西脐橙，老师收下了。这是老师老家的小特产，唇齿留香的，尝尝。Thank you very much！"我也画了一个笑脸。突然觉得"无声"处的有痕，也一样掷地有声。

刚好第二天早上是我的早读，我放在他一定能看到，但是同学们不易见到的地方。意料之中，在早读下课的时候，他腼腆地说了句"谢谢老师。"

我用语言和纸条弥补了我的"鲁莽"，那一刻的顿悟源自我高中时候的经历。那时候，我也非常胆小内向，有问题不敢问老师，甚至和老师说话都脸红。有段时间，我学习物理遇到了一些困惑，我就写了一张纸条夹在作业本里。其实我害怕同学发现，也害怕老师不回答，反正忐忑得很。

美女物理老师以文字的形式代替了面对面聊天，她写了好长的一段话，告诉我学物理的方法，等等，我很激动，在纸条上写下了"Thank you very much！"。后来见到老师，都觉得老师总是笑着看我的，也敢主动打招呼，也敢主动问问题了。至今那张纸条我还保留着。后来也奇怪，我好像一下通了一样，爱上了物理，高考还选择了理科。

想起送我橙子的孩子，他否定了我们的猜测，就一定是有理由的，我那时候应该采取"沉默"的方式的。好在是同学们去求证的。

后来和他妈妈聊了很久。他妈妈的话触动了我心：

"老师，他一向高傲得很。看得出来，他一定是很喜欢你，才会送脐橙的。他电话里经常说，老师每节课都喊我回答问题，我也回答得很好。非常感谢您，老师，他不善于交际，但是他一旦喜欢上了，就会非常喜欢的。真羡慕你们的师生关系，真和谐！真好……"

原来，我们每一次用心铺设其实都是会带来变化的。那天以后，我们碰面会相视而笑，我也会有意无意地和他搭讪，他也会微笑回应。

一个橙子带来的仪式感，让我们对生活多了深情，对人多了了解。

"老师……""老师……"

教育，面对的是一个个活泼泼的生命，培育出来的也是一个个光明的大写的人。

接下来的日子，我们有了更深的接触。

那段时间感冒，他没有杯子，会来找我借纸杯，"老师，有纸杯吗？"没有纸巾了，会过来找我，"老师，有纸巾吗？"有题目不会了，会主动来找我，"老师，这道题我不会"；上课回答问题依旧每节课有他，还有……

那天月考结束后，他有小论文获奖，有单科获奖，领了厚厚的一个红包。

"老师，Jo怎么奖金那么多呀？厚厚的一沓呢！"同学们的疑惑不解里是满满的羡慕。孩子们一下就把Jo团团围住了。

"哦，那是因为他获奖的等级高呀，有区级的，还有市级的！"他的笑容阳光灿烂，我也是一脸自豪地说。

原来，教育可以如此神奇和有力。

"老师是文人，会喜欢的！"

人与人之间的喜欢和深爱，的确能赋予平凡日子以独特的审美格调。

2024年1月13日，美好的一天是从我办公桌上报纸包着的黄灿灿的蜡梅花散发的芳香开始的。

"呀，蜡梅好香！也好漂亮！"刚进办公室的美女老师说道。

"是呀，好香好漂亮。"我是真的喜欢。尽管只是摘来的自然的蜡梅，尽管蜡梅枝折断处还那么不利索，看得出折时的不容易。

多么应景的蜡梅花，这样的寒冬总能想到它的"墙角数枝梅，凌寒独自开""零落成泥碾作尘，只有香如故"，等等。

这也引起了好多同学的围观，他们一边欣赏，一边赞叹，一边羡慕。

"还用报纸包着。手法还这么好！会不会是已经毕业的孩子送的呢？昨天礼拜五，刚好放假。等等再看吧。"

有了上次的经历，我不打算重蹈覆辙，我选择了默默开心。

"老师，蜡梅花是我送给你的。"Jo在我接完开水进办公室的时候，开心地走到我面前说道。

"呀，太谢谢你了。好美，好香！我真的很喜欢。"

"花是我摘的，妈妈用报纸包的。"他详细地解释道，我分明听出了更多他想表达的话。

"真的很用心，谢谢哈！老师收下了！"我开心除了花美，知道是谁送的以外，更值得开心的是他主动向我说出来了，不是之前的"无声"送，还不承认。

我马上用微信表达了对他和他妈妈的感激。

"他说，我们的Q老师是文人，会喜欢的！"Jo妈妈的回答总是能令人捕捉到夸奖和幸福，还有感动和深思。

突然觉得特别温暖，原来，在孩子眼里，我还是一个优雅的文人，那我还有什么理由不去把每天过得优雅呢！包括和孩子们在一起的每一天。

生命总是在经历中丰满，就像蜡梅一定要经历彻骨的严寒才得花香扑鼻呀。

窗外，温州的冬天，天空飘起了雪花，孩子们欢天喜地。

"老师，下雪了！下雪了！快去看雪呀！"大课间，我在码字回忆这段心情的时候，Jo进来了，欢喜得很，一改之前的腼腆。

我起身出去，看到他和孩子们打成一片的情景，突然之间觉得，这个冬天的意义非凡了。

有时候的花香、话香呀，氤氲出了我和你、你和他们，以及你和自己世界里的香呢。

或许，这就是生活中的仪式，真的能让我们有意识地去感觉、珍惜生活中的特殊时刻，继而学会深深反思，慢慢品味。或许，这就是我们说的生命美育？！

我想，应该是的！

让最美的教育，每次都恰到好处地发生

关于教育文化，我比较喜欢梁晓声的表述：

"植根于内心的修养；无须提醒的自觉；以约束为前提的自由；为别人着想的善良。"

其实，教育的乐趣无处不在，只是它们比较喜欢"躲猫猫"，需要我们尽自己的智慧和能力去寻找、发现和创造。罗曼·罗兰说过："生活中不是缺少美，而是缺少发现美的眼睛。"

缓缓沉静：见缝插针·待时而动

因为红五月，音乐老师请假了，要我代课。

当然不能上语文。要知道除了计算机课，音乐课可是他们最喜欢的课，不顺"民意"的事，我从来不敢做呀。

当然也不能上成纯音乐课。我五音不全，驾驭不了课堂。更不能上成自习课，会怨声满天飞的。

不妨，上一场不是语文课的语文课吧，在他科的肥沃土地里，种点儿自己的菜，也挺好。更时髦一点儿就是"跨学科教学"。

我用播放音频的方式，带学生学唱了经典咏流传的《苔》。

白日不到处，青春恰自来。苔花如米小，也学牡丹开。

《苔》是一首由袁枚作词、梁俊谱曲的歌曲。2018 年 2 月 16 日，由梁俊带领他的学生在中央电视台综合频道文化节目《经典咏流传》中演唱。

质朴的音乐，声声律动，唱出了生长在阴暗、潮湿之处的低贱而高贵的跃动的小小生命，卓立不群。

"如果没有那次眼泪灌溉，也许还是那个懵懂小孩，溪流汇成海，梦站成山脉，风一来花自然会盛开，梦是指路牌为你亮起来，所有黑暗为天亮铺排，未来已打开，勇敢的小孩，你是拼图不可缺的一块，世界是纯白，涂满梦的未来，用你的名字，命名色彩。"

"老师，这是很好的写作素材，等一下，我们记下来！"这样的自创歌词，字字珠玑，有极强的震撼力量，孩子们要求听了好几遍，还要求写下歌词。

一字一句，一笔一画，尽显力量。

文字是有力量的。最美的教育，往往都是见缝插针里的待时而动。

徐徐有境：诗情画意·不动声色

接着，我们百度了一下梁俊的事迹，了解了歌曲创作的背景。

梁俊坚信：读古诗，是为了更好地做一个现代人。于是，他尝试唱着古诗，弹着琴，一首一首把它记录下来。2018 年 2 月 16 日在《经典咏流传》的舞台，和来自贵州山里的孩子们用天籁之声动情演绎了这首《苔》。

学一首歌，喜欢一个作家，记住一首诗，我在别人的田地里，种的不是菜，不是草，是花，是可以肆无忌惮到漫无边际的花团锦簇。

"种花"这个词语，我觉得很有深意。

我顺势跟孩子们说，生活学习中我们应该像苔花一样，即使微小，永远得不到阳光的泽慧，依然要以一颗开花的心情迎接每一次成长。

接下来我们一起读诗，背诗，一起分享《苔》的阅读启示，领略诗歌的美丽、魅力。

诗有情，生活有意义，成长有力量。友情，是对人的关怀，它根植于内心的修养，有为他人着想的善良，自觉自愿，不求回报。有情的人，生活充实而有光辉。

诗情画意，最美的教育，莫过于在辽阔的教育沃土上自由成长，不动声色地蜕变。

渐入佳境：内化于心·外化于行

拥有诗心的人，有生活的远方，但并不意味着无视沉重的现实，恰到好处，润物无声的美育，能让孩子们有向上生长，向下扎根的强大内心。

"你记忆中也有微小人物高光时刻的故事吗？"我的问题一下打开了大家的话匣子，同学们个个跃跃欲试，想分享心目中的微光人物的故事。孩子们分享后，我会利用网络，查出来，进一步补充完善，看似"漫无目的"的教学环节，其实是我的"欲擒故纵"，目的是想让孩子们积累写作素材，特别是寄宿的孩子，他们素材积累的途径是很有限的。

一堂不是音乐课也不是语文课的课，给孩子留下的印象是深刻的，启迪是深远的。最明显的体现还是在作文上，化用"苔""花"来写作的比较多，也达成了我的教学目标。

比如，获得校成长故事一等奖的作文，就以"花"立意，写成长，化用"苔"的素材，题目为《花开无痕，落地有声》，节选里面的文字看看：

花是蓬勃的期许，是生命的礼遇，是春天的信使。

我喜欢花，喜欢像古人一样，欣赏那"江流宛转绕芳甸，月照花林皆似霞"的梦幻；体味那"苔花如米小，也学牡丹开"的卓立不群；领略那"城边流水桃花过，窗外春风杜若香"的美妙。

…………

花美，却不傲。每当我受表彰时，总爱走在花丛中，看着她们一个个展开笑靥，展现出最惹人喜爱的瞬间。

以阳光为点缀，风再来助推，不骄不躁，绽放生命最美的价值。

花如此，人亦如此。

领奖台上作为代表发言，一次次的表彰如花开，让人喜悦且痴迷，人生一定要经历一次花开，但花开并不是人生的全部。

花有花期，表彰也会随之而去，而我们能做的，只有宠辱不惊，回归平淡而又绚烂的生活。

我爱看花开，相比之下，我不喜欢听花落。花的凋零，它给人带来一种凄凉悲伤的气氛，使人心情低落。那次之后，我改变了我的看法。

…………

花开无痕，落地有声。花落不似花开般惊艳，却比花开时震撼，这就是生命之美。

听花落，悄无声息中对生命的结束产生敬畏。花落，既是生命的结束，也是生命的开始。花瓣在落地的一刹那，便有了孕育生命的力量，给予来年春花以生机，绽放生命之精彩，闪耀之价值。

所谓成长，不过就是在生活里平淡的人和事中，领悟生命的真谛。

自此，我爱看花开也听花落。

赏花景，悟花情。慢慢成长，欣赏啊！

在跟小作者聊到这篇文章的触动点的时候，她说是那次音乐课听了

《苔》那首歌，被像苔一样的人感动了，一直记在心里，写这篇文章主要是告诉自己，要坚强，要努力绽放，不能在失去奶奶的阵痛中颓废下去，要像我说的一样把所看"内化于心，外化于行"。

聊着聊着，我也很受触动，跟她分享了我和奶奶的故事，告诉她我是如何在失去奶奶的痛苦中走出来的，化悲痛为力量，是最好的回馈。

最美的教育，是有力量的，是师生的共同成长，且永远都是从容不迫的，心平气和的，待瓜熟蒂落，水到渠成，自然而然。

绽放心境：美美与共·和谐相处

郑英老师说过，"教育，耕耘的是心田，唯有心田柔软，才能生长出美好的质素"。教育，就是真善美的发现、解读和践行。

教育是美好的，但又不是刻意而为之的，应该在每一次的恰到好处时发生，继而有序地引导，层层递进；有序地拓展，美美与共。

最美的教育，离不开自然的滋养。我平时比较主张孩子们走进自然，聆听自然的声音，欣赏大自然的五彩缤纷，感受自然的呼吸，去感受自然给予我们的力量。

我当时就顾城《门前》的一段文字，呼吁孩子们一起走进自然，引出与自然和谐相处的话题：

"草在结它的种子，风在摇它的叶子，我们站着，不说话就十分美好。"

多么浪漫，多么美好！漫步田间，有"有麦青青于野，有你在我心头"的暖意；林间小道，也有"树树皆秋色，山山唯落晖"的惬意；登山远眺，不失"会当凌绝顶，一览众山小"的豪情……

华兹华斯说过："大自然会指引我们从生命和彼此身上寻找一切存在着的美好和善良的东西。"这些美好和善良其实就是最好的美育。

126

教育，也关乎美的事业，唤醒孩子内心深处的爱、良知、尊严，从而获得以约束为前提的自由，最后如同自然界的万物一样，向上趋光成长，向下努力扎根，长成一片无忧无虑的所在，或枝繁叶茂，或花团锦簇，多好！

最美的教育，是美美与共的教育，散发的是人性的光芒。

教育，首先是一种创造性的寻根，寻找这一文化的根源，使得生生不息的创造在校园这片土地上重新开始。所以教育的真谛乃是文化的自我创生。

"为天地立心，为生民立命，为万世开太平"这是珍贵的精神珍品。

相信种子，相信岁月。身为教育人，这是对生命的一种根本信任，也是对自己职业的一种最终认同。

一堂不是语文课的语文课，我们一起收获，美美与共。有心、用心、细心，一定能让最美的教育，在每一个恰到好处里，自然而然发生。

无迹方知时光逝，一路有梦不觉寒

2022年，是我们筑梦、追梦的一年。

无论小孩还是成年人，成长无人替代，学习上、工作中的经历为我们搭建的是成长的阶梯，是我们拾级而上的所有资本。告诉自己，或长或短的路，我们慢慢走；告诉孩子，或精彩或平庸的青春，我们一起拼！

（一）无声胜有声

暑假结束，初三正式开始了！我新接手了一个班级，面对可爱的新面孔，我的内心还是稍微有些紧张的。

开学第一节课，我没有上新课，从消防员的故事出发，和孩子们一起朗读了三首诗，听了一首歌。

第一首是海子的《活在这珍贵的人间》，我借身边的故事告诉孩子们，能真正体会到"人间珍贵"的应该是在弥留之际的人，我要孩子们体会乐清女孩发出最后的一条求救信息——"求救，救命"时候的心情，把重点落在"珍惜"上，继而引出"珍惜初三"的话题。

第二首是汪国真的《热爱生命》，承接上一首，活在了人间，我们就应该热爱生命，结合汪国真的故事，让孩子们知道"既然选择了初三，便只能风雨兼程了"。

第三首是汪国真的《嫁给幸福》，如何体现出你对生命的热爱呢？那就是要努力奋斗，让生命中的每一个日子都挥汗如雨，人生也就无怨无悔了。因为有追求的人生是幸福的人生，就像诗歌所说："要输就输给追求，要嫁就嫁给幸福。"意在告诉孩子，要让初三在努力中度过。

最后分享了刘隋山的歌曲《坚强》，"漫漫人生路，勇敢是脚步……风雨不停步，坚强就是路……"学会坚强，是我们坦然面对、承担的精神支柱。

"珍惜·热爱·追求·坚强"，就算是我送给孩子们的初三寄语吧。

最后特意地提到小徐主动向我询问作业的事情，还有他这节课的改变，他的确和以前不一样了（因为以前有过接触），一直在默默记笔记，一改以前上课无所事事、迷茫的状态。或许这就是他代表的每位孩子给予我的最好回赠吧。

"孩子们，任何时候都是奋斗的起点，我相信你们！也祝福你们，加油！"我的课堂总结语。

…………

直到第一学期结束，每一节课我都会被他专注的样子感动。或许，其他孩子早就忘记了那次我和他的奔跑约定，但对于他，我相信他记在了心中。因为，我收到了他很有创意的手抄报，我读到了他的暑假作文，我看到了他安静学习的背影……

不知道明天是好是坏，但是我选择了，即使风雨一路我也不停步，就算摔倒再爬起，我也要坚持到终点，不留遗憾地坚持到底！

我们的故事还一直奔跑在抵达成功的红白相间的跑道上，我相信每个挥汗如雨的日子一定能叠加出成功的高度！

奔跑吧！在属于我们的青春里，用挥汗如雨的今天换熠熠生辉的明天！毕竟，无奋斗，不青春！

（二）真心换真心

一个个日子的流逝，沉淀出了生活的模样，或是你想要的，抑或是我们无法预料的……

接下来，孩子们投入到学习之中，早自习因为我要在三个班之间穿梭，但是孩子们自我管理得特别好，一切安排紧张有序，最重要的是任务落实得特别好。

教育是培养人的事业，人是教育的出发点和归宿点。不仅仅学习过程中要注重"以人为本"，尊重学生的个体特征，因材施教，更重要的是尊重学生的个性，注重身心的健康健全发展，给予人性的温暖，避免用冷冰冰的分数代替学生的个性和创造性。

一滴水，用显微镜看，也是一个大世界。一个学生，用尊重的眼光衡量，就都是一个优秀的发展中的个体。给予他们足够多的自我磨砺和成长的空间，多打开几扇兴趣的大门，让学习的负担更轻一些，学习的压力更小一点儿，睡眠更多一点儿，身体更好一些，他们的学习就会更主动一些，师生共鸣也会更强烈一些。

作为一个教育者，应该要清楚地意识到自己肩上的责任，我们不仅要教给学生知识技能，更主要的是要培养学生坚强的内心，帮他们树立正确的人生价值观，教他们学做一个大写的人。

承担，要用心——爱心、耐心、细心、恒心；用智慧——教书技巧、育人方法、发现并解决问题的能力。教育的对象是活生生的人，所以要求教师的应变能力相当强，教师也要有坚强的内心和健康的身体！

敢于承担，是高度责任感的体现。做一个有责任感的人，你的生命就会与众不同，因为生命的崇高往往与高度的责任感联系在一起。

我时常告诫自己要怀着一颗公平、公正的心对待每一位学生，不能因为他们个体的差异、家境的悬殊、成绩的好坏等而有"亲""疏"之分，要用发现的眼光去挖掘每一位学生在学习、生活、品德上的每一点进步，并对其加以肯定和表扬，以增强自信。

"公生明，偏生暗"。一名具有高尚师德的教师，须是一个因材施教，公正公平对待每一名学生的教师。尊重每个个体，最大可能地发挥学生自己的主观能动性，调动其学习的积极性。

一碗水端平的教育，也就是从真实的内心出发，以孩子的成长为落脚点的教育，应该是受家长和学生欢迎的良心教育，教师应该从内心深处重视公平公正教育，你的真心也一定能换得真心。

（三）时间里的沉淀

突然想起三粒种子的故事来。

那次整理办公桌，发现了三粒牵牛花种子。那是开学不久，时值初秋时，看到小区楼下开得烂漫一片的牵牛花时，被它们沁人心脾的蓝紫色花瓣感动之余，我顺手收下的。

"种到花盆里让它们开花吧！那蓝紫色多有希望！"

其实，真的没有抱多大希望，一来是一个小花盆，空间狭小；二来已是晚秋，不是开花的季节；三来我是无暇顾及到它的。事实上自从发现第一粒种子顶破土层，从细缝里闪出一丁点儿绿意的时候，我就满心期待第二点、第三点绿了。结果是，同时种下的三粒种子，发芽吐绿的时间却长短不一……

时间，时间是最好的催发剂！给点儿时间吧，成长的结果都会是一样的，我想！如此一念，2023年就有了新念想，有了不气馁，继续追梦的信念！

教育，真的不能一蹴而就；成长，真的无人替代……身为教师，这门叫生命的学问，我们真的不能或缺！

每一个孩子都是我们的骄傲，纯粹的德育离不开硬生生的道理灌输，要在生命教育的过程中落实德育的目的，还要渗透美育。能让孩子们拥有一颗阳光的心态，让心有所寄托，这是积极上进、乐观豁达的一种生活态度。身为成人，也需要拥有好心态。好心态才有好生活，只有调整好心态，工作才会高效，家庭生活才会幸福。

新年伊始，新学期将近，我们会继续全力以赴，我们继续拼搏……毕竟无迹方知时光流逝，但一路有梦，有你们，岁月不觉寒！

学会走进

因为要上交获奖证书复印件，我找到了他，问清楚情况以后，和他还聊了很久，也是因为临近期中考试，想鼓励鼓励他。不料他的一番话让我真的很难以相信，他小小的内心居然有如此之重的负荷，一直以来，我觉得我还是比较了解他的，只是没有想到，他真的如他所说，他把很多心情掩饰得很好，我毫不委婉地直接说了这样不好，太累，试探性地聊着，他话匣子打开，一切源于他在异国他乡的那段经历，颇久的聊天之后，我怀揣沉重的心回到了办公室，想着并没有结束的聊天，心情并不轻松，掂量着"人类灵魂工程师"这几个字的重量。

刚好在群里看到这样的消息："市少儿图书馆打造电台亲子阅读节目——'949喜阅沙龙'——邀请温州实验中学心理教师崔丹，推荐阅读《可爱宝贝之嘻嘻、哈哈》，带你走进孩子的内心世界，引导家长重视孩子的心理健康。"是的，孩子的心理健康真的太重要了，倒不是说那孩子心里不阳光，只是觉得他想得太多，烦恼也不会少的！那颗心该多不轻松啊！

想起了我自己的宝贝。

昨天晚上我的宝贝告诉我们，他成了班级两个明星宝贝之一，照片被贴在了教室的门上，还说明天要爸爸妈妈送他去上幼儿园，没承想被爸爸妈妈委婉拒绝了。早上看到了老师拍下的孩子做游戏时候的照片，一脸的灿烂，天真无邪，那是发自内心的快乐！越发觉得孩子那幼小的心里是不是也会多了些许遗憾！

殊不知，一开始的时候，细心的老师曾经告诉我，刚加入这个班级的时候，孩子还有焦虑感，表现就是咬手指，因为是中途加入，所以很多规矩孩子不清楚，焦虑感很易生的，还是细心的老师告诉了我们这点，要不我们还要以为这仅仅只是一个坏习惯，只是一味指责了！

从宝贝回来跟我们第一次说"喜欢老师"开始，我们就为他开心着，也满怀感激，感谢老师们的付出；从和宝贝完成第一个木偶剪纸的作业后，我就攒着这种温馨幸福；从第一次听宝贝说出班上小朋友的名字"王浩宇"，并说他们是好朋友的时候，我知道孩子慢慢开始在囤积他的开心快乐了，渐渐地我们也熟悉了更多小朋友的名字和故事；从第一次参加国旗下的表演开始，到讲故事比赛获三等奖，再到和妈妈一起做的体育器具获得二等奖，这点点滴滴都是成长的印记，我们要帮你记忆留香，感谢老师们，你们为孩子留住了成长路上精彩的瞬间，这样读来，我们的宝贝，他内心承受了多少才换得了这些，在他最需要被关注理解的时候，我们却站在成人的角度指手画脚……

如此看来学会走进孩子的内心，真正关注孩子内心的健康成长，是非常必要的。

家访的旁观者

教育，是精神的引领，是教师用行动，借助语言真实地育人，最后直抵人心。

"丁零零，丁零零……"急促的铃声，声声入耳。

床头夜光手表显示，时间是凌晨一点十分。

我看着孩子他爹揉着惺忪的双眼，摸黑走向书柜。

"谁呢？什么事情呀？"我心里嘀咕着，还是有些着急的，想想半夜三更，骚扰电话也不会在这个时候打呀，"莫非是老公班级的学生有事情？"

班主任最害怕的事情莫过于半夜手机响起，因为多半是非常重要的事情。

"喂，您好！"老公接通了电话，声音也是非常轻，是怕吵醒了我（其实我已经醒了）。

前天晚上我给孩子做手工做到昨天凌晨两点多，加上连着五天的军训，真的很需要一晚深度的睡眠来弥补，所以昨晚早早就休息了，现在他是怕大声一点儿，会吵醒我。

班主任就是这样，一旦与学生沾上边，其他事情都要放下，学生的事，永远是班主任心里的头等大事。

侧耳"倾"听·感受焦急

"先别急，慢慢来！"老公轻轻地说，"赖同学不舒服，那应该是感冒了吧……"

虽然是老公班上的学生，但我还是认识赖同学的，温文尔雅，非常斯文懂事的女孩子。我脑海中马上百度孩子的相关信息。这个时候通过生活老师找班主任，应该是有事情。因为学校的规定是晚上有事情是可以不通过班主任批假，家长可以直接接回家的。

"感冒？多少度呀？现在情况怎么样？"老公声调稍有提高，已经忘记了熟睡中的我。

"她是什么时候开始发烧的？有些什么症状呀？"听到"感冒""发烧"等字眼，还是有点紧张的。

"联系家长了吗？"说实在话，班主任半夜接到这样的电话，还真的不是很多。突然那天晚上老公病毒性感染引起发烧的事情浮现于脑海。

"那要联系一下孩子的家长，去医院看看呀！"老公越发担心起来。

"好的，她还有其他亲戚的电话吗？"老公补充道。

"好的，我现在电话联系一下家长，麻烦您帮我看看她的情况，谢谢您！"老公马上挂了电话。

班主任半夜接到电话的情况是有，但是半夜联系不到家长的情况，是很少有的。

看着他焦急的样子，我已经睡意全无了。

班主任的幸福，就在于班级每一个孩子，特别是无助时候，你给予他们的依靠，或者说就是被需要的幸福。

询问情况·联系家人

"怎么了？什么事情？"我小声问道（因为断断续续，听不清楚电话那端的话）。

"班级一个女生感冒了，联系不上家长！"老公一边打着电话，一边回答道。

他急得像热锅上的蚂蚁，在房间里来回踱步。

手机又响起。生活老师说还是联系不上孩子的爸爸妈妈。

看得出来，他有些着急了。

"先不急，你喝完美林，现在怎么样？还有没有其他不舒服的？"老公问道。

"现在好些了，除了热，其他没有不舒服的，杨老师。"免提声里赖同学轻声回答。

"好的，那你先回寝室躺会儿。老师来想办法。"他说道。

"好的，谢谢杨老师。"明显听得出来她声音里多了一种找到了安全感的底气。

挂掉电话以后，老公再三寻思，至少得联系上家长呀，接着又是电话、微信轮番拨，还是无果。

班主任，要想多给学生一份安全感，心里就应该多装一份爱心，肩上多扛一份责任。

毫不犹豫·立马出发

"送到医院，也是问诊、检查等，要不我先送她回家吧？"他嘀咕道。这样的时候，班主任必须挺身而出，有足够的主见。

"我和你一起去吧！"我回答道。

"不用了，我一个人可以的。"老公执意说道，我知道他不想我辛苦。

"我跟你一起去吧，反正也醒来了。再说，是女孩子，我跟去方便些。"

于是，我们以最快的速度换好衣服，老公嘱咐我带上薄被子，一路小跑来到了宿舍楼下。

接上赖同学，询问情况，看她的状态还是可以的，于是决定先不去医院，先送回家。

"×××，你躺着休息会儿。"我说道。

"是的，你先躺会儿，到家了，我们喊醒你。座椅上有被子，盖上。"老公补充道。

凌晨一点四十分的公路上，畅通无阻。只是因为不熟悉路线，加上也有点儿距离，所以到达她家楼下，已经是凌晨两点十分了。

下车，电话还是拨不通，按门铃无人应。

我们从房前走到房后，还是进不了家门。

"到了楼下，进不了家门。"我打趣地说道。

"我们到前面敲门吧！"老公提议，考虑到奶奶住二楼，尽管没有手机，但老人家觉轻，或许可以喊开门。

果然，我粗鲁的敲门声惊醒了奶奶。

接下来便是赖同学和奶奶的对话。

奶奶下来了，爷爷也下来了。

听不懂奶奶的话，但是感受得到奶奶的感动和感激。

"快上去，喝点儿热水，早点儿休息，若还不舒服，明天早上再去医院看看。"老公说道。

"好的，谢谢老师！"腼腆的赖同学回答道，回到家，也看到了她脸上的微笑，感受到了她满满的安全感。

我的心里也踏实了不少。

就是这样，对一个人来说，家，就是温暖；对一个学生来说，班级就是家，班主任就是他们的父母亲。

班主任能做到的，就是在最需要我们的时候那句"放心，有我在"，以及一起战胜困难的勇气。

问题解决·打道回府

已是凌晨两点四十分。郭溪街道，烧烤好香。

"吃点儿夜宵再回家吧！"我提议道。

"明天早上还有升旗，早些回家休息吧，这几天也够你累的。"老公说道。

"好的，你们军训五天也累坏了，早些回家休息。"我说道。

"现在，心里踏实多了，她在父母身边，也能踏实很多的。"老公一边开车一边说道。

"的确，心里踏实是你们班主任最平和的状态！"

"今晚谢谢你，还是你想得周到，身为班主任，真的应该把问题考虑周全一点儿，女孩子不舒服，你在，她心里更踏实一些。"

就这样，我们聊着天儿，驱车在回家的路上。

"丁零零，丁零零……"电话响起。

"喂，您好，不好意思，杨老师，谢谢您，谢谢您！"车载电话里赖同学爸爸的声音。

"没有关系的，不用客气，早些休息吧！"老公说道。

原来她妈妈手机没有电了，她爸爸昨晚有应酬，喝醉了酒……她爸爸的歉意和谢意，的确让人心暖暖的，突然觉得，内心特别温暖，特别快乐。

这份温暖和快乐，应该是班主任的专属吧。

"其实，反思一下，教她两年，第一次以这样的形式家访，还是我工作做得不够好呀！还是要多多家访。"老公感叹道。

"是的，家访真的是很有意义的，值得坚持去做！"我也补充道。脑海中马上闪过我读初中那年，班主任来我家家访，我听到了母亲内心深处对我的期盼，就是从那次开始，我发奋读书，才实现了妈妈心中的"希望她像您一样成为一名老师，不要像我一样在农村，很辛苦的"愿望。

凌晨三点，回到家，安心入眠。

班主任，要学着走"xin"路，"xin"可以是心、新、欣、馨……

用心反思·笃定前行

第二天，听老公说赖同学来电话了，说已经退热了，已经没有大碍了，准备下午回校。

还有她爸爸写了长长的文字，表达满满的谢意和歉意，还特别提到了我，说我都没有教她，还去送她回家。

接下来，在校园里赖同学碰到我，都会非常亲切地和我打招呼，尽管以前也有，但是我相信经过这一次，我们之间的心理距离一定更近了。

班主任，就是用心做好今天的教育，认真对待每一个真实发生的教育故事，一边真实发生，一边用心感悟，继而成长，毕竟，成长无法替代，成长也无法复制。

班主任的工作，就是用心，真情付出，就能拥有快乐。

凌晨一点，手机响起，感悟一段真实的温暖和心安！还有，就是那份被需要的幸福感！

班主任工作，在于细，在于走进心。老公一直坚持给孩子写信、让家长和孩子用书信沟通、坚持每天和四位同学谈心、坚持写教育随笔，用心记录孩子们成长的点点滴滴，这多么了不起的，我坚信，他一定会把家访坚持做下来的。

　　无论是科任老师还是班主任，或者其他身份，家访都能让家校合作更有温度，让我们的教书育人更有力量。

第四辑：身放闲处·心在静中

阅读，能给灵魂镶嵌上钻石

昨日风大雨急。今日，窗外阳光明媚。听听音乐，读读文字，说说情话，很是应景此时的心情。

虽然我姓秦，但是我不擅长说情话，权当是些不浪漫的心里话吧。

因为读书，我这个灰姑娘得以跃出农门，是农民的家门；因为读书，胆小、不善言辞的我在文字中发现可以自己爱自己，俗称可爱，可以自己相信自己，是谓自信。

作家马德说过："一辈子，总要有几本书，几篇文章嵌进自己的灵魂，才算真正意义上读过书。"

虽然我长得很委婉，但是从小就学会了与书谈情说爱。只不过，那时候，有时间但没有买书的钱。

所以那时候说情话的对象也很简单。哥哥姐姐不用的课本和资料、记录时间流逝的老黄历、爷爷柜子里的几本线装书、老师给我们订的刊物《小溪流》，以及各类小人书，印象最深刻的一本称得上是课外读物的书，是哥哥从韶山旅游回来带给我的《雷锋日记》。

在丝毫不能懈怠的初高中阶段，我和书的恋情转入了地下活动阶段，我和《安娜·卡列尼娜》《复活》《红楼梦》《茶花女》等名著的深情交往，只有寒暑假。

正式的交往是在大学。偌大的图书馆是我们约会的老地方，身心寄寓一隅，读郁达夫、余秋雨、鲁迅、大小仲马、莫泊桑等，中国的外国的，美学的哲学的，老师讲过的，书架上偶遇的，那时候的阅读还只是弥补，弥补一个应试教育下中文系学生的不足，如今想来，这种弥补还有利于教学中名著阅读的打开。

中科院院士王梓坤认为"读书是未知世界的'入场券'"，正是这张入场券，我才有弥补和完善自我的机会。

参加工作以后，我享受着书籍对我说的每一句情话，或抒情，或哲学，或专业，或神话，或小说……读，需要想象力，应该慢慢读，用心读，怀着敬畏之心品读每一个文字。我觉得中国作协副主席王安忆的观点"现代人对阅读要心存尊敬"，是很在理的。当然你或许会没有了逛街购物、游山玩水、唱歌追剧的大把时间，但越走近越发现，阅读的快乐是不能替代的。

特别是和一群人同读一本书，写不同情话，同一平台交流，线上线下，沙龙讲座，网络培训……你可以闻到奔跑的墨香，你能收获读下去的热情。

文字让我们记载的岁月氤氲生香，让我们生活中的爱在玉走金飞里源远流长。

北京大学有位教授说过，"像呼吸空气般去读书"，通过阅读我们能过一种心智生活，使你对世界和人生的思索始终处在活泼的状态。世上真正的好书，都应该能够发生这样的作用，而不只是向你提供信息或者消遣。歌德也这样说："读一本好书，就是和许多高尚的人对话。"所以如中国社科院研究员周国平认为"懂得拒绝才有真正的阅读"。

不阅读，内心是容易苍白虚弱的，书犹药也，可以治病；不阅读，内心是容易蒙尘生垢从而丑陋的，书是化妆品，可以美容；不阅读，内心是容易浮躁空虚从而轻狂的，书是营养品，可以强身，都说我们的心灵都有一方净土，而这些净土的加厚，离不开阅读。

我，还有我的孩子，学生们，一直在阅读的路上，一群人，几本书，一亩心田，幸福的种子就在一念间。唯愿华美的光阴里，一个又一个烦琐的日子都在阅读的浸润下，从平凡走向高贵，从贫瘠走向丰富！

情话绵绵，有书的日子，每天都过情人节！我们说的每一句情话，写下的每一个情字，都如散落在沙砾中的钻石，拾起来，就能给灵魂镶嵌上钻石。

书本的世界很大，我们能看到的只是一个角落而已。但是，读书，真的只要一份爱，一份坚持，一书一笔，一眼一心而已。

住在阅读里的优雅

阳光，足够温暖，即使在冬天。

出于私心，我把书桌放在靠近阳台的窗户下，只为看书听音乐时候，有抹透过窗户的阳光调皮地落在我书本上，那时候，会感觉每个字都是跳跃着的、有生命的……

《迷人的阅读》，就在这样一个阳光普洒的下午，它开始给我的精神进行洗礼……

"满世界都是路，我选择自己的脚步"，很温暖的文字。讲的是张学青老师个人阅读史的问题。关于阅读，很自然地，我想到了那个暑假听傅国涌老师讲课时候的那句话，"我就是书，书就是我，书我合一；我只是一位读书人，职业读书者"。傅老师说："教育，永远面向未来"；总感叹九十学时培训中郑怡老师精彩的讲座——照亮生命的阅读时光，是的，阅读习惯维持你持续前行的动力！

回望过去，不是怀旧，乃是寻找未来。瞬间，忆起了那些年，读过的那些书……

由湖南省作家协会主办的少儿文学刊物《小溪流》是我们五六年级时期待的刊物，记忆中每次拿到她的时候，总是在有阳光的午后——班主任兼语文老师的班会后。手拿《小溪流》，三五成群走出校门，或者就在路边的亭边一口气读完再回家，这样的风景是迷人的。

这是记忆伊始难忘的阅读时光，再之前应该是哥哥韶山旅游带回的《雷锋日记》，那是每个寒暑假用来消磨时光的枕边本，现在回想，还真没有鲁迅少时那般幸运，能翻阅长妈妈给他买的小人书。

《中学生作文报》是伴我们走过三年初中生活的刊物，或许因为缺乏才珍贵，那时我总如饥似渴地阅读每个文字——学法指导、佳作赏析……并且每期珍藏，直到参加工作后，母亲整理我书柜的时候，还问我如何处理这些报纸。直至现在翻阅《中学生作文报》的心情还是那般亲切，或许源于那段时光的陪伴，更多的是它带给我的启示……

巧合或许能让有些事情在我们记忆中留下难以磨灭的印象。

初三毕业，暑假，迷上了《穆斯林的葬礼》，半夜停电，秉烛夜读，直到读完最后一个字，合上书本，才发现已是吻爽之时。囫囵吞枣也罢，走马观花也行，但到后来写给老师的长长的读后感，字字含情。那阅读的心情直到今天依旧充满热情，今天和他人分享这一段阅读心情的时候，更多的是温暖的怀念！

接下来的便是啃读四大名著，还有……

今天有位德高望重的老师提出要我写写自己的阅读故事，说应该让记在心里的文字在时间里开花……

冬日暖阳的温度很怡人，就这样读着、想着，似乎看到了一树一树的花开，始在冬季！

阅读，是一种姿态，一路行走在自己美好的阅读里，那住在阅读里的优雅，不仅能优雅生活，更会优雅灵魂。

身放闲处，心在静中

日落而息，日出而作，春播种夏锄禾，秋收获冬安享，教书育人，自然而然。在忙碌有序的工作之余，我们应该学会彻底放松身心，丰富自己的精神生活，让这种幸福感更好地融入并服务自己的工作，毕竟教师的生活不止眼前的备课、改作业，还应该有得趣之事和别处生活。

得趣之事不在多，跑步、读书烟火气息俱足；别处生活不在远，一杯茶，一本书，一首音乐恬淡自心。身放闲处，心在静中，跑中去偷闲，坐有书香溢。

跑步，是最简单的运动之一，也是身心最佳的放松姿态。

开启"屏蔽功能"，把自己暂时与外界隔离开来，摆臂迈步，简单重复，一直向前；听鸟鸣看花开，风在耳边呢喃；挥汗如雨，咬牙坚持，磨砺心志，跑步的过程就是不断进取的过程；一个人跑，一群人跑，或短跑或长跑，跑起来的世界，是流动的，有节奏地摆臂迈腿，有节奏地呼吸，思绪飞扬，天马行空，所有烦恼，都可以在跑起来的风里随一滴滴汗水，一次次气喘吁吁而灰飞烟灭，放空所有，感受到的是青春活力的跃动；跑起来的世界，又是静止的，没有尘世的喧嚣，完美地实现时间里空间里只有你一个人呼吸，一个人奔跑，整个世界就在你的掌控之中，听得见自己的心跳，把握得住自己的生活节奏，一切都像是与自己无关，静中有真境，也可识自性之真，跑步是身心的放空，更是意志的打磨；跑起来，世界就在我们脚下，就能遇见并成就更好的自己。

跑也好，走也好，迈步出发了。苦也罢，累也罢，总有目标要抵达！时间里，慢慢地跑，静静地听，细细地想，从第一次的两公里都坚持不下来，到拿下五公里，再到温州半程马拉松的完成，到现在在为半马准备而轻松跑完22公里，让我明白：流的每一滴汗，走的每一步路，每一次面对，每一个承担，都是磨砺，拾级而上的人生路上都算数。跑步里的坚持，沉淀内心，让人能体会到从冗入闲，而后自悟闲中的曼妙。不为空扰的身心两自在。业余时间多读读书，多练笔，创博客，写教育随笔，热爱生活，关心家人、心游书海。学做张万祥老师提出的"四书"(教书、读书、买书、写书)主人，实则又一得趣之事。

教书之余，人影散乱之后，一个人的平常闲日子，真应该像丰子恺先生的漫画一样，松弛却又深刻得令人沉思，寥寥几笔就能把即使是发呆发愁的主题，画出最美烟火气息而又不见半点心机和浮躁。落地窗，纯音乐，书一本，花茶一杯。按下时间暂停键，书海遇见，或喜或忧，或美好或细腻，或沉思或凝神，窗外风景如何，都淡淡地落下，落下，再落下，只知"枕上诗书闲处好"，不管"门前风景雨来佳"，从拂晓到黄昏，从春耕到冬藏，从无知到丰盈，不倦地行走，不倦地诞生，不倦地收获，恬淡适己，身心自在。

读，是一个瞬间；坚持读，是一个过程。我真正有记录开始的阅读史，经历了从"被阅读"到"要阅读"，再到"必须读"的过程。一开始，因为备课的需要，或许某些教学任务的要求等，才去翻阅相关的书籍，这时候只是"被阅读"；明显感觉自己的知识储备不足之时，或者已经在"被阅读"的基础上尝到了阅读的甜头以后，会开始从心底悦纳阅读；直到阅读成为每天日常的一部分，与心如影随形之时，我称之为"必须读"阶段。这期间，想过放弃，有过挣扎，更多的是耐住性子"霸蛮读"。这是转变，是坚守，更是蜕变。

业余阅读，一个字一个字，一篇文章一篇文章，一本书一本书，在见缝插针里读完，从真正想去阅读并且开始记读书笔记，已有十个年头，记得很清楚，一次聚餐上，一位高中政治老师的话语深深地刺痛了我，"现在买书的人多，读书的人少：读书的人中，理科老师比文科老师多，而语文老师读书是最少的。"我没有去考证他的话有没有依据，但这句话成了我想放弃时候告诫自己坚持的最强音。

从聂老师第一次组织阅读沙龙——读佐藤学的《静悄悄的革命》开始，我习惯了做摘抄笔记，写读后感记录心得，很多时候三言两语也留痕；那时候我在市图书馆办理读者证，借书读，从读花如掌灯的《故乡有灵》开始，对"书非借不能读也"有了新的理解。因为太喜欢，所以想据为己有，于是萌发了买书的念头，我开启了疯狂买书模式，只要读到自己喜欢的书籍，都会马上下单。由之前的去新华书店买到学会了在网上买，方便快捷，还能体会收书的快乐呢！

从收到第一份样刊以及第一张稿费单开始，教学之余无处安放的闲暇时间又多了一个寄存点。从初中开始一直到现在，我都有写日记的习惯，渐渐地写博客，打理公众号，自娱自乐之余、承蒙编辑老师们的厚爱，散文或小诗或论文见报，变成铅字。从写豆腐块到做课题研究，从给自己写信到坚持给孩子及家人、学生写信，眷暖贪香。我乐享文字带给我精神成长的喜悦以及得趣之意。

"心境恬淡，绝虑忘忧"，书中的世界就是这样，能让你心有淡月天如水。

在大夏书系开展的"中国一日，接力写作计划"活动中，历经五个月的等待，我终于领到了5月13日的写作任务，用心用情用文字，真实记录了我们千千万万个普通的一天生活。我想，每一个日子都是一样，只要心中有追求，平凡的日子，琐碎的业余时间，也一样能熠熠生辉，生活也会因为忙里偷闲得趣而有诗意，念念不忘，必有回想；世间美好，环环相扣。只要你愿意，你所有的全力以赴，都是人间值得！

身静而后能心安，心安而后有远虑。健康的体魄是身心的宅院。散发墨香的文字，芬芳业余时间，浸润心灵，强健灵魂，文字是留给成长最贵重的礼物。

跑，是放空；读，是丰盈；写，是留痕。每一个有雨或无雨的闲暇里，或跑或读或写，心都能静如镜，默默地坚守，让心头镜，慢慢磨，一直亮而发光。教书育人，学问功夫细细做，在别处的，教师的业余生活自然就是丰富多彩且充实的。

教育，于无声处听惊雷

——读《班主任开展主题班会技巧》有感

读完柳敬拓、张晓峰和吴志樵等老师编写的"最新学校与教育系列丛书"其中之《班主任开展主题班会技巧》（以下简称《班会技巧》）（吴志樵和刘延庆老师编著）一书后，我更觉身为人母又同时是教师的我在获益匪浅之余，更觉教书育人路上的任重道远。

马克思说过："教育绝非单纯的文化传递，教育之为教育，正是在于它是一种心灵的唤醒。"德国著名哲学家雅斯贝尔斯也说过："教育的本质是一棵树摇动另一棵树，一朵云推动另一朵云，一个灵魂召唤另一个灵魂。"唤醒是一个长期且看不见摸不着的过程，德育越是不留痕迹，越是不刻意，说明德育越是深入人心。

那么，到底要唤醒什么呢？《班会技巧》一书给我们答疑解惑了。

（一）善根暗长·明心见性

《班会技巧》一书明确告诉我们，首先应该唤醒潜藏在孩子内心深处的优秀意识。德育工作跟智育不同，衡量智育有现行的分数标准，而德育却不一样，没有明确的衡量标准，可以说"润物无声"应该就是德育追求的最高境界。教育工作者特别是班主任，应该注重学生传统优良品质的唤醒。比如，"爱国"情怀，书中强调"爱国主义是学校思想道德教育永垂不朽的主题，它对学生精神世界的健康成长和人生理念的形成具有无可替代的重要意义。"热爱自己的民族，是一个人自信心的泉源，丰子恺说过"宁做流浪汉，不做亡国奴"。勤劳智慧、朴实善良、勇敢拼搏的中华儿女共同开垦辽阔的疆域，创造了博大精深的中华文化，用实际行动捍卫祖国尊严，现在的青年一代，肩负着继续发展和壮大中国的使命，只有激发他们的爱国情怀，才能更好地继承和守护好先辈们打下的江山。

又如"感恩"，它是一种美好而又伟大的情感，感恩是孟郊笔下的"谁言寸草心，报得三春晖"；是诸葛亮用实际行动诠释的"鞠躬尽瘁，死而后已"；是"滴水之恩当涌泉相报"的人间大爱……一个懂得感恩的人，其人生观和价值观一定是很真很正的，初中，正是孩子人生观、价值观形成的黄金时期，感恩教育自然也是德育教育中永恒的话题。《班会技巧》一书告诉我们所有的感恩教育应该从"感恩父母开始"，因为"爱父母是爱的萌芽、善的发端，是一切道德的源头"。《菜根谭》中有言："为善不见其益，如草里冬瓜，自应暗长"，善良无形，但是力量强大无比，可以说是人生大树的根基，"人之初，性本善"，为何会出现"恶"，会出现"坏人"，等等，主要是人性中最本质的善没有被唤醒。"心虚意净，意净则心清，心清境明，明心能见性"。

好的品质是能散发香气的，是有生命的，滋长衍生的是生命之树。正如《菜根谭》中所言，"心善而子孙盛，根固而枝叶荣"。

（二）时时正己，心公不昧

《班会技巧》一书也明确告诉我们，孩子的自我意识也应该及时得到唤醒。每一个孩子都是一个拥有独立自主意识的个体，初中阶段，是孩子这种独立自主意识形成的重要阶段，可以说是成长的分水岭，所以德育中自我意识渗透就显得尤为重要。《班会技巧》涉及"人际关系的处理""自我职业生涯规划""心理健康"，以及"爱情理念"等相关主题，旨在唤醒孩子作为一个独立个体应该注意的方方面面。从《正确认识自己，给自己正确的定位》《做个"知书达理"的中学生》《做好新世纪的主人》《正确对待青春期的异性交往》等可知，作者也是非常重视孩子自我意识的开发。

初中阶段孩子的生理、心理和社会性发展方面都出现明显的变化，其主要特点是"身心发展迅速而又不平衡，是经历复杂发展，又充满矛盾的时期，因此也被称为困难期或危机期"，这个时期他们开始关注自己的外貌、言行等，注重自己的学习能力和学习成绩，有很强的自尊心，但是是非观念比较淡薄，开始对强加在他身上的外在力量有了排斥的意识和行为倾向，也就是我们常说的叛逆行为。

所以，这个阶段的德育渗透更应该关注孩子个体成长中出现的一些问题，及时引导，为学生的身心健康成长保驾护航。

教育工作者包括父母应该用自己的慧眼，于细微处见知著，明察秋毫，防微杜渐，及时干预和引导，让孩子能时时正己，让人格的力量践于行，从而让他们拥有主人翁的意识，保持灵魂的清醒，境界的鲜明，激发他们热爱生活、热爱学习的兴趣，让教育真正达成"润物细无声，四两亦能拨千斤"的效果。

（三）家校合力，助力求知

《班会技巧》一书还明确告诉我们，德育教育必须唤醒孩子的求知欲。求知欲指的是一个人探求知识的强烈渴望，求知欲是一个人努力去学习的强有力的牵引和无穷的动力，求知欲强的人会懂得发挥主观能动性，会懂得自觉且积极地去探索求知，而且还能心生韧劲，从而促进个体的自我成长和达成知识的丰盈。

班主任是德育工作的中流砥柱，开好每一堂主题班会课，利用好每一个教育契机，激发孩子的求知欲。俗话说，"单丝不成线，独木不成林"。作者强调德育路上必须形成家校合力，才能助力求知欲。

比如，《班会技巧》第四章就详细介绍了"开好家长会的艺术和技巧"，从家长会准备开始，到如何发挥家长的作用，再到班主任如何开好家长会等，针对性操作性都很强。苏霍姆林斯基说过："没有家长，我们就不能设想会有完美的家庭，完美的学校教育。"随着全民知识水平的提高，现代的家长受教育的程度也越来越高，对于教育的认知程度也越来越深，所以家校形成合力，就能助力求知。

读完本书后，我更加认识到了家长在德育中的重要作用。家长积极参加班级活动，能让孩子感受到存在感，加强家校的有效沟通，班主任能更多地了解家长的需求，从而采取相应措施；同时家长参与德育管理，能促进孩子的学习积极性等，更有利于家校合力的形成。

反思兼有家长和教师双重身份的我在孩子教育中所起的作用几乎微乎其微，唯独有一点坚持得比较好的就是写家书，受爱人的影响，我也坚持给孩子写家书，每周一封或者两周一封写给儿子，试着做他精神成长的参与者，一起体验成长的幸福，尽管天天见面；从手写不少于一千字，到现在电脑打字不少于两千字，我感受到传递家书的快乐，同时也能感受到孩子成长路上的喜悦。所以很多时候，我经常在反思，谁的成长都不是摸索着前行的呢？

1919年11月1日《新青年》发表了鲁迅先生的《我们现在怎样做父亲》一文，其中有这样一段文字，至今读来依旧令人心生温暖和力量。

总而言之，觉醒的父母，完全应该是义务的，利他的，牺牲的，很不易做；而在中国尤不易做。中国觉醒的人，为想随顺长者解放幼者，便须一面清结旧账，一面开辟新路。就是开首所说的"自己背着因袭的重担，扛住了黑暗的闸门，放他们到宽阔光明的地方去；此后幸福地度日，合理地做人。"这是一件极伟大的要紧的事，也是一件极困苦艰难的事。

"把孩子放到那光明里去"，唤醒他们的灵魂，唤醒他们的主人翁意识，激发他们的求知欲，让他们趋光成长，这是班主任和家长及孩子个人共同的追求。

德国的著名教育学家斯普朗格也说过："教育的最终目的不是传授已有的东西，而是要把人的创造力诱导出来，将生命感、价值感唤醒。"由此可见，教育的真正核心应该是唤醒，唤醒既是德育的一种手段，也是德育的一门艺术，班主任用于无声处的大爱，于有痕处的真心、恒心，以及耐心，营造德育天地里的团团和气，促成家校的凝聚力，让教育真正达成"于无声处听惊雷，于无色处见繁华"的效果。

每个孩子背后都是一个家庭，关注孩子身心健康发展，引领他们向善、向阳、向上生长，是每一个教育工作者特别是班主任义不容辞的责任，《班会技巧》一书，给我们方向的引领，活动形式的借鉴，班会主题案例的书写，是难得的、实用的，有价值的好书。其他册，我也将继续深读之，慢慢咀嚼，慢慢化为行动，为孩子们的梦想添柴，助燃成长。毕竟任何时候都是奋斗的起点，且奋斗的青春，遍地是美好！关乎你、我还有他！

孩子是老师的翅膀

——读《第56号教室的奇迹》有感

孩子是老师的翅膀，老师的梦想要在振翅飞翔中实现，而教室又是梦想起步的地方。

——题记

看完《第56号教室的奇迹》之后，有种相见恨晚的感觉，心为之震撼，且得以洗涤，得以净化。

雷夫·艾斯奎斯让我们知道了每个"人"字都是大写的，都是平等的；他让我们品尝到了每种教育方法的甘甜；他让我们感受到了一间小小的教室里有着无限温暖和无穷能量……

著名教育家孔子要求我们"三省吾身"，也就是要我们善于思考，善于改正。

身为教师，阅读这样一本犹如精神明灯的书，完成的不仅仅是一次思想的旅程，更是一次教育的旅程。

目标·动力

"目标管理和自我控制"是彼得·德鲁克所发明的最重要、最有影响力的概念，半个多世纪以来，目标管理在全世界的各类机构中得到了广泛的应用。在教育领域同样适合，在雷夫·艾斯奎斯的56号教室里也是淋漓尽致地展示了目标带来的巨大作用。

"要让教室成为像家一样最温暖的地方，为孩子们打造一座躲避暴风雨的天堂……"这样的目标非常明确，非常激动人心——在56号教室，信任取代了恐惧，老师成了孩子们的榜样，成了孩子最可靠的肩膀。

如书中所说："信任的基础并非中期目标，也不是最终结果，它只是一个好的开始。"

接下来，老师和孩子们开始在第56号教室里共同寻找经验，以及在失败中学到的教训，继而有了"第六阶段"的寻找，这其实是一个以信任为基础，不断在失败中总结，建立目标的过程。

多年的班主任工作经验让我明白第一个月的重要性，很自然，我想到了初一第一个学期第一个月的工作中的一件事情。

"××，怎么扣分了？"我对着刚走出教室的××说。

"老师，能不能不说？"××低着头，脸马上红了。

"不能，我们第一个月的目标就是不管谁都不能扣一分，这是第一节课我们定下的共同目标。"我强调"不扣一分"是大家在共同努力的目标。

"老师，我……我尿床了。"我带着惊讶上下打量了一下眼前这个孩子——瘦小，可以用风一吹就倒来形容。

"尿床了？"当然他不知道我的内心闪过一丝浅浅的不信任，以前的良好表现都无力挽回我现在的想法，"以这种理由来搪塞我"，但是我没有说出来。

"嗯"透过他的眼镜我似乎又看到了他的诚实。"要充分信任每一位孩子。"我想起了我经常告诫自己的话。

"好吧。我知道了。"后来从班长那里得知，他没有撒谎。

是信任代替了不惑，每次看到瘦小的他在课堂上认真学习的样子，总庆幸当时没有因为目标没有实现而批评他，甚至大发雷霆来个杀鸡儆猴，没有让恐惧代替信任。

第一个月的目标虽然没有圆满实现，但是我的预期目标达到了——养成良好的行为习惯。我让学生明白了什么该做，什么不该做。

人与人之间的信任应该是在实现目标的途中，解决一个又一个问题时建立的，而明确的目标比盲目的努力更有效。

方法·保证

雷夫老师是一位很有想法的老师，为了让自己的孩子爱上学习，他注重培养孩子终身阅读的习惯，让孩子在阅读中去拥抱美好的人生，把"笑声和泪水"列在阅读的标准之上；他鼓励孩子写下每周的读书心得，努力实践如莫言所言"用嘴说出的话随风而散，用笔写出的话永不磨灭"，让学生学会把感动付诸笔端；他带孩子在旅游中学习历史，让孩子通过动手实践去接触自然科学，用雷夫老师自己的话说就是："这些活动不只让孩子们接触自然科学，也强化了至关重要的团队合作精神和我一直希望培养的班风。"

培养好的班风是一门艺术，这也是一个潜移默化、润物无声的过程。

不是说一个月里孩子们的行为习惯养成了，就万事大吉了，接下来应该是巩固的阶段，但是一味抓行为习惯未免有些单调，于是，我把抓"自习"列到了第二个月工作的日程安排上。

"自习"并不是自习课，而是自主学习。这个阶段我和同学们定的目标是，学习是自己的事情，老师在与不在一个样，老师不在时甚至要更好。有点小私心，我是想培养学生自主学习的好习惯，然后自己可以轻松一些。

当然这并不是一件一蹴而就的事情，这要经过"管""督""放"的过程。

"管"，老师应该手把手教给孩子自主学习的方法，并且和他们形影不离，就像雷夫老师一样陪着孩子。

"督"，是老师适当放手，这时老师就是一个监管的角色，我大胆尝试了"作业按序完成法"，我把我的形影不离，换成了文字指示，每天我在黑板上安排作业完成的先后顺序，先完成科任老师的作业，再完成班主任的作业，所以，他们会很自觉地挤课余时间来提高作业完成的效率。考虑到学生能力的差别，我告诉他们完成了作业的同学应该自主预习和复习。这步一定要扎扎实实地落实好，不能让学生因为完成作业而完成作业。

"放"，布置好任务，放手让班长管理，人人参与。这样做是要让每个孩子都自主投入到学习中，形成良好的班风，进而促成班级文化建设。

班级是学生生活的重心，它是知识的集散地，是人格的熏陶地，是体质的培养地，是心灵的归宿地。班级文化建设因而显示出复杂性和重要性，仅仅靠全班同学和班主任的努力是不够的，需要社会的榜样支持，学校的活动支持、家长的教育同步支持，雷夫老师也深深地意识到了这一点，他"给了家长好主意"，让其形成的教育合力促进班级文化的扎实建设。

好的方法往往是在不断摸索探寻的过程中拥有的，它是实现梦想的保证！

创新·成就

在56号教室，孩子们通过优良的电影，"了解正确或者错误决定所造成的深远影响，并且知道就算身处困境也能为信念挺身而出"；孩子们可以在旅途上，把"道德六阶段"好好运用，"有机会接触到更广大的世界，同时挖掘自身潜能"；在摇滚乐中学会坚持，在"喂饱世界计划"中让孩子学会了解身旁的世界，懂得在长大以后，要以行动持续回报社会；在56号教室，孩子们明白了，"一生中最重要的问题——品格、诚信、道德、胸襟，永远不会出现在标准化测验上"，孩子们知道了"测验分数不过是他们人生中很小的一部分，人格、品行才是教育的本质"。

第56号教室因雷夫老师的创新教学和管理而变得充满生机，孩子们因为有这样的老师而学会了遵守规则、为他人着想、自我计划、自我教育。

我也想选取几个小镜头——

"老师，对不起，我们因为中午没有吃饱，在寝室吃泡面，被扣分了"，这是一年多来没有违纪一次的××和××给我的道歉，自然我接受了他们的道歉。

"××，怎么不开心，这次考得很不错啊？""老师，对不起，我英语没有拿到满分。""××，怎么哭了？""老师，我数学只有96分，而××有100分！"

"我以前是个谁的话都不听的孩子，但是到这个班级以后，班级的氛围感染了我，我也就有了今天的进步……"这是新转来的金同学在家长会上讲的心里话。

谢谢孩子们，你们让我明白了一直的坚持是值得的。

教学需要创新，管理也需要创新。

魏书生老师的理念在我当班主任的第一年就熟知了，"事事有人做，人人有事做"这是他推行的，而今我却是这样做的——"人人无事做，事事有人做"。

我一直强调"细节决定成败"，"班集体是大家的，要像爱家一样爱我们的班集体"，所以班级工作我从来不责任到人。比如，关灯就是最后一位出教室的同学该做的，扫把倒了，谁看见谁扶起来，上课认真听讲是学生应该做的，是对老师最起码的尊重，遵守学校纪律这是每位同学必须做好的，不需要量化的分数来衡量；关心身边的每一位同学这是人的本性，因为只有关心才有被关心……所以好的习惯一旦养成了，互助友爱，民主和谐，健康向上的班级氛围一旦营造好了，班级舆论建设也就迎刃而解了，一个班级也就有了自己的班级文化，而班级文化一旦形成就可以成为一股强大的教育力量。

在分享第56号教室的成功时，我也深深感动于自己对这些不成体系的"创新"的执着。

因为有雷夫老师从事教职26年的执着，所以有了第56号教室的温馨和成功；因为有雷夫老师全心全意的付出，所以有了一批批孩子的成功；因为有了雷夫老师大胆的创新教育方法，学生迟迟不舍得离校，这般眷恋学习，才有了教育改革中的这缕春风……

每个孩子都有追寻梦想的权利，老师能给孩子追寻梦想的动力，能提供实现梦想的保证，老师是帮助所有孩子实现梦想的人；而孩子的成功是老师引以为荣的，孩子的努力是支持老师工作的力量，所以孩子是老师的翅膀，是鲲鹏水击三千里，盘旋直上九万里借着的旋风……

莫言说："我是一个讲故事的人。因为讲故事我获得了诺贝尔文学奖。我获奖后发生了很多精彩的故事，这些故事，让我坚信真理和正义是存在的。今后的岁月里，我将继续讲我的故事。"我也想说："我是一个喜欢编写故事的人，在以后的教育教学工作中，我一定要将故事演绎得更精彩！"

郑英老师说过："教育，面向的是一个个活活泼泼的生命，培养的是一个个光明的人。教师应该在心旷神怡的状态里，打开感官，让教育变得灵动和自由。"

孩子是老师的翅膀，老师的梦想要在振翅飞翔中实现，而教室又是梦想起步的地方。怀揣《第56号教室的奇迹》一书给予我的感动，继续与我的孩子们追寻绚丽多彩的梦！

一座博物馆，一座城市

与青灯结缘，岁月里有故事，故事里有心情。

大罗山上，山舍一座，被命名为青灯山舍，月假及闲暇时分，三五好友，相约登山看风景，品农家美食，身心放空，情投山野，惬意至极；再后来就是农家小院，朋友小聚会餐之前或之后都会去青灯收藏馆转转，一步一景，灯里有故事，故事里有灯；最近，邂逅青灯艺术博物馆，温瑞塘河畔，荷塘月色之沿，喧闹的静谧处，悠悠河水畔，自在安详又端庄古朴，这里一砖一石，一瓦一柱，带着昔日温州各古镇、各村落、各家族的故事，历经时光的隧道，款款而来，落户于此，墙壁窗檐，独自成景，又相互映衬，优雅至极……

遇见青灯，邂逅一座博物馆，读懂一座城市。

身居瓯海心系温州，如果说温州是我的第二故乡，那么，我还只是新故乡里襁褓中的婴儿，我愿溯历史之河逆流而上，寻时光的河流一路向前。向上，不断追寻你历史里的更高境界；向前，不断触及你内心更深处的感动。

坚持里阅读，付出里看见，把更高处的境界与更深远的感动，不断地书写，在或深或浅，或浓或淡的文字里，镌刻你的魅力，留住你的美丽，还有你的与众不同。

5月1日，劳动节，是遇见的全新开始。

人间四月天，应是芳菲无尽，美好无限的季节。于我，却留下了深深的难忘，那晚，一晚的苦思冥想之后，我决定救赎！冥冥之中，我想到了那涤荡身心的青灯山舍。

把朴实的想法编辑成文字，和着复杂之情一起点击发送，青灯先生说山上没有适合的时间和空间，果断又诚恳地发来一段文字，"给我当志愿者！"简洁明了，干净利落，豪爽大气，如人一般。

人间所有事，缘分注定早有安排。可以预期，但是又无法预料。30号闭馆。"五一"开馆，来吧！

缘于救赎，续于志愿，因为有期待，所以遇见的进程就变得既不是偶然，也非必然。只是你来或者不来，她都在这里，在温瑞塘河畔，闹市之一隅，载着所有的故事，静穆候你，在初阳里舒展，于夕阳下沉思，所有的风景看透，饱蘸人间烟火，书写属于自己的故事，或优雅从容，或潺潺缓缓……所有渐行渐远的恬淡、幽静、田园、古朴、优雅、豁达等都已浸润到这里的一花一草、一枝一叶、一砖一石里……

一座博物馆，一座城市，一段永恒的文化，青砖石瓦，灯盏书台，保住了那时的时光，镌刻了那时的情感，传承了那些即将逸去的，留下了一座城市的所有记忆，活色生香了记忆里的美好时光。记住她美好响亮、大气的名字——青灯艺术博物馆！

"青灯"，有两种基本解释，一即指光线青荧的油灯。唐朝韦应物《寺居独夜寄崔主簿》有诗云："坐使青灯晓，还伤夏衣薄。"宋朝陆游在《秋夜读书每以二鼓尽为节》中说："白发无情侵老境，青灯有味似儿时。"又见清朝龚自珍《与吴虹生书》十一里的诗句："背老亲而独游，理兔园故业，青灯顾影，悴可知己。"

二借指孤寂、清苦的生活。《天雨花》第二回："不念我，少年春，空房独

166

守；不念我，红颜女，一世青灯。"《冷眼观》第一回："张令半世青灯，一行作吏，到任后吏治过于勤劳，偶染痰疾，刻已稍愈。"

青灯山舍：一盏青灯下的禅意庭院；青灯博物馆：一座典藏、陈列和研究，代表自然与人类文化遗产的场所；青灯先生：原名张金成，得过世界极限单车运动冠军，生活在灯光璀璨处，择"青灯"为名，我想，更多的是看淡后的一种热爱和执着。或许，他本身就是一盏灯，一盏既可以照亮自身，又可以点亮他人的灯。

罗曼·罗兰说过，人最可贵之处在于看透生活的本质后，依然热爱生活。这里就有你看透城市的喧嚣之后的返璞归真！

所有过往，皆成序章！朝朝暮暮，忙忙碌碌，充充实实！愿以后所有的遇见都看得到细微留得住美好。

石虽无言，文化有声

今天的文字从石头的"石"字说起。

想要写写"石头"，源于第二次来青灯石刻艺术博物馆当志愿者。那天，先闻其名再见其人的梁姐也在。一边的小周充当了我们的中间人，交谈之后，我知道她一上午都在博物馆，拖地、轻掸物件上的灰尘。

"你好，你好，我带你去看看今天我们的任务吧！"她顾不得揩额头上的汗，放下中餐（面包牛奶），起身示意我跟她走。

"今天，你的任务就是打扫二楼展厅，给每个物件的铁'座驾'掸掸灰尘，一楼的我来。"我紧跟在热情大方的梁姐后面。

接下来的聊天中我得知她一直在当志愿者，"当志愿者不难，难在坚持做志愿者。"

更难能可贵的是，笔和本子她都随身携带，一有闲暇，就把所学习来的知识记下来，"别看这些石头不会说话，它们可有历史和故事啦！只有知道了它们背后的故事，才能读懂它们身上的文化，悟出它们的灵性呢！比如，你负责的二楼展厅，最年轻的石头都是清代的，大部分是宋代的呢！"

这样说着的时候，他的邻居闻讯来参观了，温州二十八宿井之屯前街井的故事，在温州方言里、游客们的笑谈互动里，瞬间丰富、灵动、有血有肉了起来。石材还是那时候的石材，故事还是那时候的故事，牵动的依旧还是读"石头"的心情。这些关于石头的史书，依旧优雅、沉着、大方而又高贵地屹立在博物馆的一侧，向人们展示着它一路文明的历程，还有所有关乎它们的收集者、观赏者，抑或"挽救者"。

"博物馆创始人张金成先生，自2006年，于旧城改建中寻觅、收集、记录各类石质建筑部件。13年后，这些来自温州境内各处、保留着各式历史形态的一万余件石刻、砖雕汇集于此"。让这座可以触摸，可以近距离阅读的博物馆呈现在市民面前。

"石"字在甲骨文里的造型，一边像"厂"，表示山崖，一边像"口"，表示块状岩石。所以，"石"字最初的意思就是山崖边的石头。

"石"字，由甲骨文到标准宋体，从繁从简到从俗；"石"文化却是从简从繁到深邃。

石器是人与猿相区别的重要标志，因为动物不会制造工具，只有人才会制造工具。一开始，以石为器，石头还只是原始人必不可少的劳动用具，再渐渐以石为原材料，或成为磨制和"建筑"的材料，或制作成人类所需要的东西。

随着生产力的发展，原始人类在劳动之余，开始有了娱乐活动，欣赏和珍藏美石成为原始文化活动的一个方面。"据史料记载，从周口店山顶洞人居住的洞穴里，发掘出约18000年前的人骨化石和装饰品。其中就有在人骨石旁散落着赤铁矿染红的石珠。据考古学家分析，这种石珠，既是审美对象，又是宗教用品。"

庄子曰："天地有大美而不言。"大自然中千姿百态的石头，汲取自然能量，借雷电风霜等自然之力，打磨出独一无二的姿态，镌刻着历史的沧桑变化，宁静地躺在天地间。

智慧的人类从石头千变万化的纹理和美丽的形状中，获得启示并模仿，于是萌发了最原始的艺术。于是，人类把自己无法实现的梦想或者对美好生活的向往都寄托在有灵性的石头上，或丰衣足食、国泰民安；或驱邪避祸，以镇风水；或祭拜祈祷，心想事成……久而久之，镌刻着岁月之痕的石头，玉走金飞里，丰盈了传统文化的宝库。

石头，沉默无言，但是在生活中无处不在，无所不用。从皇宫御园到房屋庭院，再到石碑、石钟、石雕、石器；从房屋的台基到道路桥梁的铺就，再到牌楼、宫殿；从威武雄壮、气势恢宏的石狮到线条优美的飞天壁画，再到作为帝王象征的龙图腾画，利尽石材之用，化尽石头之美。纵观石刻、碑碣、石磬乐器、雕塑，尤其是建筑，它让石头的作用发挥得淋漓尽致。法国作家雨果曾说，建筑是石头的史书，诠释得恰到好处。

石头文化也就慢慢走进了文学的殿堂。女娲炼石补天，精卫衔石填海；山石崩裂出美猴，顽石幻化成宝玉，泰山石敢当美名传；还有，你看，"石心"喻坚定的信念，"石交"代牢固的友谊，"石城汤池"形容防守坚固的城池。"鼎铛玉石"喻生活极其奢侈，"水滴石穿"喻有恒心，不断努力，事情就一定能成功……

悬崖边的石头，风霜雪雨刻出它们傲骨的灵魂，坚定、坚固、顽强等各种我们所向往的品质。

石虽无言，文化有声。石头的历史和石头的文化彰显的不仅仅是物质生活方面的，更是高贵的精神世界的活力焕发。

历经岁月沧桑的石刻，如《石刻·新生记》里这样阐述："以诚敬之心，纪念温州老城的峥嵘过往，焕发着安定沉着的城市力量。"

走在阳光里

初冬的阳光还很怡人，于是我们决定走在阳光里。

当我把车熄火的一刹那，紧张（第一次开盘山公路）、兴奋、放松一股脑欢呼在我的雀跃中，猛吸来自大山的新鲜空气，不觉还夹杂迷人的清香，此时所有的不快都抛之脑后了，面对如此美景，还有温暖的阳光陪伴，开心不已。

我们敬爱的杨大哥安排好了住宿的房间，我们的房间在别墅区10幢（第三层全部，另加二楼一间），不图其他，因为它的观景位置很好，大峡谷五折瀑俯首可见，大山的深广尽收眼底，胸怀是要如谷一样，欢乐也要开怀。最主要的是我们的房子是最好的拍日出的地点。只可惜，贪恋大地母亲怀抱的熟睡，两次我都错过了，第一个早上，妈妈告诉我，她看到日出的美景了，有很多人在拍照片，她在隔壁阳台大声喊我，要我起来照照片，呵呵，我全然不知，只觉得从来没有过的放松，睡到自然醒，感觉是不错，想明天我早起，弥补一下，没料想头晚温泉泡得太过怡人，忘记了，一早没有爬起，当我拍日出的信誓旦旦被揉碎在温暖的太阳光中后，我似乎有了丁点儿后悔。索性有他们的观美感受。

氡泉是应该重点说说的，它堪称温州四大王牌旅游景点之一，坐落在华东第一大峡谷口，这里山溪蜿蜒、峰峦叠翠、峡谷深切、崖壁峻峭、百瀑汇川、溪水长流。自然景观委婉中见雄伟、朴素中藏珍奇。氡泉是高温低矿度的含氡含氟含硅，具有弱放射，含40多种微量元素的大温泉，对众多疾病有治疗作用，对人体健康、美容、美肤大有益处。度假区是一个欧式风格的别墅式度假酒店，建设有各种欧式风格建筑，现有标准及豪华客房150套。

五折瀑、谷底双珠、深谷板桥、绿色火热溪、雅山晴雾、情人湖、悠悠合欢竹、峡谷观光台等风景各异。

走在阳光里，特别是飘着清香的自然中，猛悟，人和自然这样和谐相处真美！

趁着冬日的暖暖阳光，我们开往苍南渔寮。

渔寮风景名胜区位于浙江省最南端东海之滨的温州市苍南县境内，是AAA级旅游景区，距温州市区约125公里，距县城灵溪约64公里。景区面积23平方公里，主要包括渔寮沙滩、雾城岙沙滩两部分，其中渔寮沙滩尤为罕见，沙滩长2000米，宽800米，是我国东南部沿海大陆架上最大、最平的沙滩之一，具有水碧、沙净、海阔、浪缓、石奇等特点；沙滩坡度小，沙质纯净柔细，松实适宜。雾城岙沙滩长800米，呈月牙形，时常白雾缭绕，宛若仙境。

眼见为实，当长长的沙滩呈现眼前的时候，我们一行人的惊呼打败了不在乎，去过很多海边，说实在话，这里的确宛若仙境，月牙形的海岸，拥抱着蓝天白云，倾听着海浪拍岸声，清脆而震撼，读着返航归来的渔民脸上的笑容，这样的日落时分，宁静、安详而又有流水般的心情。

出海捕鱼是这次最大的快乐之行，荡船前行，缓慢离开海岸驶向大海的时候，按捺不住的心啊，我总是惊呼而起，被船长和同行多次批评，"比你家宝贝还调皮，快听话，坐好。"呵呵。迎着海风，畅谈一路，真正像投入了大海的怀抱，真的，瞬间有茫茫大海，人即渺小之感，不过感知到大海的性格后，它将是人类的财富地，船长向我们介绍了海里的物产等，原来人和大海是可以和谐相处的，或许主要源自今天的风平浪静吧。收网收获很大，船长说客人打不到一条鱼的情况是很常见的，但是我们今天的收获真多，有很多很难捕到的鱼还有螃蟹、大鳗鱼等，回家整理蟹和虾足足有一大盆，丰盛的晚餐。

融入自然氧吧，在阳光中，有大山怀抱的深广，流云的闲适，流水的任意，大海的力量⋯⋯能不惬意？

享受自然，争做自然的翻阅者，用最真的心和最浓的情。

或许真应了这次出行的初衷——带爸爸、妈妈和孩子走在阳光里。

有根的生命热气腾腾
——游古石屋记

　　秋，在文人笔下，本是多情的。纳兰性德有言，"人生若只如初见，何事秋风悲画扇"；杜甫笔下的秋是萧瑟的，"无边落木萧萧下，不尽长江滚滚来"；刘禹锡却言，"我言秋日胜春朝"……一年一度光临人间一次的秋，它浓缩了人生的哲学，它是一本耐人寻味、百看不厌的书。你看它，它可以用霜染片片枫叶的时间来温暖你的一生，也可以携一抹红黄柔情走过你的春秋冬夏……

　　日暖生烟，阳光万丈的秋日，我们一起出发，沿着瓯海浪漫的风景线——红枫古道，拾级而上，去领略秋的多情！特别是那叶落缱绻，旖旎从风的缠绵和浪漫，慢慢走来细细赏！

　　在"雄岙石岩屋生态农家园"门口留影以后，我们一行的行程正式开始。

　　薄雾退去，溪水清澈见底，水底嶙峋石块直视无碍。早起的鸭们在水面嬉戏追逐，悠游自在，一圈圈划开的涟漪散去，散去，把波光粼粼轻轻地抛在晨曦里……"这大路溪的溪水真清澈！"于是，我知道了这时隐时现的小溪的名字。

叶落缱绻，旖旎从风

大路溪的水脉旁是红枫古道的山脉。全长2.95公里，又称"水瑞古道""枫树岭"，是古时瑞安城乡到瞿溪必经便捷要道。千百年来，时光流淌，斑驳历史的光影！

在秋光里的红枫古道，石阶平缓，石阶就深嵌在泥土里，被历史的脚步磨得光滑泛光。秋风瑟瑟中，叶落，跌在石阶边的土路上，铺就厚厚的一层，黄的，退了红的灰黑，叶脉条纹织出薄薄的"罗缎"。偶尔那抹霜染的红入眼，那像极了团团燃烧的火焰的枫叶，正伫立秋风中就这样等我们来赏，不徐不疾正好的时光里相遇。

风过，叶落缱绻，旖旎从风，那般缠绵，那般优雅柔美。

石岩屋古树群

"石岩屋"是一个堆石洞，形似巨型蘑菇，旧时因有人家常住岩下，以卖酒、卖食品为营生，故称"石岩屋"。岩石"屋檐"处有王卓于中华民国二十七年所书"石岩屋"三个大字，刚劲有力，方正清晰。石岩屋下方立有一块石碑，上刻清代孙锵鸣撰文的数百文字，题为"分水城至瞿溪雄旨两路种树记"。这就是著名的种树碑，记载了枫树岭种植枫树的经过。

红枫荫蔽的静寂岩石，默数着岁月的彳亍，守候着人世的沧桑变化，白云苍狗，只顾这样伫立静默着。

石屋岩处古枫最为集中，三棵古枫在石屋对面，屋后还有两棵，树影婆娑，盘虬卧龙。虽然过了赏枫的最佳时期，但在阳光朗照里，依旧意气风发，精神抖擞！

最惬意的应该是在岩下一坐，听溪水潺潺，鸟儿音韵，仰面迎着阳光，看枫叶渐染，任叶影在阳光里斑驳，印在脸上，起风有雨的日子，干脆来个"躲进石屋成一统，管他冬夏与春秋"，石屋下"烟雨平生无惧"。静谧中听天籁，远离城市喧嚣，唤心醒志，大快人心！

蛤蟆岩天然的日光浴场

黑色的岩石，安如磐石。蛤蟆嘴张开，呈观天赏景状。从左边爬上蛤蟆背，乐趣无限。这块平坦的巨石，在风吹日晒里被磨得光滑，简直就是一个天然的日光浴场。你可以席地而躺，仰观宇宙之大，俯察风景之盛。瞧，那边，一茶具、一杯、一书，在日光里与景对饮，惬意几许蓝天下。如果你知道关于它的传说，毫不夸张地说，你对这蹲伏的蛤蟆巨石会更多几分敬畏的。

传说古代一农夫远见一只蛤蟆一蹿一蹿地吞食着田间稻穗，惹得一时火起，举起锄头赶去狠狠地锄断了它的一只后腿。事后农夫仔细察看，顿悟自己真傻，原来它在捕捉稻穗上的害虫，从而后悔冤屈它，便拜求仙人点化成为巨石，并保存后腿，以示后人纪念它除虫有功，永加表彰保护。

分水城里的吴语侬音

登上山顶，薄雾锁山。石壁砌成的城墙泛着青光，仅有一石门洞开，站在门槛上，一脚踩住瑞安，一脚踏在瓯海。左顾右眺，你能望到历史的烟雾，你能听到吴语侬音，你能看着挑夫从眼前过往，斑驳的城墙旧门，记载着历史里的每一个故事。天地无声，吴语侬音飘荡……

阳春三垟惹人醉

"天空的蔚蓝，爱上了大地的碧绿，他们之间的微风叹了声，唉……"

时光轻轻一声叹，阳春三月花如海。春日融融，柳线轻扬，流动的阳光里，满溢花香，遍地绿草红花。瞬间，热闹了林间，欢快了山谷，涌动了春心。

天放晴，阳光漫步天地间，温暖惬意。于是，三垟湿地四人行，说走就走。

从上江路入园，过桥，就能极目远眺。

（一）三垟的醉美

三年前，修建中的三垟是含蓄的。那时没有柳绿花红，入眼的是幅幅水墨山水画：三垟湿地水网密布，纵横交错的河道将其分割成大小各异的岛屿，岛上是葱郁的瓯柑树，山环水绕，自然风光简朴秀丽，却又满含温柔。

河道清洁，水波妩媚，偶尔渔船划过，波纹一道道化开，化开在碧波微漾的春心里。放眼望去，条条河道的尽头似乎就是城市的最边沿。泛舟水面，绕岛而行，如此人水和谐的原生态家园，是心灵的"世外桃源"。

桥下的水是柔软的，河畔柳条是柔软的，风是柔软的，甚至它的灵魂也是柔软的，眼下的三垟像极了娴静的少女，卧在城市的大中央，远离尘世的喧嚣，自赏姿妍，自绣花巷，躲在宁静最深处，丰富自己，激溅人生。

它用柔软俘虏了漫步悠闲来往者的芳心，能不醉乎？

天蓝云淡，身心惬意。长亭更短亭，小道换坡桥。我们一路前行。择一处临河小亭歇歇脚，远山缥缈，小岛排开，心之所向必然是对岸的瓯柑林，绿意盈盈。

人人都说大罗山是温州城市之肺，三垟湿地是"城市之肾"。一山一水，相映成趣。岛上成片蔓延开的瓯柑林，从容任意地铺在河面，或圆或方或条状或任意形，溶溶水涧，含情脉脉，守望着醉人的绿意和宁静。

此时的乡间小院，满院春光烂漫，梨花白，桃花粉，梅花吐香，樱花浪漫……然而，它们和谁都不争，在这城市的寂静处，自顾自努力地绿着，吸尽朝露精华，全力以赴秋天的满树金黄，试想，那缀着的点点金黄，不就是生命里最厚重的守望吗？生活之于它们，是主动的；生命之于它们，是厚重、宁静却又气势磅礴的。

"绿肺""绿心"，好山好水！能不醉乎？

柳树、木桥、晚亭。斜阳铺满河面，太阳移步地平线的瞬间，天空燃起了一片橘红色的晚霞，那是惹人喜爱的调皮的又略带甘甜的颜色。光芒透过云层，照射湿地，恩泽流淌。连最微小的铜钱草，也丰富出了生命的韧性和执着。

我和红都被这拥挤且绿得沁人心脾的铜钱草拉住了前行的脚步。听红说这铜钱草生命力极强，一个小节，便可以蔓延出绿意盈眼的一大片，甚至整个水域。那张扬肆意的个性注定它的韧性和顽强，逢水发芽遇土扎根，守着它们的青葱亮泽，与这个世界静静相望，它们的世界里，你看不到虚情假意，看不到装腔作势，看不到遮遮掩掩，就这样真实地绿着，蔓延着，主动地生活着，它们触摸到的是生命里所有的顽强和纯粹与真切，它们的灵魂深处，同样有我们无法企及的高度和深度，尊贵呀！

水边一畔，驻足，贪恋之心顿生，"偷"一抹绿回家，怀一份铜钱草的心，主动生活，该是惬意至极的吧。如此一想，满心醉意！

那年的三月，酒是烈的，风是暖的；那年的三垟，你，醉美的，水墨的！

（二）三垟的怒放

眼前修建后的三垟，更像是温州这座城市的后花园。

经过多年生态修复，三垟湿地的水环境得到切实的改善，成了各种生物理想的栖息地。水，是流动的风景。昔日水面上漂浮的各种白色垃圾，不见了。眼前的水域，有漂浮的芦苇，各种水生植物，绿意盎然，活力焕发。

漫步园内，处处风景幅幅画，春可游樱花岛，夏宜憩紫薇廊，秋来览芦苇荡，冬能赏梅闻花香，你可以移岛换景，四季不同色，四季不同情，妙趣横生；各大亲子乐园，结合湿地文化特色为小朋友们精心添置了多种多样的游乐设备，增添了湿地游玩的休闲性、趣味性；八公里的湿地"流动"大环线，将南仙堤、五福源、榕源、南怀瑾书院、花岛花溪等新旧景点穿成线，移步换景，处处风景处处殊，这大环线尤其受到运动爱好者们热捧，都纷纷前往打卡，无论是跑步还是骑行，抑或只是悠闲地漫步，都自成最美风景线。

漫步园内，处处风景处处情。细心观察，桥上的石头会说话，它们说着各月花令；园内的石头块块有情，它们记录着名人事迹，记载着瓯越风情，石虽无言，却沉淀出时间里的文化；南怀瑾书院"城市书房三垟湿地国学分馆"，书香弥漫，进一步提升了三垟湿地景区文化品质，提高了公共文化服务水平，为市民提供知识共享、互动交流的人文空间；五福源内，梅影坡边，你立足深思。慢慢想，慢慢思，原来，时间流逝，总能沉淀出一座城市独特的或风俗文化，或代表性事物，比如，城市的灯光、路、桥、地标、美食，以及人……

漫步园内，和谐气息扑面而来。"生态优先、尊重自然"的改造理念，立足于生态保护；"海绵城市"的概念，融入公园建设，兼顾水环境综合治理；因势"垟漂海面，云游水中"的水网特殊地貌，网罗纵横交错的河流，织出大小不等、形状各异的"小岛屿"，卧在水云边，成为一道道风景，你来或者不来，三垟就在那里，自然而然，等你来……

山不让尘，乃成其高，海不辞盈，方有其阔。落日泛舟循桔浦，轻霞入路是桃源。你，在城市的最中央；你，有不被打扰的尘世之梦，宁静深邃！你，用最饱满的宽恕，接纳城市所有的喧嚣，独自清欢！你，敞开宽厚温情的怀抱，怒放生命！

今年的三月，酒依旧是烈的，风依旧是暖的；今年的三垟，你，怒放的，热情的，大醉的！

微风轻轻地一"叹"里，天空的云游走得漫不经心，河面安静地铺开、流淌，流淌了，再铺开，鸟儿们迈着慵懒的步伐咬着白云，身闲步轻。心偷偷放晴的游人，边走边赏，且开始心牵着心把你赏遍……

万物呈现出的一派生机，调剂润滑了人们的各种情绪。

自然人心，融为一休。如痴如醉，酣畅淋漓。

成为一只羊

月假，莫负春光，全家人游玩鹿西岛。春色定格在画面的刹那，心中多的是喜悦，还有那错过的唯美春景……

粉的桃花、红的梅花，蝴蝶起舞，蜜蜂嗡嗡……驻足，流连……

"快来，这里有更美的春景！"伊人催促道。

定格于相机的瞬间成就的是唯美的画面，定格于脑海的瞬间往往会是某种情感或遗憾，之后随着血液流淌、加温，直至于心底留下烙印。

我并没有让更美的春景定格于我的相机中，自然留在了我的脑海，时时触动心弦。

说是羊圈，其实就是用木条缠住网丝围成的，靠树的一角再用木板搭个简易的房子，羊群就无畏风雨了。阳光透过叶隙照在羊身上，很是温暖。母羊站立，头本是朝里的，听到声音，很自然地扭了过来，眼眸里的目光清澈透亮，说清澈见底也并不夸张。小羊羔，跪着，仰着头吃母乳，很是恬然。

回过神来，高举手中的相机，调焦定点，就在按快门的瞬间，停住了，那样的一种夹杂迷惑近似于哀求的眼神在明眸里流淌，突然想起了清心笔下的文字："以后，再有类似的关爱和捐助活动时，我们再未拿过摄影机。因为，任何生命，都该获得同样的尊重，即使，她只是一个两手空空的小女孩。"或许应该停下，不应该打扰……

伴随小羊羔起立的刹那，我知道瞬间只能定格于心画里了……

直至那时，就在母羊、小羊羔转身留给我们背影的那时，我似乎才明白课堂上我说"羊羔跪乳、乌鸦反哺"时的语言是多么苍白无力，情感是多么无色无味，但愿这只是第一次，也一定是最后一次举起相机破坏这样的春景！

突然有这样的念头：做一只羊该多好！

长期以来，羊成了人们最喜爱的家畜。不仅因为羊肉味美，羊毛可以御寒，羊温顺，或许还因为"羊左"典故的感人，但更主要的是羊羔跪着吃母乳，很有孝道，所以羊又成为"忠孝节义"中孝的代表；当郑伯"肉袒牵羊以迎"的时候，献上羊，乞求得到楚国方面的宽恕，免遭于难，羊又是华夏传统文化中吉祥如意的象征；汉代许慎《说文解字》说："美，甘也。从羊，从大。羊在六畜主给膳，美与善同意。""羊大为美""善字从羊"，原来羊还能体现人伦之美。

读到过这样的文字：羊吃草，什么草都吃，羊不必为吃草而种草，低头啃就是了。所以，羊的生存是悠闲的，没有愁心，散漫得随心所欲。枯冬，干草羊也吃，一样津津有味，裹着自己天生的皮袄，不知道什么是严寒。这样的衣食无忧令人羡慕，人不能够。做一只羊该多好，听听平时听不见的山涧鸟鸣，看看寸寸光阴在"庭"前徘徊，远离尘世的喧嚣和纷争，静听岁月的拔节与忧伤，这才是人世的大爱。

温顺，悠闲；善良，宁静；跪乳，感恩；大美啊！

人同羊的关系本就密切，能为一只羊，又何尝不好？

有些瞬间美在画，有些瞬间美于心，无论怎样，心美，一切皆美！

花一些时间去思考吧，一花一草一世界，一枝一叶总关情。心怀感恩，感恩每天我们从大自然获取的赖以生存的一切。想想，自然从未向我们索要过任何回报，或许这就是真正的给予，这就是真正的大美。

跑出春天的颜色

每一个今天都是独一无二的。就像2023年3月19日，也是独一无二的。今天18000人从温州跑向春天。温州马拉松，重逢在春天。

在"温马"时隔的这三年里，翻看手机记录，我自己完成了15个半马跑。今天来谈谈跑步那些事吧。

跑是放空

在生机蓬勃的春天，欢欣鼓舞的生命狂澜中，保持运动中的沉思默想，于我们个体，其实就是一种放空，也是另一种意义上的出发。

蛰伏三年，人们需要的是一场放肆奔跑的马拉松来释放心情。

跑是放空，我对跑步这样定义。

我特别喜欢事情多到不可开交，做事情没有丁点儿头绪的时候，鞋子、衣服一换，放肆地奔跑去，一边流汗放空，一边整理思绪，一边思考出发。

跑步的时候，全身心都是安静的，一步一步地迈出，是对终点的向往，也是对困难的挑战，更是对希望的坚持，在运动的身体里，每一个舒张的细胞都是热气腾腾的。

你的心界越空灵，你也越不觉得物界喧嚣。

嘈杂的世界，我们似乎都已经习惯了羡慕。种田的农人常常羡慕读书人，"读书人好呀，工作轻松，住宿生活环境都干净！"读书人也常常羡慕种田人，"还是劳动好呀，日出而作日落而息，多好！"竹篱瓜架旁的瓜果羡慕超市里的进口瓜果，一样的科属，为何待遇如此异样……读苏轼的诗，常常会折服于他的豁达，羡慕他开发出来的各类美食，似乎都觉得他的生活是我们真的向往的生活；比如陶渊明的诗歌，描绘出来的生活意境，让我们觉得农人的生活就是理想的生活，可是农人们在面朝黄土背朝天的辛苦劳作中所体验到的生活况味，跟陶渊明所写的真的不一样。

所以，不必羡慕。每个人最应该羡慕的应该就是自己，只有自己才是真实可感的。

跑起来，你的耳边只有风声，只有自己匀速的呼吸声。不要在乎别人如何看你，你的跑姿也许不美丽，你的表情也许不愉悦，你的跑鞋也许不高档，你的配置也许跟不上潮流，这些都没有关系。简单地跑，享受跑步的快乐，这本身就是最昂贵的，跑起来的世界都是一样的，没有半点可以依靠，没有半点可以弄虚作假。你只要告诉自己：伴着自己的节奏，跑，就对了。

没有迈步之前的我，还在纠结于这几天的他人言语，焦心于生活工作的毫无头绪。但是，跑起来以后，你完全就是另一个自我，你是一个把所有不安、焦躁都可以踩在脚下的强者，因为奔跑无弱者，不坚强，你来跑步，矫情懦弱给谁看。

其实我们应该习惯站在后台看人生，不管是自己的还是他人的，"未经他人苦，莫劝他人善，你若经我苦，未必有我善。"幸福相通，悲苦不然。看世界不要戴着有色的眼镜，毕竟世界原本无色。

放空就是空白，是用挥汗如雨漂白心灵。

白色，是万物的底色，是七色光的总和，更是万紫千红的春之最初底色。

跑是坚持

菲迪皮茨一路狂飙，跑回雅典，带回的是胜利的消息；

基普乔格一路狂飙，抵达勃兰登堡门，刷新的是人类的极限；

雄伟的勃兰登堡门，见证了中国选手白雪的夺冠；

奔跑，有为了生存和荣誉的，如"布鲁丹"部落的姆瓦托，在一次次与狮子的较量中，收获了自信；奔跑，有为了不被吃掉的，比如《狮子和羚羊》，无论你是狮子还是羚羊，太阳溢出来，你就必须奔跑；奔跑，有为了一次次挑战自我的，比如有中国中长跑界"常青树"美称的董国建……

煎熬的苦，向上的路！成功的路上并不拥挤，因为真正坚持到最后的人并不多。凡是坚持努力前行的人，一切都将变得更加美好。

跑是坚持。我也喜欢这样定义跑步。

在奔跑中挑战是马拉松运动的真谛。

从起点到终点，并不是真正意义上的一次马拉松，任何时候都是起点，这个过程是一个坚持的过程。开始跑步那会儿，我是坚持不到500米的，总以为跑步有脚就行，总觉得小时候在田野垄上奔跑练就出来的一身"跑功"能驾驭得了这迈步就行的跑步。其实，跑步，真的不简单。

作为一个门外汉，我跑步，最喜欢在属于自己的舒适区里跑，舒适的配速，舒适地跑跑停停，其实真正意义上的跑步是很有讲究的，但就过程而言，其实就是一个自我说服的过程。或许就是两个字"坚持"。

比如，跑"5.20""10.10""11.11""13.14"等距离时，我难熬的坎就是前三公里，只要跑过了这个，找回了感觉，我可以慢慢地跑下去。

一个人慢慢跑，慢慢坚持，不需要用余光窥视别人进展如何，自己努力就是，不断鞭策自己就是，就像工作成长一样，认为自己是对的，方向是对的，你努力就得了，善待一路上的批评建议，在自己舒适的节奏里，一呼一吸，一步一景，一步一坚持，马拉松就是最好的成长导游。

就像今天，我的最大心愿就是坚持跑完，坚持少走，因为第一次参加"温马"的时候，路人甲的那句鼓励话"跑起来，我们是来跑马拉松的，不是来走马拉松的。"不停下，这是另一种意义上的坚持。

坚持，在成长的路上多么难能可贵呀，"不积跬步，无以至千里，不积小流，无以成江海。"坚持，让人明白"宁愿有跑不完的遗憾，也不要停滞不前的旁观"的真正意义，也让人懂得奔跑的路上，美好的事物一定会发生的道理；坚持还是热爱，热爱生活最酷的方式，是帮助别人，或者跑一场马拉松，帮助别人是爱他人，跑一场马拉松，是爱自己。

"我是从去年开始慢慢跑步的，很享受跑步的过程，慢跑也好，突破极限也好，都会让我感到满足。我喜欢跑步，喜欢跑步本身，以及坚持的过程"，这是今天跑马中邂逅的我十一年前的学生晨涵给我的关于跑步的解读。

坚持是热爱，跑步是享受，是用激情点燃梦想。

红色，是光的三原色和心理四色之一，类似于新鲜血液的颜色。红色是积极向上、乐观大方，是轰轰烈烈，这山望着那山高，是春天的主打颜色之一，是每一个生命最原始的底色。

跑是融合

今天我们一起跑温马的是学校的三位老师，当然一起跑温马的18000人一定是来自全国各地的，无关乎年龄，有老者，有小孩，有学生，有老师……

开放、包容是马拉松运动的最大魅力。

温州马拉松始于2015年，也就是八年前。

2015年的12月6日，首届温马闪亮登场，参赛人数一万，起点世纪广场，温州城上演万马奔腾的盛况。

我和伊人见证了首届温马，当时我们参加的还只是5公里的欢乐跑。书写首届温马历史的是苍南姑娘陈林明，夺得女子全马冠军，书写了首届温马历史性时刻；41岁的王小红和19岁的郑芝玲分获女子全马和女子半马季军。

你看，温马让我们感受到的，马拉松并不是只有你第一，我第二的竞争，还可以很好玩：猪八戒、孙悟空、超级玛丽，各式造型奇装异服。有光脚跑的，配速"兔子"是匀速前进的，各种方式花样百出。你可以以任意一种方式参与到这场盛会中，抱团流、兄弟会、闺密局、情侣秀，也可以单人行，没有约束，只要你来跑，只要你在温马的路上，就没有那么多的"千马一律"……

你看，一路上的加油鼓劲者，一路的跑者加油团，是一起奔跑，又是一路搀扶，更是一路鼓励……

你看，各色美食，温州元素的文化等，温马让人意识到，马拉松不仅仅是一场比赛。它不只有速度与激情，还有风情与人情，风景和"钱"景。它是展示城市形象的窗口，是推广城市旅游的大使，它不仅是体育的盛会，更是群众的节日，是文体旅的完美融合。

跑，是融合，是利己的，是共生共长的，是五颜六色，五彩缤纷的，像极了今天温马赛道上的颜色。

五颜六色，是春天的颜色，是成长的颜色，更是收获的颜色。

马拉松的意义不仅在于奔跑，更重要的是一种精神，是挑战自我、超越极限、坚韧不拔、永不放弃的精神。它无穷的魅力就在于：感悟自我的心跳、享受运动的孤独、挑战自我的极限、发泄自我的情感，结交健康的跑友、领略美丽的风景，等等。

温州用一场马拉松，展现了这座城市奔跑的姿态；我们用一场马拉松，跑出了春天的颜色，跑出了成长的颜色。

春天，花海如潮，万物怒放，跑吧，让每一个今天都有美好的事情发生，你的人生也将如日中天，花团锦簇。

第五辑：清欢拾光·青绿染心

匍匐成长的生命

奶奶屋前有一块向阳的空洼地，春天雨水多，蓄积后，慢慢形成了一个碗口形状的小水池。

春回大地，唤醒万物。万木长芽吐绿，百花争艳，竞相芬芳，热热闹闹，处处生机。此时的小池边绿意盈盈，有努力钻出地面的小草，最多的是牛筋草。有杂花杂草，还有像细针的无名草药，更多的是车前草。它们肆无忌惮地蔓延着，长势喜人。一个巴掌大的地方，它们就可以拥挤出一大片的家园来，趁着春光，不虚度每一个日子。

车前草，多年生草本，连花茎高达50厘米，具须根。叶片卵形或椭圆形，呈牛耳形，叶边全缘或呈不规则波状浅齿，肥嘟嘟的，煞是可爱；花茎数个，有疏毛，穗状花序，远远看，像一条条坚挺的狗尾巴草，淡绿色，清新洒脱；种子呈棕褐色。

相传汉代名将马武，一次带领军队去征服武陵，由于地形生疏打了败仗，被围困在一个荒无人烟的地方。时值盛夏，又遇天旱无雨，军士和战马都因缺水而得了"尿血症"，当地又没有清热利水的药物，战士们个个焦急万分。一个名叫张勇的马夫偶然发现有三匹患尿血症的马不治而愈，感到奇怪，寻根溯源，只见地面上一片像牛耳形的野草被马吃光。为证实其效果，他又亲自试服，也有效。于是报告马武。马将军大喜，问此草生何处？张勇用手远指说："就在大车前面。"马武笑曰："此天助我也，好个车前草。"当即命令全军吃此草，服后果然治愈了尿血症。车前草的名字就这样流传下来。

记忆中，车前草不开鲜艳的花，吐露不了芬芳（或许有，我不曾闻到），招不来蝴蝶蜜蜂，更引不来路人的驻足，它们平时就犹如没事人，闲散在池边、路边，幽居在岁月中。想起它们，念叨它们的时候，多半是父亲最为担心牵挂的时候。

那时候，爷爷在城里上班，晚上我睡奶奶家，给她做伴。奶奶虽然听力不好，但是身体还算硬朗，只是身体有一个毛病问过很多医生都没有治好的，就是容易上火，上火导致尿道感染，继而引发一系列的不适。开始奶奶没有在意，也是不想给孩子们添麻烦，到后来，细心的母亲发现以后告知父亲，带奶奶去就医，但是一直未断根。那次，父亲想到了车前草。

春天的晚上，雨雾蒙蒙的。窗内，奶奶在灯下打盹儿，我温习功课……父亲一脸愁容地坐在沙发边，看着身体不适的奶奶，一向少言的父亲眉头紧锁，灯光里，脸上泛着蜡黄，很明显，为奶奶身上久治不断根的毛病愁的。

"妈，我煮点儿车前草水给你喝，试一试？！"父亲突然起身，凑到奶奶耳边说道。

"好的，明天挖点儿，试试！"奶奶温和地回答。

父亲转身出门，我们以为他是回家了，看到窗外跳动的手电筒光，才知道父亲是在池边挖车前草。

父亲单薄的身影在昏暗的光线里，那挥动的一锄一锄，深深浅浅了岁月！有心有爱，所有的日子就不会辜负，不会是虚度！

说来也奇怪，服用一段时间后，奶奶身体的不适症状明显消失，渐渐地，奶奶茶杯中多了车前草和白茅根……

打那以后，车前草入眼，那夜跳动的身影和愁容总会和谐地入心……

每年春天，学校足球场上的车前草长势喜人，茂腾腾一片一片的，大有盖过小草的气势。怀着对浑身是宝的车前草的偏爱，妻子总会小心地挖来晒干，让煮水喝，说有利于减缓痛风症状。

趁春光无限美好，肆意地匍匐成长吧，真诚地牵挂或者被牵挂着吧！让每一个日子都饱饱地有光照，暖暖地有温度，厚实，不虚度！就像车前草，不负春光不负成长……

相念

读余秋雨老师的《乡关何处》时，心总被这样的文字，"思乡往往可以具体到一个河湾，几棵小树，半壁苍苔"，深深触动。具体一点儿，牵动情思的却是那节奏鲜明的一纳一缝、一拉一扯……

小时候，家里条件并不好，我们穿的鞋子基本上都是奶奶亲手缝制的。待到晴天多起来，奶奶就该忙活起来——做布鞋，为秋冬季储蓄温暖了。

做布鞋，第一步是要做鞋底。先是整理废旧的衣物，把它们或剪或撕成方正的块，挑一个晴天，全部洗净、晾干，叠起来备用。

然后是浆布料。浆布料需要用到面粉，面粉不好弄到的话，可以用挂面。将适量的水烧开，加入适量的面粉或者面条，调制成糊状备用。

接下来就是，取下门板，架好，把废布料一块一块地铺平在门板上，再用刷子蘸满面糊，均匀地刷在布上，一层一层地刷，一层一层地加，注意一定要均匀呢，要不，会坑坑洼洼的。大概一毫米就好了，刷好以后，放太阳底下，等完全干燥以后揭下，按照鞋样大小依次画好，裁剪成型，用白布先包成薄的鞋垫样，用粗针粗略地缝好固定，根据需要的鞋底厚度，取相应的鞋垫初样，叠加起来，中间初步固定后，就可以纳鞋底了。

纳鞋底，是一项浩大的工程，全靠手工，用到的工具有锥子、麻绳、顶针。奶奶有个专门的"工具箱"，里面工具很齐全，那时候最诱惑我们的当属那副黑框的老花镜。纳鞋底的时候，奶奶一定要佩戴上的。

奶奶先是一手执锥子，靠着来回转动锥子的力量往下扎，直到钉穿，再拔出锥子，让粗针穿过去，一扎一缝，拉得麻绳铮铮作响。每缝一针，必须将麻绳在锥把上绕上几圈，用力勒紧，然后再接着纳下一针，如此反复，一针一针，从四周往中间均匀地缝好。

另外，还要保持鞋底的清洁，必须交叉走线，纳边最难也最重要，不许走样，针脚要排列整齐，横竖间隔均匀，用力要适当，否则会出现凹凸不平的情况，不美观。

这也是一项力气活，有时候，奶奶缝累了，我也会尝试着缝上几针，但是，整个缝好以后，我缝的针脚格外"显眼"，因为针脚长短不一，且力气不够，拉得不紧。奶奶纳的则针脚均匀，空隙宽度都是一样的，纹路也是非常富有节奏感，真的可以说是无与伦比的艺术品，赏心悦目，美不胜收。

纳鞋底的整个过程，一定要特别小心，避免锥子和针钉到手上，我就被钉过，钻心痛呢。每每这个时候，奶奶总会非常心痛地拿起我的手，轻轻按压好久，看得出来奶奶的伤心和内疚。

最后纳好鞋底以后要用锤子轻轻地锤，从中间到四周，再从四周到中间，如此反复，直到使鞋底平整、软化，我问过奶奶，这样做的目的是成鞋之后穿着更随脚、更舒适。这一锤一锤，特别有节奏，往往奶奶也是锤得很轻松的，一种前所未有的轻松，从她满脸的笑容就可以知晓的。

"经过锤炼的鞋子，穿起来站得稳，走得正呀！"奶奶抵抵老花眼镜，看着我乐呵呵地说道。

千万别以为，鞋底做好了就好了，还要上鞋面，不过相对纳鞋底，这个简单多了。根据鞋面样剪好以后，要在鞋面上缝两块宽松紧带，方便穿，相当于现在市面上鞋带的作用吧。鞋面一般是黑色布的，奶奶说这叫"黑白分明，这样的鞋子大气，有底气"。

因鞋底用白布裱成，且一层一层叠加纳制而成，所以我们比较喜欢称之为"千层底"，取其形象而得名。布鞋非常养脚，舒适，轻便防滑，冬季保暖，夏季透气吸汗，所以小的时候是没有听说过"脚气"一词的。

冬季棉鞋的做法差不多，只是在鞋面中间加一层棉花，鼓鼓囊囊的，看着就结实，就舒服，就温暖。我们兄弟、堂兄弟姐妹五个，加上叔叔、爸爸、婶婶、妈妈，还有爷爷奶奶，偶尔还会帮市里的亲戚做，你看，这一大家子人的鞋子，基本上都是奶奶亲手缝制的，一针一针，坚定有力，且扎扎实实。

我亲眼见证过这一针一针纳和缝的艰辛。

那时候，爷爷奶奶另起炉灶生活，爷爷在市里上班的那段时间，听力有障碍的奶奶一个人睡，我们自然不放心，于是我就成了奶奶的小跟班。白天奶奶要干农活，还要打理家务，一般是没有时间的，只有晚上。

晚上，灯光里，一边是我在温习功课，另一边是奶奶一针一针地纳和缝，经常是我温习到什么时候，奶奶就缝到什么时候，很多时候，我看着灯下眼花的奶奶的身影，会不由得心酸不已，往往我会提早结束，哪怕第二天起早再补作业，所以一个晚上也是纳不了几针的，而且被扎到手也是常事。

好在，大人的脚一般不会有太大变化，平时的零星时间一般是先做他们的，我们小孩的一般是做大一点儿或者需要的时候再来做，所以偶尔也会出现鞋子做好了却穿不上的现象，要么太大，要么太小，不合脚。但也无妨，奶奶也不会让我们穿挤脚的鞋的，她会送给合脚的左邻右舍。

再后来，奶奶眼花厉害以后，母亲也成了纳鞋的巧匠，只是母亲太忙了，很难有时间挤出来纳鞋，再加上，慢慢地，经济条件也允许我们挑选市面上各种好看的鞋子了，所以，千层底儿也渐渐淡出了我们的生活。

桃花、荷花、菊花、梅花，四时的夜，漫长的夜。四时又无界。

灯下，沙发上奶奶的侧影，眼前是扎实、踏实、坚定有力的一纳一缝，一缝一纳……她扯着长长的麻绳，铮铮作响里，拉出生活所有的温暖和希望。灯光的影子与漫长的夜缠绵在一起，我们的奶奶灯光一般地端坐如莲。

如今，千层底的布鞋离我们的生活已经越来越远了，但当它以另外一种身份——中国民俗文化重新登上历史舞台的时候，这一纳一缝、一扯一拉似乎更富有生活的底气、行走的勇气和为人的骨气了。

老姨

老物件和故事一样，不只是用来怀念的。

我是一个特别怀旧的人，凡是能与记忆中的人和事沾得上一点点边的物件，我统统都舍不得扔掉，年头最久的要数那本《新华字典》了。

记得很清楚，读五年级那会儿，语文老师要组织一次查字典比赛，要求第二天人手一本《新华字典》。那时候家境并不富裕，我的字典是哥哥用过的，中间掉页很多，显然不行。去买，一本字典的钱可不是个小数目，再说已经傍晚时分，镇上的店子也关门了；借吧，叔叔家伯伯家的那些堂兄妹，我们年纪相仿，在同一班，都需要用，说我当时急得像热锅上的蚂蚁，一点儿也不为过，如今想来，那无助感依然。

"辉儿，要不，你去老姨家看看，她家兴许有。"正在厨房准备晚饭的母亲看我愁眉不展的样子，也心急如焚，她一边用围裙擦擦手，一边走出来说道，"别急，天黑了，路上小心点儿！"

那时候没有电话，可以迈步飞奔的双腿是最便捷的交通工具。母亲的话音还没有落，我就跑过了水泥坪。

老姨家在另外的村子，离我们有三四里地的样子，要横穿一片广阔的水稻田。那时我比较喜欢去老姨家，因为我懂事，学习成绩又好，每到双抢时节，我还会被当作"主要"劳动力去帮老姨，因为表妹还小，老姨父又做生意，很忙；再者，平时都是我跑腿，所以我老受待见了。

初春的田埂刚刚垄上新泥，我都没有顾及，三步并作两步地跑，真有种身轻如燕的感觉，换到现在配速那一定是惊人的。现在想想，还挺感激那段奔跑时光，要不现在动不动十公里以六分多的配速就跑完，是心有余而力不足的。

快到老姨家时，我慢下来，在台阶前停下了脚步，看着老姨一家三口围桌而坐，有说有笑，气氛十分融洽，顿时我不知道如何开口。

腼腆的我只是站在原地，看着被灯光拉得长长的影子，不知如何是好。不多久，老姨发现了我。

"快来，快来，辉儿，吃饭了没有？来一起吃饭！"老姨一边拉着我的手，一边招呼表妹去给我盛饭。

"老姨，饭我不吃了，妈妈做好了。我……"老姨示意我坐下。

"那有什么事情吗，辉儿？"在一旁的姨父也起身问道。

我说明来意之后，老姨和老姨父二话没有说，就拿出了字典。

它方方正正，厚墩墩的，穿着当时最流行、最时髦的浅黄色外衣，崭新的封面上，赫然印着"新华字典"字样。我接过来，翻开，那浓浓的墨香至今还记得，真的一点儿都不夸张，那心花怒放的心情，至今忆来，还是暖暖的，如那晚满屋的亮堂堂。

"妈妈，这是我的。我不要借给姐姐！"在一旁的表妹不乐意了，马上大哭起来，而且是很伤心的那种。

"没有关系，拿去吧，辉儿，妹妹不懂事，老姨明天再给妹妹买一本，这本你拿着用啊，时间不早了，老姨不留你了，快回家，路上小心。"格外的疼爱，特别的优待，温暖！

我点点头谢过以后，就回家了。"姐姐每年都来帮我们双抢……姐姐非常懂事……我们做人要知恩图报呢……"身后是老姨隐隐约约的说话声……十足的信任，暖暖的表扬，力量之源呀！

真奇怪，一向胆小，从不敢也从没有走过夜路的我，那晚居然可以肆无忌惮地飞奔，用身体剪破夜幕，回家。我知道，这是老姨给予的力量。至于后来妹妹还有没有哭我不知道，但可以肯定的是，那本字典真的属于我了，母亲说还了几次都被老姨拒绝了，说送给我了。

功夫不负有心人。第二天我获得了翻字典比赛第一名，那也是我读书生涯中拿到的第一个第一名！只有我知道，它的来之不易和它带给我的无法形容的高兴。

后来一直到初中、到高中、到大学，到千里之外的他乡参加工作，又辗转到另外的省份，它一直陪在我的身边，好几次搬家，家人都说现在字典这么多，扔了吧，还占地方。

"这是个老古董了，和我一样，不能扔的。"每每这时，我总会在调侃中重新端详它，抚摸它，读它身上每一寸"肌肤"留痕的岁月！尽管已经泛黄卷边，又何妨？无妨！无妨！在我的记忆中字典永远不旧，不旧呀！

"老古董"，其实是老姨评价我的，那时候，我不喜欢穿新衣服（其实是知道家里没有多余的钱给我买，我假装很乐意穿哥哥的旧衣服，尽管我是女孩），不会乱花钱买女孩子们喜欢的各种饰品等，不过老姨说"老古董"很好：贵重，值钱，历史悠久，有文化内涵，大家都争着想拥有。所以啊，我一直都喜欢长辈们用这样的话来评价我，总觉得是一种极大极大的表扬和鼓励，还带有期望呢。现在想来，老姨说这话的时候也应该是无比欣慰的，因为用母亲的话来说，老姨看我的时候，脸上总是开着花的，我也这么觉得，越长大，在老姨面前越自在，优越感十足。

老姨家境不错，她也很时髦，爱美，经常会给我家特别是母亲和我买东西，很多时候还帮着填补家用，不分逢年过节的。特别是我每年的生日，老姨从没有缺席过，因为是在暑假，所以很多时候我们都不记得，但是老姨总会提着各种礼物和好吃的来给我过生日，风雨无阻，后来有蛋糕，再后来有旅游，再后来……

"辉儿，生日快乐呀！好好读书，老姨相当看好你！苦日子也一定会熬到头换来甜的！"每次递过来礼物的时候，老姨总会这样说，声音洪亮，脸上的笑容写满信任，总让人觉得生活处处有美好、有力量。

印象最深的是，老姨送我的那本橘黄色的笔记本，软皮的，正面的右下角，是一个白色的小圆圈，里面有柳条，有展翅飞翔的小燕子，特别好看。那是我拥有的第一本笔记本，我记得很清楚，当时用钢笔写字的时候，会洇过去，但我依旧十分珍惜。现在想来，我这么热衷于用纸质的笔记本写日记，且一写就将近三十年，这情愫之源原来在这里。

我问过老姨，为什么对我这么好，老姨一开始只是沉默，笑而不答，后来说我还小，不懂。以后长大了，会渐渐地明白。

"辉儿呀，我做的这些算不了什么呀！想想当年，你外婆走的时候，老姨才三岁，你妈妈也就六岁呀！你外公和舅舅要出工，我就是你妈妈一点一点带大的呀！没有你妈妈，哪有今天的老姨呀！你看，这些年，我们两家相互帮衬，日子也越来越好了呀……"

悲欢离合的心情，总会搅动灵魂深处，给人感触，让那些最初的美好记忆时不时跳跃出来，春来暑往，秋收冬藏，微动涟漪……

慢慢地，发现给人的情绪定下基调的，都是那些最初的记忆，它能给我们一生呵护的心房加温、保温，有风霜雨雪时，心中有暖阳，脚下有力量。

"粽"情"粽"意

端午节，每家每户都要包粽子。奶奶是包粽子的能手。

奶奶先是把糯米泡上几个小时，泡开的米煮起来易熟且糯，口感好。在泡米的过程中，去摘粽叶。

粽叶是"端午节"所食用的食物"粽子"必不可少的材料之一。粽子古称"角黍""筒粽"，由粽叶包裹糯米或添加辅料煮制而成。粽叶在南方一般用箬竹叶，其特殊的防腐作用也是粽子易保存的原因之一，气味芳香，闻之如有回归大自然的感觉。

奶奶房屋后有一大片箬竹，奶奶一手挎篮一手拿剪刀，三步并作两步，直接钻入箬竹间，挑选出新生的嫩绿的箬竹叶，一般老一点儿的不摘，留下来做斗笠什么的，结实。箬竹叶边缘有锯齿，要特别小心。除非奶奶忙得不可开交，要不然是不会要我们去摘的。摘回以后，清洗是一项大工程，因为叶面的纹路里有灰尘，用清水是冲洗不掉的，一定要用抹布反复抹几遍才能彻底洗净，这项劳动真的一点儿都不能偷懒，投机取巧，见水为净的结果就是箬竹叶脱掉"衣服"以后，绿色的皮肤上会有一条一条的黑纹，酷似鞭打留下的痕迹，直接影响胃口。奶奶做事情特别仔细，就连我洗过的箬竹叶她都要检查才放心。

劳动最艰巨的一环是包粽子。奶奶先把泡好的糯米淘净，根据个人口味，可以加红枣、绿豆、红豆、蛋黄或者腊肉，但是我们家一般都喜欢纯糯米粽，蘸糖吃，清香扑鼻，甜满心间；粽叶、筷子和线就是所有的道具，先把长线卷好留出合适的长度，一端固定在椅子上就可以开始卷粽叶了。线既可以是麻绳，也可以是特定的粽叶条。奶奶喜欢用自己搓的麻绳，不仅结实，主要是最后所有的粽子都是连在一起的。

卷叶造粽形很重要，温州一般造的是三角形的，奶奶教我的是筷子形状的，一头大，一头尖，很像长脚陀螺。粽叶平铺左手，右手捏住粽叶尾端，在粽叶三分之二处，从外往里卷，卷出漏斗形状就可以了，但是说起来轻巧，卷起来是有讲究的，尖尖要卷出来，不能有空隙，要不米粒会掉出去，粽子就会瘪掉，不饱满不好看，没有尖尖，会很突兀的。奶奶总是夸我的悟性最强且卷得特别好看。哥哥弟弟几个总是以卷不好为由，出去玩，或者去看划龙舟，或者去出去找艾草。所以，四家的粽子都是我和奶奶一个一个创造出来的。

接着就是把筷子插进去，先抓一小把米顺着筷子往下放，借筷子上下移动的力把米杵紧，再放一小把米，继续杵，杵的力度要把握好，力太大，会把叶子戳破；力太小，煮熟的粽子不但不饱满，还没有糯性，松松垮垮的，一点儿都不团结，更不要说好吃不好吃了。

最后收口是最能看出包粽水平的，先用筷子把糯米抹平，再把叶子两边往中间一扣，盖下来，如果叶片小，还要用另外的小叶片加固一下，盖严实了，要不包不紧。

"编筐窝篓全在收口"，最后一步是打结，要打活结。右手拿线，绕过粽子头部，再锁一个活结，用力推到线的顶端，活结一来便于吃的时候不用剪刀就能解开；二来麻绳还能重复使用，不会浪费。这个时候要注意，粽子的头部都要朝一个方向，朝外，尖尾朝里，待到最后一个包好，再和第一个接在一起，就整齐划一，特别好看，"一心一意""团团圆圆"，奶奶总会一边这样说着，一边拍拍衣裳，起身准备煮粽子了。

待粽叶的清香和糯米的醇香入鼻的时候，就是闻到劳动创造的美的时候，满满的幸福感和热爱，无可言喻……

此时的粽子，"粽"情"粽"意。

住在心灵土层里的思念

岁岁重阳，今又重阳！在这样的传统节日里，我想起了这几位老人。说他们给予我的温暖融入了生命里，一点儿都不夸张！

奶奶不是爷爷的原配，也就是说子女会比较多，关系也比较复杂，兄妹五个只有我爸爸和叔叔是同父同母的，但是在爷爷奶奶眼里，孩子们、孙子们都是一样的，"手心手背都是肉"。

自有记忆起，爷爷奶奶就是自己另起炉灶的，到后来慢慢上了年纪，也不顾我们苦口婆心地相劝——跟孩子们住到一起，"我们还能动，就自己动手，你们么子家伙（什么东西）都给我们准备好了，么子家伙都不缺，这样挺好的。"每次爷爷奶奶总会这样回答。

儿时我们四个（还有四个比我们大很多，不跟我们玩，说我们"小屁孩"）总喜欢有事无事去爷爷奶奶家串门，那时候不懂事，诱惑我们的是奶奶每次拿出来的不一样的零食，奶奶把零食放在一个瓷罐子里，每次我们一去，她总会笑呵呵地拿出零食给我们分享，然后在她无声的世界里忙这忙那——扫地、洗衣服、拖地、洗碗、做饭。

男孩子的游戏有时候比较冒险，我不会参与。我总会跟在奶奶身后，当奶奶的下手，每每此时，奶奶总会一边忙活一边跟我聊天，我的回应其实一般都是点点头，或者微笑一下，因为奶奶耳朵听得不是很清楚。奶奶做事情很细心很认真，爷爷穿了多年的白色背心依旧跟新的一样，家里的家具虽是老式的，但都擦得亮亮的，屋子被收拾得井井有条。奶奶照顾爷爷特别周到，什么点吃饭，什么点干什么心里明镜似的，奶奶是典型主内的。

记忆中总有一些瞬间会定格成永恒！

桃树，奶奶，拐杖，目送。

"在外好好工作，有时间常回家看看你爸爸妈妈，他们也很想你的。"这是产假即将结束、我即将返程时奶奶说的。没想到竟成了永远的一别。

那段时间正赶上忙，妈妈来电话告诉我消息的时候，我怔了半天，寒假回家看奶奶的心愿只能是梦里了，我哽咽着和妈妈聊了快半个小时；妈妈说到了奶奶很多我不知道的处理婆媳关系的做法，奶奶宽容、慈祥，处处为他人着想，记忆中那棵桃树，那渐渐远逝的拐着拐杖佝偻的身影，清晰了模糊，模糊了清晰……

爷爷是典型主外的，虽然没有很重的活儿，但是外面大小的事情爷爷都不要奶奶插手，爷爷依山开辟了一个自己的小菜园，那里面一年四季常青着，各个季节的菜总能出现在我们的餐桌上。记忆中我特别喜欢吃爷爷种的韭菜，总觉得那韭菜地一年四季都是绿的，割了一茬儿又长一茬儿，由浅黄慢慢变成深绿，再到墨绿，只有花是白色的。爷爷说韭菜割了以后要用沙子压埋，才会长势好，直到现在我也没有验证过，只是相信这是真理，要不也没有那些年的韭菜飘香。屋旁还有爷爷亲手种的桃树、橘子树、柑橘树，记得前年回家还尝到了那地道的柑橘呢。屋后公路边还有不是花坛却胜似花坛的花坛，里面有蝴蝶花、凤仙花、鸡冠花、菊花、喇叭花、月季花等，都是些很平常的花种，如果没有记错那是爷爷和我们几个小屁孩一起开辟的，我还记得那时语文老师还教我们学老舍先生的《养花》一文呢！这些真算不上名花的花至今一直开花飘香在我的记忆里，让我觉得它们是世界上最美、最香、花期最长的花！

不仅爷爷的花开在我们的记忆里，爷爷对我们的教诲一样刻入了心灵深处的心墙上。

打小我们就喜欢听爷爷给我们讲故事，爷爷喜欢笑，给我们讲故事的时候总是面带微笑的，那场面至今记忆犹新——爷爷坐在沙发中间，左右一边一个，对面两个，我喜欢坐在爷爷对面，因为讲到精彩情节的时候，我能更快接收到快乐的信号，爷爷讲的故事，有关于战争的，也有神话，还有鬼故事，但是更多的是做人的小故事，有时候也给我们念《三字经》，讲完以后会要我们讲讲受到了什么启发。爷爷在城市上班过，见识也多。他上过学堂，写一手漂亮的字，那时我们家的对联都是爷爷亲手写的，领取分发对联是我每年必做的，我也因此有眼福目睹一副副满载祝福的对联的完成。

在爷爷面前是千万不能撒谎的，"要做一个诚实的孩子"这是爷爷经常对我们说的。"小来偷针，大来偷金"，爷爷告诫我们不能做小偷小摸的事情，小到别人园子里的果子也不能摘。"要听老师的话。"这是每次开学前爷爷给我们红包的时候喜欢说的。"有么子关系，何海（哪里）跌倒何海（哪里）爬起"，考试不理想的时候总能听到这样的鼓励……

不只这些，在处理家庭关系上，在对待晚辈的问题上，爷爷总有他自己的原则，严中有慈祥，总能顾全大局，一碗水端平。

笑着，乐着这样走到了生命的尽头。

那年我读高二，赶上紧张的会考复习，班主任只准了我一天的假，只有出殡那天我到了，妈妈告诉我，爷爷在走的时候还一直在默念我的名字，不过是微笑着走的，妈妈还说爷爷病重的那段日子，都没有告诉我，怕耽误我的学习……飘洒的细雨混着我的眼泪，伴随遗憾，还有心空空的痛。

说到爷爷，自然会想起爷爷的弟弟，我们叫满爷爷（方言里最小的称为

"满")。他学识比较高，在教育系统工作过，后来到林业局当领导了。儿时没有太多关于他的记忆，记忆空白的弥补是从大学开始的。

满爷爷是一个闲不住的人，退休后，自寻乐子，到乡里开辟园地，自己种菜，说老了也应该适当运动运动，乡里空气好；再者经常回来看看，走动走动，很好！从市里到我们家，他坐公交车来，大概需要四十分钟，他一来就是一整天，中午时分大多时候是在我们家吃午饭的，这样我才有机会和满爷爷有更多的接触。

他是一个原则性很强的人，这点爷爷平时经常和我们提起，说他在工作岗位上一就是一，二就是二，公平民主；那时候生活物资紧缺，他是可以利用职务之便给家人生活上资助的，但是他没有，他拿出自己的工资资助也不以权谋私。

在我眼里，他更像一位老师，一位学者。谈爱国，他说人生有三件大事"一是入队，二是入团，三是入党！"在他的鼓励下，我递交了第一封入党申请书，宣誓那一刻，我真的看到了他微笑的面容！他用他的亲身经历给刚要踏上工作岗位的我上人生第一课，教我做人的道理；我们也谈诗词曲赋。大二那年生日，满爷爷说要送我生日礼物，于是就有了如今案头的《辞海》（上中下三卷）《唐诗宋词》（上中下三卷）；我们也谈家事，他总会说我的妈妈爸爸忠诚本分、善良孝顺，拉扯我们长大也很辛苦，常常告诫我要多孝顺体谅。再后来，工作后，过年回家和伊人去探望他，因为轻度中风，只能卧床，但是精神状态很好。给完我们红包后，语重心长说的那句话仍蹦跶在我的记忆里"有时间多回家看看你爸妈，他们挺想你、牵挂你的。要好好干工作。要孝敬老人，抚养好孩子！"

后来，每年回家一次，在被水泥遮盖得严严实实的坟头沉沉地一跪，内心的思念和感谢，常常会在一个人沉思的日落时分，被风一层层撩起，警醒自己不至忘记了回家的路！

饭后茶余，独处时分，我和婆婆经常会聊以前的事，婆婆说话风趣幽默，很多关于伊人小时候的记忆都是婆婆给补足的，从她嘴里说出的岁月艰辛都是甜甜的，带着微笑的，所以很多时候我都会觉得我和伊人就是从小到大的玩伴。还有很多奶奶的故事，奶奶乐观，这个从见过的几面里我就读到了。婆婆说奶奶是一个闲不住的人，同时也坚强得可以独当一面。爷爷去世早，公公兄弟姐妹多，拉扯大孩子以后，拉扯晚辈，毫无怨言。这一点我也是有目共睹的。夏天黑龙江的黎明来得特别早，凌晨三四点天就亮开了，奶奶准在院子里忙前忙后，拄着拐杖，弯着腰，侍弄花草菜苗。婆婆说奶奶那时闲不住，拉扯孩子，照顾家庭，让日子在闲不住中过好了。现在要她把一辈子的习惯改了，不好改呀！

还有外公外婆呀！外婆素未谋面，外公在我读二年级时的寒冬走的，那天很冷！外公的更多记忆也是从母亲那里得知的，外公很会编竹椅、菜篮、席子等，是篾匠里的一把好手！

突然想起了朱成玉老师的这句话，我们"不能征服了外面的世界，对自己的内心世界却一无所知"啊！"来自何方，情归何处"，别忘了问问岁月，问问心！

岁岁重阳，今又重阳。一个一个流逝的日子，加厚了心灵的土层，而今秋风紧起，我想也吹不走那些住在心灵土层里的思念！

桃花灼灼，枝叶蓁蓁

所有的故事都有主题歌，所有的过往都是精彩呈现。生命轮回中，那份血浓于血的真情时空也无法阻隔。

（一）

那时候，尽管爷爷奶奶膝下有三儿一女，但是他们执意要另起炉灶。考虑到爷爷奶奶身体还挺硬朗，叔伯姨们共同筹建了一座红砖青瓦的小平房，别说，在绿树掩映下，别有一番情调。

屋前是块空地，那块空地属于我们；空地周围是爷爷奶奶亲手种的桃树，还记得爷爷种桃树时说过"四五年就可以挂果的！"是的，记忆中没有过多久就吃上了又大又甜的桃子！屋子的左前方有一块菜园，各种时令菜准能适时上餐桌（因为我们都去爷爷菜园摘菜的），郁郁葱葱，生机勃勃的菜园也是爷爷主要的劳动场所，爷爷说种种菜，健身！

屋后是公路，来来往往的车辆行人，热闹了平凡且单调的生活。为了美化环境，爷爷带我们几个小屁孩拓荒了一个小花园，就在公路旁边，有紫色为底白色点缀的蝴蝶兰，颜色各样，粉的、红的、白的凤仙花，深蓝色、红色、白色酷似喇叭的牵牛花，最名贵的也就是菊花了吧！说名贵其实更是觉得它开放的时间是在深秋，万物开始走向凋零的时候，它还在怒放，应该是品质的高贵吧。但是，我们却觉得它们永远都是花期最长、花香最浓的。今年寒假回家，虽已物是人非，但因为有父母的打理，生机依旧在！

（二）

月光下的树影斑驳了久违的时光，穿百褶裙的女孩多少次路过那桃叶蓁蓁处，夕阳下回望你伫立桃林下的深深送别，志溪河畔盛开的朵朵红莲，沾染满袖的芬芳，只是您是否记得，记得那些点点滴滴？比如，端午节为龙舟赛事的阵阵呐喊声，还有桂花树下，你为我们落下的桂花雨，还有粽叶飘香的诱惑，还有……前世您多少次的牵盼鼓励梦萦魂牵，今世的我真愿梦回少女蹁跹时，翩翩起舞于您身前影后。深深浅浅的记忆，或淡或浓的点点滴滴，如果尘世真能有如《三生三世十里桃花》那般演绎，我想，我们就不会一直在别人的故事里，流着自己的泪了！我也愿拿一炷香的时间换个凡间渡劫！该是多好！

那年，毕业，我一路南下，远赴千里之外的他乡，开启了人生的另一种模式。我拼命忘我地工作，为我一次次逢年过节的缺席找到完美的令人安心的理由。多年后，结婚生子，我才发现，应该回家看看，其实那个时候还不懂，到底是想家了，还是想家人搭把手，帮我哄小孩，毕竟，那里有我的爸爸妈妈。

月子里老大的各种哭闹，唤醒的是我作为母亲的各种情绪，我瞬间理解了"为母则刚"这样的词语，瞬间理解了母亲的各种"坏"脾气；特别是那样的年代：兄弟姐妹多，而且相隔的年龄并不大，一边烟火为生活，一边琐事育儿女；现在想想，有点脾气不也是很正常的事情吗？

那段时间，年迈的奶奶自然就是帮我哄小孩的人，每天准点来，不按时回，总是能在我感到身心疲惫想休息的时候，奶奶就出现了，"我们老人，睡眠少，你休息！休息好了，宝贝的'粮食'就足。"我一定会安心地睡午觉，因为奶奶做事情很靠谱、很细心，都说我像极了奶奶，就是说的脾气和性格，还有做事情的态度。

奶奶听力不好，但是总能听清楚我说的话。因为我会凑到她耳边，字字句句慢慢说，孩提时代，我是奶奶的跟屁虫，因为爷爷在市里上班。所以，我晚上和奶奶做伴，奶奶总是一边打着盹儿，一边陪我到深夜，夜夜如此。久而久之，就是我们什么也不说，只是默默坐在一起忙东忙西，我们彼此也能心生领会，不需太多的言语交流，自然相对于其他哥哥或者弟弟们来说，奶奶更喜欢文静的我。

"菊妹儿（奶奶这样称呼妈妈），你生了个好妹子呢，辉辉孝顺、懂事，错不了的！"小时候奶奶总是喜欢这样一边和妈妈聊着天儿，一边看着我表扬。

我知道，远嫁的我是奶奶最深的牵挂，和妈妈聊天的时候，妈妈经常有提起。那段时间，产假快结束了，我也快重回岗位了。那段时间，奶奶身体也出现了不适，我还常常内疚是不是因为帮忙看娃累出来的。

"你有时间要常回家看看爸爸妈妈，他们非常想念你，牵挂你的！还有，还是一定要生两个呀，辉辉！他们将来有个伴！"返岗之前和奶奶道别的时候，在桃树林的尽头，挂着拐杖的奶奶，面庞满带的微笑，氤氲出四月天气里独有的味道，清新、安详、自然！

漫漫岁月匆匆过，那日，阳光里，桃树下，我们让今生的故事在满满的遗憾中定格结束，那本该是深情的告别……谁曾料想，那一别遗憾了我浮生里的匆匆这些年，抑或还有那些年……

（三）

有些结打了就该在顺其自然的时候解。

希望在春天，一年又一年。阳春三月，不说桃花灼灼，枝叶蓁蓁，花蕾应该沐浴雨露中了吧！应该开了，看那三生三世里的十里桃花灼灼似团火了……

等到结果（2017年2月28日），走出医院大门，才发现入眼的山清水秀应景了心情！大半个月以来悬在心中的石头，终于落地了，那朵桃花已经放在了心上，接下来就要用时间来浇灌，用爱心来呵护。

"还是一定要生两个呀！辉辉！他们将来有个伴！"这是奶奶留给我最后的一句话，还有说这话时的灿若桃花的笑容！终究还是想您了！

时光清浅，树影婆娑，愿这三生三世，桃花灼灼，枝叶蓁蓁！一直一直！

（四）

今天，开会。开会之前，看到了二宝唱歌的视频，《没有共产党就没有新中国》语速超级快，看她那得意的样子，神气十足，像是在刻意挑衅远在千里之外的我们。

"慢点儿唱。"我说。

"性子有点儿急啊！"孩子他爸补充道。

"这几天有点管不住她了，要是打她，她就会说，我不怕你。"奶奶接着补充道。

以"家"为名的小群，其实只有四个成员，我、老公、婆婆和我们的儿子，公公没有微信，所以没有加入，儿子还小，几乎不用微信，所以也就我们三个交流，多半是奶奶发老二的生活日常，这不，回了老家，爷爷奶奶就有点管不住淘气包了。不过我这样说的时候，心里还是很开心的。毕竟，吾家儿、女都在健康长大，时光流逝里，沉淀的不仅仅是内心的丰盈，更多的应该是成长的惊喜，渗透无声，真好！

看到小女，总会想起记忆里的灼灼桃花和灿烂的笑容，这段时间，总是怀念，总会忆旧，泪眼婆娑之余，总想，岁月里，总有一段段的惊喜在酝酿，在等！就像时光里，桃花灼灼，枝叶蓁蓁！

温州的光

　　每个人心中都有一盏灯，在漆黑的夜里，遇风也不会灭。而灯发亮才有光，以至有光明。不发亮，就无所谓光，那就会是黑暗。我心中的灯长亮。

　　读吴伯箫《灯笼》一文的时候，我脑海里闪过的就是挂在台阶边台柱上的那盏明灯。说是灯，其实就是一盏普通的白炽灯，只是瓦数大一点儿，没有记错的话，应该是100瓦的。

　　夜间，明灯亮起，能给乡下的夜增添不少光亮，甚至还能照到水泥坪外的田垄深处。关于这盏灯的故事太多了，记忆的网里挤着的都是。

　　儿时，母亲总会嘱咐我，写完作业睡觉的时候，如果父亲还没有回家，一定要记得打开台阶上的灯。一开始我只是照着做，时间久了，我也会纳闷，问母亲电灯一直开着浪费电，为什么要开着呢？

　　"因为你爸爸还没有回来呀！灯开着，等你爸爸归，敞亮啊！"母亲这样回答的时候，我也没有特别不一样的感受。

　　直到有一次，我晚归。远远地看到夜幕上那片光的时候，顿时心里升腾起一阵莫名的温暖来，现在才知道，那是一种力量，一种可以与黑夜抗衡的力量。

　　"家里有人，爸爸妈妈在等我回家"……这样温暖的念想顿时化成暖流，涌遍全身。说来也真神奇，那时候，一向怕黑的我居然没有丁点儿害怕，还总会循着那片光，加快脚步，轻盈地飞奔起来。

留盏灯，带你归，也渐渐地成了我们心照不宣的约定。

后来，离开家乡，到了夜夜有路灯亮着的城市，我的心里还常常亮起那片光，那片能亮出家的方向、家的温暖的光。

那灯亮着，母亲还一样等着晚归的父亲；那灯亮着，父母忙碌的身影被拉得很长很长；那灯亮着，来来往往的身影，来来往往的回忆，来来往往的心情……

现在，在温州这座城市生活，接触最多的是这座城市里的人。关于灯，我又有了新的解读。

前些年，每个月假，身为东道主的师母总是早早规划好行程，带上我们自驾流连于温州及周边省市的各大景区，有名的无名的，如雁荡、乌岩岭、铜铃山、太姥山、渔寮、洞头、西湖、舟山，等等；大罗山上、楠溪江畔烧烤，崿山岛上夜宿，冬泡温泉夏出海捕鱼，等等，我们一行风尘仆仆，踏春访秋，住民宿，品美食，每一个日子都发着光，蓄着暖……

"喏，小秦，这是清明团，拿去吃！"

"这是笋干，泡开炖肉吃，可好吃啦！"

"这是我给你还有小杨织的毛衣！"

"小秦，你怀着宝宝呢，以后就少来医院看我了，我很好的！"

"小秦，孕吐厉害，注意照顾好自己！"

"……"

银铃般清脆的笑声，母亲般深深的关爱……真的就是我生命里的那一片光。

这一片光呀，也是温州这片土地给予我们的最初印象和最怡人的温暖。

后来，我又遇到了她。任何时候都能为身为新温州人的我们"两肋插

217

刀"的她，我们亲切地称她为"霞姐"。

事无巨细，你事事上心，尽你最大的努力，为我们排忧解难。

"以后，有什么需要帮忙的，尽管开口！"这是每次道别时的标配话语。

那年四月，因为一个小小的错念，孩子爷爷遇到了麻烦……无助之时，我想到了你。那个四月一天的午后，我的急促的敲门声，扰乱了你的午休时光。

我说明了来意之后，你一边言语安慰，"不要着急，不要上火！"一边马上开始各种"忙前忙后"，或电话，或语音，或留言，或……

我的局促不安，我的心急如焚，我的不知所措，你都看在眼里，急在心里。"好了好了，不要着急。回家等叔叔吧，事情已经了解清楚了，是误会。"

最后，你的相助，化解了所有的难题，接到孩子爷爷的瞬间，内心五味杂陈，但又真的温暖无比，你就是这温暖的光源。

这一片光呀，也是温州这个城市给予我们的最大接纳和包容呀。

从来到这座城市谋生，再到在这座城市安家、立业、定居，一晃十多年了。十多年的行走里，还有多少给予我们这样温暖光源的人们啊！

难忘记忆中的那片光，难忘这温暖之城的光，每个人都是一盏灯，点亮就有光。而我自己，也愿意成为温州这座城市里温暖的、真实的那片微光。

生命是一棵长满可能的树

读苏轼，你会发现，生命其实就是一次风雨兼程的旅行，只有心胸旷达，才能笑到终点，才能有"一蓑烟雨任平生"的由衷感叹；看陶渊明，你会懂得，生命就是一只冲出樊篱的鸟儿，只有回归自然，才能获得自由，才能有"采菊东篱下"的恬淡悠闲；品贝多芬，你会深思，生命是一首悲欢离合的交响曲，只有敢于面对，才能走出另一片天地，才能有"磨难是最好的礼物"的顿悟……正如米兰·昆德拉所言"生命就是一棵长满可能的树"。

（一）

记忆中那样一个傍晚时分，校园里，桂花簇拥枝头，你挤我推，好不热闹。绿叶遮掩下，秋风过处，花香弥漫，沁人心脾……和师母的相逢就是在那样的时分。

红白相间的跑道，来来往往的都是锻炼的身影，最惹人眼的应该是非常有节奏的白色身影，镀上夕阳的余晖，更飘逸着不凡气息。一头乌黑的短发，自然飘逸。

她，就是我们的师母。

叫她师母，并不是因为师生的关系，仅仅因为她是我们几家中的年长者（我们几家可谓是志同道合，来自五湖四海）。她是我们的师母，敬爱的师母，是我们的家长，更像是漂泊在外的我们的母亲。我们善良、乐观、热情、坚强的母亲。

逢年过节，我们总能吃到地道的本地名小吃，还能在她和老师的安排下，游山玩水。其实最主要的是我们几家能被他们一家和睦相处的幸福所感染。师母是典型的贤妻良母，从她脸上的微笑就可以知道，他们的生活是天天晴朗的。俩儿子都事业有成，大儿媳也是贤妻良母，大孙子聪明可爱……特别是小儿子，工作体面，高薪，孝顺懂事。

平时，生活中的艰辛，生活上的不愉快，我们总会一股脑儿地在师母面前倾吐，师母总会笑呵呵地为我们调解，久而久之，师母就成了我们心中的永远的母亲。

（二）

时光流逝，总是在悄然之间。

两年前的元旦，我们得到通知，一向健朗的师母，被无情的癌缠住了，并且刚做完切割手术，这下我们傻眼了，我们自责，自责师母去了他乡老大那里以后，我们的关心少了……记得很清楚，刚好赶上放月假，我们得到通知后的第二天就驱车去了杭州，看到术后的师母恢复挺快，也挺放心，加上老二的工作就是与医护有关的，我们就更放心了。

"我没有什么大碍的，一切都过去了，你们放心。难得休息，还大老远地跑来！"师母依旧是满脸笑容。

那天我们把能挤出的时间都挤出来了，要把满肚子的话都讲出……那笑声，至今还鲜活在记忆里……

（三）

很多时候，我们总不愿意去相信哪怕已经铁定的事实。

3月底，师母再次检查出来，癌细胞已经扩散！这犹如晴天霹雳，得知消息的那晚，我一整夜未眠，虽然我们没有血缘关系，但是师母对我们的关怀那真的是无微不至呀，那点点滴滴掠过脑海，越回忆越清晰，越清晰越难受，越难受越难眠！

那天刚好是师母的生日，我们打电话祝福，却发现师母撒谎了，因为师母不知道我们几家在聚餐，当我们问及师母在哪里的时候，我们得到了不同的答案。为了得出正确答案，我们给老师打了电话，老师不会撒谎，即使撒谎，我们也能识破。

后来得知，师母怕我们工作忙，没有告诉我们，她因为肚子痛，已经住院了，而且就在离我们很近的医院。

其实师母一直也挺乐观的，知道自己的病情，也依旧很乐观。但是这次，家人都没有告诉她实情，她是以肠梗阻的名义住院的，实际上是癌细胞已经扩散了。

不能进食，一直到今天，快一个半月了，都没有进食……

每次去医院看望她，师母总是乐呵呵的，从不把难受挂在嘴边，即使难受得不得了，师母也是自己扛着。

"小秦，你现在也是身体不舒服，孕吐很严重，你要多注意休息，少来医院，我没有关系的！"每次去看师母，师母倒关心起我来了。

看着饱受病痛折磨的师母，痛在心，我们除了多点儿时间陪伴，其他真的帮不上忙，急在心里。只有在心里默默地祝福，愿她一切安好。

"您，是阳光下的好人，风来雨落，我们知道您的世界从未失色，一直晴空万里；您，是阳光下的好人，我们坚信被太阳晒热的您的善良和乐观，一定能重新碧绿这个世界！"这是我写在微博里的给师母的话！

多想，告诉您，其实您一直都是我们生命中的奇迹！

（四）

或许，生命真的就是一棵长满各种可能的树。

这些可能不管好坏，它就在那里，尽管很多的可能我们不愿意接受！但是，不管怎样，我们都要用心认真地面对和接受，不是吗？

就像今天，我的生命中就出现了这一个多月以来难得的可能，老公出去了，我就有可能面对电脑，记下这样的心情，写下这样的文字。要知道，这段时间以来，我一直像国宝熊猫一样被保护和监督着，或许这是二孩母亲的幸福吧！

用心生活，就能发现生活的精彩！

我们每个人都有一双眼睛，眼睛有两种功能，一种是向外看，世界的精彩，自然的美丽，无限拓展；一种是向内看，人性的善良，灵魂的魅力，无限深刻！看外界太多，我们容易迷失；向内看，我们容易满足！那么，就不要让眼睛看外界太多，而看心灵太少！用心生活吧，或许生命中的可能就能变成另一种可能，比如苏轼，比如陶渊明，抑或贝多芬，我们就能以接受另一种可能的心态去接受和面对现在的这种可能了！

今天是护士节，如有可能，愿我们每个人都是自己生命的守护者，爱工作，爱生活，爱身体，爱家人，爱朋友，爱与我们真实相伴的每事每物，珍惜生命年华里的每分每秒！

到底还是念你了！

（五）

时间流逝，总是飞快。因为要填一份表格，不经意间翻到了这篇文章，真的想你了，灿烂的笑脸，和蔼的面容。

我家老二也快四周岁了，刚刚视频聊天里的亲昵呼唤，满是爱的味道。细数一个一个的日子，咀嚼一个个日子的甜，顿悟：厚植人生信念，强壮生命大树！生命是一棵长满无数可能的树，有目标有行动，即使风雨兼程，也勇毅向前，这样的树定能枝繁叶茂，根深蒂固。

风雨兼程百年华诞，风华正茂辉煌继续！百年坎坷百年奋斗，南湖信念星火燎原，谁说生命只有"可能"，努力的人生，写满的永远是"必然"。

努力向上生长，向下扎根吧，努力，"可能"就是"必然"，就是"幸福"。生命就是长满幸福的可以经得住风吹雨打的树，毕竟，生命不负勇往，笃定前行正当时！

万物皆有裂痕，那是光照进来的地方。

憧憬岁月甘甜的梅菜扣肉

白昼黑夜，日月流逝；一年一年，轮番揭幕；一念一念，新年新念……流转的时光，打磨出岁月的幸福轮廓，当万千柔情从心尖潺潺而出的时候，便是生活开始油而不腻地烹饪出香味之时。

一般，腊八以后，就可以开始慢慢囤积年货了。一家之主都要盘算着年前年后餐桌上的美食，肉、鱼，各种蔬菜，干货，各种调料，一般要囤积很多的食材，很多的肉类食材不易存放，都要做成各种半成品，一为节省烹饪时间；二为了存放。梅菜扣肉就是极易存放的餐桌上的美食。

小时候，每到小年前后，爷爷一定要从市面上买回好多三层肉，为我们和叔叔家做梅菜扣肉，也叫霉菜扣肉，我负责添柴旺火，递东递西，跑前跑后，堪称是爷爷的得力助手。

我看着爷爷把切好的块块红白相间的猪肉放进锅里，耐心等着它们在水里被一点一点地煮出油星，再被一点一点地煮得发硬，呈现出碗状。

爷爷继续忙前忙后。我烧着火，暖着手，入冬的柴，很干燥，灶膛里，跳跃的火苗在燃柴的嘶嘶声中舞着。我双脸被烤得暖暖的。

不大一会儿，就能闻到肉香了。爷爷拿筷子戳戳肉块，"筷子能戳进去，就说明肉已经煮好了。"爷爷总是笑呵呵地对着灶膛前的我说。此时，扣肉第一步已经完成，叫煮白肉。

餐桌上的年夜菜，讲究品相。仅凭酱油扣肉是无法上色的，这个时候，需要拿出之前准备好的过年必备食材——米酒（我们叫甜酒）。待锅里的茶油化开之后，爷爷就把在甜酒里"洗过澡"的白肉放进锅里。瞬间，被炸出的肉香掺杂着糯米酒香入鼻，弥漫整个厨房。刹那，外层的肥肉就裹上了一层恰到好处的焦黄。这个时候，扣肉关键的一步上色就完成了。

"这一步很关键，火候要掌握好，炸太久会发黑且味苦，太短肉不入味。你看，这颜色多好看，焦黄里透着嫩白，肥而不腻，看着就美好！"爷爷总是会很自信地扬一扬炸好的扣肉。

农村无闲日，也无闲材，大人们总能高瞻远瞩地把日子打理好，用自己的智慧丰富餐桌内容。比如，扣肉里要放的梅菜，其实就是平时晒干的各种菜叶，比如萝卜、菜叶、白菜心等均可。那些储满了阳光香味的菜叶与肥而不腻的扣肉简直是绝配，菜叶在肉溢出的油水里，渐渐舒展，透着干爽的气息，润滑通透，香脆可口，一口下去，定能咀嚼出岁月的韵味！

爷爷把洗净泡开的干菜放进炸肉的油锅里，加入适量的盐巴，稍微炒干，待翻炒出香味以后，盛出，备用。这一步叫作备料。

接下来，爷爷一手托起冷了的白肉，一手拿刀，在焦黄的肥肉上面，逆着里层瘦肉的纹路，均匀分成十片，散开的肥肉被紧缩的瘦肉托着，呈现碗状，又像盛开的莲花瓣，很是好看！注意，刀只切到肥肉层，留着瘦肉层，这样做能确保扣肉的完整性。

"这叫十全十美！团团圆圆！"爷爷把肉（瘦肉层朝上）放到碗里的时候，总会这样说着。

爷爷会把之前准备好的适量梅菜，放在瘦肉层上，再切两片白肉放在两边，"十二片，月月有肉吃，天天可吃！"透过烟气和雾气，我能看到爷爷古铜色的脸上绽开的笑颜，暖融融的！

其实，整个过程，爷爷脸上一直都洋溢着笑容的。后来知道了，母亲告诉我们为新年准备任何一样年货的时候，都要面带微笑，都要说些吉利的话，这样下一年的生活就能美好幸福，团圆和睦，心想事成！

直到这里，梅菜扣肉半成品完成了。端上餐桌之前就只要放在蒸笼里蒸熟，让梅菜的甘香和肉的油润更好地结合之后，倒扣到盘里（所以叫扣肉），梅菜就扣在肉的"肚子"里了，再浇上带有姜蒜酱油、红绿菜椒盐的葱油，即可食用。

梅菜扣肉，肉肥而不腻，梅菜扣肉拌饭更是能吃出岁月的香醇，吃出为新年积蓄着的丝丝暖意！

爷爷是做美食的高手，在那样的年代，简单的食材，经过爷爷之手，都能变成我们餐桌上的美食。

李丹崖说过："生活中没有哪段时光是空白的，岁月是什锦拼盘，我们总能从转动的餐桌上找到自己喜欢的一款吃食。"

我想，憧憬岁月甘甜的梅菜扣肉就是属于我们自己喜欢的一款吃食。

拔刺

　　小时候，没有电脑，没有其他娱乐，更多的就是串门，从你家到我家再到他家，三五成群，有时候还会自觉不自觉地默认孩子王，然后他出的好主意也好，馊主意也罢，都会全票通过。小孩子嘛，知道得少，是非分辨能力也差点，有一个大点儿的孩子或者一个有主见的孩子牵头，都会同意的。

　　通往各家的都是小路，茅草、荆棘挤满道边，很多时候不小心地奔跑，扎上一两根小毛刺是很常见的。还有的时候是进山游玩，找野果、拾柴等也会扎上刺，一般是手指或者裸露在外的皮肤被刺的机会比较多，这就有了拔刺的记忆。

　　记忆中妈妈给我拔刺比较多，她先找来绣花针，其实就是平时缝补衣服的针，之后在火上烤一下，妈妈说能消毒，再把针放平在感觉痛的地方来回滚动，针身在刺上过的时候，往往会带来一阵钻心的痛，找到了刺，接着拇指和食指紧紧挤起带刺的这块肉，这样做可以减少挑刺的疼痛，被挤的肉会变成白色，黑的刺就被挤出原形了，这个时候再用针尖轻轻挑破皮肤，然后在刺周围轻轻拨开肉顺势挑出刺，这是遇到扎得较浅的刺，好拔，但是有些大刺或者扎得很深的刺，不好拔，往往还会出血。拔完以后，妈妈还会用头上刮下的皮屑堵一堵拔完刺后的小洞，我至今也没有真正弄明白，为什么要这样，妈妈说是保护皮肤，我想头皮也是皮，皮肤也是皮，它们至少不排斥吧。

拔刺不怎么痛，但是眼神要好。奶奶喜欢进山采采茶，拾拾柴什么的，难免也会扎上刺，但是奶奶找不到，所以我帮奶奶拔刺的机会比较多，尽管拔刺不痛，但是我总怕刺痛了奶奶，"痛不痛"的话鞭炮般响个不停（其实奶奶听不见多少）。拔完以后，奶奶总会反复抚摸痛的地方，继而一边轻松地说着，"这下好了，舒服了！"我特别享受那样的轻松，那是源自内心的轻松。

后来进城了，被扎刺的机会变得无限接近零了，但也有两次记忆深刻的被扎。

那次去朋友家做客，发现她家的仙人掌结果了，仙人掌年年开花，但是结果要四年，加上又是这样近距离接触，我不禁伸手去摸，托住果实的瞬间手被扎了一下，手上被扎了很多小刺，不是很痛，但一根一根拔，拔了好长时间。

另一次是被鱼刺刺过，尽管每次吃鱼都牢记妈妈小时候的叮嘱"吃鱼一定要小心，卡喉咙里很痛的！"那次因为一边吃饭一边说话，一不小心鱼刺卡喉咙了，喝醋、咽米饭、吞馒头……能想到的办法都用到了，还是没有办法，后来求助医生，那种痛还不像被刺在手上，喉咙那可是人体的交通要塞呀，不说话不吃饭可以，但是时刻要呼吸呀什么的，总觉得难受的。

其实只要刺扎在肉里，都会给人带来不舒服的感觉，有这样一句话，"眼中钉，肉中刺"。或许比肉中刺更不好拔的应该是眼中钉和心中刺吧。

用眼睛认真找出心中刺，用宽容的针轻轻挑破，拿真理真诚沟通挑出，再涂上和颜悦色的"发屑"，我的心于是就变得无比轻松了！这样的刺要用心地拔。

或许最难拔的刺应该是言语之树结出的刺，挖苦的话，讽刺的话，伤人自尊的话，不讲技巧的批评……有心的话，无心的话……俗话说得好"恶语伤人六月寒"呀。妈妈打小就用她朴实得不能再朴实的话告诉我"要积口德"，后来上学知道了："恶言不出口，苛言不留耳，口者，关也；""闭口深藏舌，安身处处牢"，"赠人良言，重于珠玉"……拔这样的刺一定要慎之又慎，最好的拔刺方法应该是别种刺。

一路跌跌撞撞，小心翼翼，本着"要正直地生活，别想入非非；要诚实地工作，才能前程远大"的原则，友善待人，勤恳工作，尽管儿时多次被扎，但却不曾被人生所扎。

生活写春秋

人间的江南四月天，一切都是刚刚好的样子，绿意葱茏，一派生机。扑面而来的微风，携来万物拔节、生命绽放的声音。

春天，菜园里、田垄边、山野丛林中就该多了母亲忙碌的身影：采茶、育秧苗、种菜、摘艾蒿，等等。每一年的春秋在忙忙碌碌里就翻开了篇章。

母亲不识字，但是生活中的每一个字她都解读得恰到好处。

（一）有根的日子

2020年初，返温前一晚，父亲和哥哥使出各自的才艺，硬把母亲为我们准备的所有东西，井井有条地把后备厢塞得满满当当，用母亲的话来说："手头有粮有菜心中不慌！"

回温后整理，鸡肉、鸭肉、羊排、猪排等就把两个大冰箱装得满满的，鲜鸡蛋足足有一大桶，还有咸鸭蛋一桶，萝卜、包菜、榨菜、菜心一大袋……

居家的日子，也是各司其职。上课的上课，学习的学习，一家人围坐在餐桌前，婆婆总会打趣地说："多亏湖南奶奶想得周全，满满的一后备厢食物让我们居家的日子也有底气！"

这些底气来源于母亲的菜园。

母亲的菜园子不大，据点分散，屋前屋后的空地，山边角落旮旯处，她都能开辟出来种菜。园子里四季常青着，这波时令菜吃完，下波菜就有，一茬接一茬，各色菜，不仅能自给三大家子，还能送给邻居们，甚至还有拿到集市上卖的。用母亲的话说就是要不误时令，合理利用，提早准备。

年前，哥哥屋前的空地被母亲拾掇出来种上了豌豆，长势极好的豌豆苗急需搭棚架笼，趁天晴，母亲领头干活了。

"走走走，放下手机，今天天晴，都活动活动筋骨，一起搭豆苗架去，还不除草搭架，三四月就没有豌豆吃了！"

说干就干，母亲布置了任务，我负责松土，父亲挑肥浇根，母亲整理好架子签，弟弟负责插签子。

"还莫说，妈你还挺有前瞻性的，架子签都准备好了！"弟弟一边从妈妈手中接过签子一边说。

"那当然，秋天的时候，刚好要整理竹林，我就想到搭豌豆苗架用得上！不多想想以后，用的时候再去准备，怎么来得及？"母亲一边扬去竹子上干枯的竹叶，一边看向我，"这叫作什么来着？辉辉！"

"未雨绸缪！"在一旁洗鞋子的侄女抢在我回答之前应道。

"对对对，脑海里要经常想想以后的事情，要不我的菜园子就会青黄不接呀！"母亲颇自豪地说道。

人多力量大，不一会儿，大片的豌豆苗棚架搭好了，母亲起身捶捶腰，脸上笑开了花。

"哇，到时候开花了，真好看，紫的、白的花，绿的叶，想想都好看！"我憧憬道。

"到时候，给你们发视频看，等豆熟了，给你们寄过去！"母亲呵呵笑道。

细细看，眼前不就绿意盈盈，花枝招展，蝶舞翩翩了吗？

乡下的日子，向下有扎根的沃土，向上有生长的执念，就像母亲园子里的每一株菜一样，都并行于时令，有现在，有未来，有生机，有活力！

（二）清洁的白菜

小时候，餐桌上永远有白菜的身影。

在农村，最不缺的就是白菜，随便哪个地方，除去杂草，平整土面，撒上白菜籽，浇上水，如果气温低，盖上一层薄膜，一周左右就有小白菜吃，待长大点儿，就移栽到菜地里，让它们长成大白菜，一开始是一片一片掰来吃，待到冬末春初不怎么长叶的时候，白菜就会抽薹。

白菜薹不仅是记忆中的美味，样子还妩媚。园子里，整齐的菜垄上，白菜薹就那样亭亭玉立地站在阳光里，叶瓣像亭亭的舞女的裙。叶茎上，托着含苞欲放的菜花苞，有的泛着点点鹅黄，有的黄得灿烂。

白菜生命力顽强，只要有个分支就长一根菜薹，摘了以后还长，直到来年立春以后，所有的营养倾尽，身上的全部细胞开始迅速老化，抽出的菜薹也瘦骨嶙峋，一失以前的鲜嫩才不食。但那时候它们仍不忘竭尽全力，牺牲自己，为人们呈上金黄的菜花，引来蜜蜂，招来游客，游客们往那黄灿灿的菜花里一钻，顿时觉得神清气爽！这样的阳春三月，这样美滋滋的心情，好像才不负它们曾经的成长。

蜜蜂采蜜后，花瓣凋零，就到了白菜打籽的时候，留出来年的菜籽后，剩余的就可以榨油，菜油很香，但是，因为没有脂肪，油水少，在肉食相当少的年代，一般都不吃，因为容易肚子饿。但是在现在却是难得的纯绿色食品。

所以从入秋直到来年三四月，白菜是不会断的。现在，白菜一年四季都碧绿在我们的生活里。

这么多年来，我都一直纳闷，明明我们吃的是青色的菜，为什么都称为白菜呢？我问过母亲，母亲说多吃青菜没有病痛，百病除，身体好，所以就取谐音称白菜了吧。母亲的解释我当时是信以为真的，直到后来我才知道，青菜又叫小白菜，颜色深绿，属十字花科白菜变种，它有补骨髓、壮筋骨、润脏腑、利脏器、益心力，去结气、清热止痛、强身健体、保持血管弹性、润泽皮肤、延缓衰老的功效，青菜的菜薹更是营养价值极高，对于发育期的孩子来说，是补充必需营养的最佳途径之一，于是人送美名"绿色蔬菜"。

"百菜不如白菜"。我知道源于那次的积食，上高二那会儿，学习压力大，加之在校很少吃蔬菜，上火很厉害，积食了。母亲得知后，什么都没有说，挎着菜篮，疾步到菜园，拔回大白菜，开水一烫，让我就着茶油连续吃了两天，莫说，还真的有奇效。至此，母亲的牵挂里就多了这一条。以后，每次吃白菜总会想起母亲种白菜时流着的艰辛的汗珠、看我们吃白菜时满足的微笑、为我煮白菜时脸上挂着的种种焦急……

叫白菜为青菜，在我的记忆中，每年就只有一次。正月初一的早餐，也就是每年的第一顿饭，那时候的青菜叫青菜。母亲总是一边给我们夹上青菜一边说："喏，吃青菜，一年里身体清清洁洁，健健康康！"这时候的青菜就寓意"清清洁洁"。每年的第一口吃食一定是母亲微笑着、虔诚地给我们夹的青菜，至今思来，依然那样碧绿！

一天一天，一顿一顿，一口一口……白菜就这样被我们吃进了成长的岁月里，平平安安，健健康康，清清洁洁！

（三）今心为念，念念不忘

老家的秋天，总是那样不热不燥，风轻云淡，就像井井有条忙生活的母亲一样，一切都是那样熨帖自然。

"空阔透天，鸟飞如鸟；水清澈地，鱼行似鱼"。屋檐下的巢燕儿们，应该已经打包好了行李，在往南飞的路上了吧！夏尽之时，它们就应该携妻带儿女，浩浩荡荡地开始迁徙了。

发现有燕巢的时候，已经有几个连成一片了，我数过，四只燕子是"常住人口"，偶尔有朋友"造访"。

每年早春之时，特别喜欢看它们衔泥补巢筑巢的忙碌场景，一条条树枝，一根根野草，一粒粒泥土，一片片叶，它们在早春微润的天空中飞来飞去，就这样开始垒出它们的温暖时光，颇有"燕子来时新社，梨花落后清明"的幽雅意境，亦如"一年之计在于春"一般，春播耕种，忙忙碌碌出一年所有的希望。

夕阳下山之际，炊烟袅袅，倦鸟归巢。

特别感动于这样的画面：巢里，小燕子探身巢外的叽叽喳喳声，应和着归来的鸡鸭声，互动声中我们总能投去担忧（忧其掉下）和牵挂（是否饥饿）之情，这样忧虑中总能被在厨房忙碌的母亲看出来：

"没有关系的，燕子妈妈一定能听到呼唤声的，不用挂念。"母亲一边用围裙揩揩手，一边说道，眼里是满满的慈祥。

关于燕巢，我听父亲说过，新屋刚建不久，就有燕子来我家堂屋前的屋檐梁柱上灯座旁边安家，从一点一点新泥开始，时值早春，天还微寒，当时父母担心巢干得慢，担心小燕子怕冷，又很急切地想为燕子们点盏回家的灯，所以他们做了一件我至今忆起仍觉温馨无比的事情：把灯亮了十来天，无论白天黑夜。

事实上，燕儿们硬是欢腾出了一片天地。不仅如此，燕儿们的生活粪便，落地不仅不干净还影响"家容"，父母干脆趁势垒出了一个花坛，说是花坛其实就是用砖块水泥砌成的花盆，放上泥土，混着从天而降的肥料，埋上几枝月季花，就能喧闹出一片鸟语花香，母亲说花鸟相映成趣，这样才热闹，才喜庆！巢下月季花开，檐上鸟语相鸣，它们用它们的语言相约每年的重逢。

"几处早莺争暖树，谁家新燕啄春泥。"

每到早春，异地他乡，心中升腾起来的牵挂总会酝酿成浓浓的遐想：燕巢今年又会多几许？梁间的呢喃声又声声几许呢？历经南北迁徙的它们，在纵横交错的经纬度上，如何精准地找到茫茫人海中那屋檐下的"家"呢？我想它们一定自带定位系统，那定位系统的设置一定是心心念念，念念不忘的那个叫"家"的起始点。要不，春去秋来中，巢不换，燕定归，是如何如此的精准呢？

今心为念，念念不忘，未来可期，必有回响。随时随处，我们也需定位那个"家"的地方，因为那里有凝结了精彩生命的爱的语言；因为那里，有所有念念不忘的回响；因为那里，有清澈的爱的源泉……

（四）只为一个念想

窗外，阳光依旧暖暖地打着转，伸着懒腰，丝毫没有退场的味道，也好，今年寒冬应该不冷。我这样自顾自絮絮叨叨的时候，手机信息再一次响起：

"今天自愿参加献血的老师注意了，带上身份证，吃好早餐，8点校门口集合，准时出发。"

每年，我都会自愿参加献血活动，不是为了每年生日的时候，接到那一条生日祝福，也不是每年献血后说我献的血已用于临床的感谢信息，当然，每次接到这两条信息的时候，内心还是挺自豪和愉悦的。

但是，只有我自己知道，我的坚持只为一个念想。

小时候，家里并不很富有，那时候赚钱的门路并不多，但要强的母亲总能开发出各种补给家用的"赚钱"方法，除了种时令蔬菜外，母亲还会采摘茶叶、晒干菜等拿到市场卖了贴补家用。

　　突然有一天，母亲打断写作业的我，一本正经地问道：

　　"辉辉，你读过书，你知道献血对人身体有什么不好的吗？"

　　"人体本身有造血功能，献血对身体也有一定的好处，能促进血液循环……但是不能多献。"我记得当时刚好生物老师说到过这个知识点。

　　之后的一个早上，4点多，母亲就早早起来忙开了，说要和一个邻居阿姨一起去献血，因为要去市里，路远怕肚子饿，得知献血又不能吃太油腻的东西，因为怕检查不合格，一边交代我和弟弟的早餐，一边随意吃口白开水泡饭就出发了。

　　每次献血回来，母亲总带回些好吃的，但是我却难以下咽。

　　因为母亲说，虽说是自愿献血，但是也会给四十块钱的。四十块，在当时来说，可不是一个小数目呢！我劝说过母亲很多次，不要这样做了，身体吃不消的，因为父亲在外做点儿小生意，母亲是家里的出力大户。母亲只是笑着说："没有关系，我的身体强壮得很！"

　　因为辛勤地劳作，加上并没有营养的补给，母亲献几次血后，还是明显感觉身体有些吃不消。后来，生活水平提高了，就渐渐淡忘了。

　　读大学那会儿，学校来了一辆献血车，我出于好奇想知道自己的血型，加上也想体验一下当时母亲起早贪黑去献血时的心情，我第一次献血成功了。

　　当我无比开心自豪地把献血证给母亲看的时候，母亲若有所思地说："其实我们那个时候根本就不叫献血，那些人低价买我们的血，高价卖给需要血的人。如果不是因为需要钱，我也不会要钱的，直接无偿献给需要血的陌生人，该多好，反正血还可以再生，拿钱还玷污了献血两个字。"母亲看着鲜红的献血证，陷入了沉思。

"直接无偿献给需要血的陌生人，该多好！"我记住了这一句话。我想换做现在，母亲依旧年轻的话，她一定会义无反顾地加入自愿献血的行列。

每次献完血，我脑海总会闪现那个消失在昏暗灯光外的母亲的身影。

真的不为其他，很多时候，我们坚持做一件事情，也许并不仅仅只是为了生活，更多的是只为一个念想，就是自己身体还行，还允许献血，并且自己献的血还能用到临床上，免不免费不知道，只是如果有一天真的能免费地给素不相识的人用的话，或许更显出血的无价吧！亦如母亲朴素的念想一样，"直接无偿献给需要血的陌生人，该多好！"

为了每年的自愿献血，为了能让我的血对陌生人发挥点小小的余热，我坚持锻炼。真的不是为了"献血光荣"，真的仅仅只为一个念想，一个朴素得不能再朴素的念想，一个让爱流淌的执念！

前几天，打电话叫母亲来温州住上一段时间，她说园子里的土豆快要收了，还养了百来只鸭子，也离不开人，还有……

也是，母亲属于忙碌而又平实且有根的生活。

我不喜欢夏天和冬天，家乡的这两个季节，一个太热一个太冷，母亲的腿脚怕冷畏寒，大夏天不能吹空调，难受得很；大冬天干活太冷，手经常冻僵硬，这也是身在异地他乡的我心头永远的牵挂。

要不，你看，熬过冬天便是春天，在生活的春秋里，母亲忙碌的身影，又该给予我们多少生活的底气呀！

母亲总是用她的身体力行，诠释着我们一生追求的幸福，告诉我们所有的幸福不在过去，也不在未来，在每一个未雨绸缪中自然而然来到的当下，眼中有风景，碗中有吃食，身边人健在，这是何等高贵的幸福标配呀！

生活是一本书，母亲虽然不识字，却总能把生活这本书写得这么有精度、有深度、有厚度，还有春秋风味。

第六辑：成长不易·成长不已

花瓣落地也有声

　　窗外，阳光正好，它过春历夏经秋之后，不远万丈千里悠悠地倾泻，温暖地触碰冬天里的万物，令人不禁感叹，"冬天不是凋零，只是生命的一次退让"。

　　忙完手头的工作，大手牵小手，我们就这样走在冬日的暖阳里。银杏叶落满地，黄了小径两旁，被轻轻托在草尖；被淘洗得湛蓝如镜的天空，深邃悠远，那是一种可以静心的蓝；最美的就是眯眼走在空旷的草坪上，仰面朝空，皮肤与阳光亲密接触，深呼口气，呼吸太阳的味道，正如宝贝所言"我们可以闻到太阳香香的味道"。没有任何言语，也不需要任何言语，就听风过抚树的婆娑，叶落飘飞的簌簌，暖暖的阳光渗过皮肤流入血液，大手小手传递着怡人的温度。

　　万物有声细细听，阳光有香心有语。

　　"妈妈，快看，那茶花开得多好！真美丽！"与其说孩子被茶树吸引，不如说是那朵朵的红带来的震撼，那本该是属于春的颜色吧！毕竟春天不仅是生长故事的季节，还是天然的彩色铺。

　　小手挣脱，飞奔而去。那是个虽偏于一角但阳光可以朗照的墙角。

　　茶树可能就一人来高吧，但却枝繁叶茂，最惹人眼的是那些缀在叶丛中的透亮的红，或怒放或含苞，或昂首挺胸向阳，或羞涩隐匿叶底。

"妈妈，你看，这些落了的花瓣它们痛吗？"

树下，是兰花草，墨绿墨绿的叶片上落满了茶花花瓣，一瓣一瓣，红得透亮，黄黄的花蕊散落一地，旁边卧着的是花结，那是之前它们紧抱一团的花结。这样的一幕，我仿佛听到了昨夜风雨中它们义无反顾地奔赴大地母亲怀抱的铿锵声。

"宝贝，它们不痛，它们回家了！你看它们正欢呼雀跃呢！"刚好风过，花瓣片片在草尖婀娜着，"落红不是无情物，化作春泥更护花！"

"我们老师说过这句诗！老师还说大地是它们的母亲！"宝贝轻捏几片花瓣放手心，仔细端详，充满怜爱的眼神流淌在柔柔的阳光里，倾落在手心的花瓣上。

"妈妈，你听，花瓣落地声！"

阳光倾泻，正好风过。有朵开得正艳的茶花从枝头落下，"啪"的一声，落到地上，掷地有声，那样毅然决然，那样响亮清脆。

是的，花瓣落地有声，那是欢呼雀跃，是另一种生命形态的热烈绽放，那是要用聆听和感悟才能听到的生命呐喊声！为新生命萌发的加油声！

草黄枯叶衰，花瓣落地之时，请看看它们回家的欣然，倾听它们归家的呢喃，这是冬天里生命的新孕育，春的希望！

爱和思念的另一种姿态

宝贝住校了，按照约定，礼拜四和礼拜六是接宝贝回家的日子。

开学的第一个礼拜四，我和伊人早早结束手中的工作，来到宝贝教室门口，我们太习惯以前每天接他的幕幕：教室走廊，他小跑着扑入我们的怀抱，带来满面的春风。继而就是那声能够融化一天辛劳的呼喊"爸爸，妈妈！"没有过多的言语，只有身体的紧密依偎，紧紧相依。大手牵着小手，温暖幸福，特别安全！

"妈妈，今天怎么来了？"所有的彩排都失真，不在预料之中。

"今天礼拜四，爸爸妈妈接你回家！"我摸摸淡定走入我视线的宝贝的额头。

"今天礼拜四。走，我们下楼吧！回家！"伊人拉起宝贝的手走在前头。

故事就这样上演，心中多少有点不自在。

我们还是一如既往地从"今天学校有什么好玩的"开始，宝贝小嘴吧嗒吧嗒地说着今天学校发生的一切，说班级今年来了新同学，说老师给他们讲新故事啦，还有就是今天吃了什么菜之类的。

从宝贝开心的分享里我读到了宝贝更多的适应和喜欢，心中的石头稍稍落地。

"妈妈，不知道为什么，在家睁开眼睛是白天，在学校睁开眼睛就是黑天！"谈到寄宿生活的时候，宝贝如是说。

"那就说明宝贝半夜醒来了！那你隔多久会睡着呢？"驾驶位置上的伊人问道。

"一般翻几下身就睡着了！"低头看着拥在我怀里的宝贝扑闪扑闪的双眼，清澈明亮！

"还有啊，刚上床睡的时候，我的胸口会有一点儿凉！""是没有盖被子吗？""不是，盖了，是里面凉！""那为什么呢？""我猜是想你们太多了，我又没有说出来，所以心口就凉凉的！"听着他和爸爸这样的对话，我不由自主地拥紧了宝贝，右手摸摸宝贝的胸膛。

"妈妈的心现在也是凉的。"一向懂事的宝贝摸摸我的胸口。

"妈妈爸爸，你们放心，你们让我住一百天，两百天，我都不会哭的！"宝贝伸开双臂紧紧地抱住了我的腰，紧得让我触到了他藏在心间的冰凉。

微微低下头，下巴轻落在宝贝头顶，让心与心相互取暖！我一下子多愁善感起来。这一刻，时光凝滞，记忆长流！我搜寻着相同的温暖画面。

也就在离家到他乡工作，一别就是半年之后的那个回家的冬天晚上，早早洗漱后就在母亲床上说着他乡异闻趣事了……困了。"今晚就睡这吧！反正你爸爸今天到你哥哥家去了！"母亲一边说着一边就按下关灯键。

还是那熟悉的睡觉姿势，我们每人一头，母亲揽我的脚入腋窝，我学母亲的样抱着她的脚。"冬天，脚还是像小时候一样凉呀！"母亲依旧紧紧地夹着我的双脚，任冰凉肆无忌惮地在腋窝游逛奔跑，直至奔到那颗充满了牵挂、怜惜、疼爱的心间。

"妈妈，我的心里住着你们，这样就不会那么凉了。"宝贝这样说着的时候,我突然想起用温暖换走我身上冰凉的母亲,她那颗被牵挂、思念住满的心是凉还是暖呢?

或许,藏在心间的冰凉是爱和思念的另一种形式吧!

成长不易，成长不已

带娃的妈，最怕的是天气突然的变化，特别是冷热交替、没有规律的那种，尽管白天是爷爷奶奶带，但是晚上，就不好把握了，我的睡眠很深很沉，基本上都是孩子自己醒了，玩累了，把一旁孩子爸爸弄醒以后，伊人才叫醒我的。

这不，前几天孩子有点伤风，流起了清鼻涕，左照顾右护理，伤风这一劫算是过去了。每天晚上回家，又开始以欢愉雀跃来迎接我们归家，她的开怀大笑是化解我们一天疲劳的良方。看着她天真无邪的笑容，总觉得每天的生活都是很快乐和充实的。你会觉得所有的付出都是有价值的，都是值得的！

但是，从前天开始，她开始变得焦躁不安，会莫名其妙地大哭，不喜欢吃饭，尽管变着花样也不大感兴趣，更糟糕的是，好久没有的夜哭她又捡起来了。"哇哇"的哭声在深夜显得格外令人伤心，最主要的是动了真格地哭，声音连成了串，还不时地抽搭，一声比一声大，小脸都憋得通红，体温也只是略高一点儿，那到底是哪里不舒服呢？最管用的一招——喂奶都哄不住了，在我的怀里都哭声不止的，这到底能是一种怎样的疼让爱笑、坚强的可心，如此煎熬呢？

我不禁自责起来，怪自己晚上睡得太沉，还老是踢被子，让宝贝经常

245

晾在外面，可能就感冒了。这心啊，太塞了。愧疚、自责、后悔、怜惜……理解母亲以前经常说的一句话了，"我宁愿生病的是自己！"每当看到我们感冒或者身体不舒服的时候，母亲总会这样说着，现在想起，这是真真切切的。每一个父母，都愿意为我们承担所有的风雨，包括病痛，他们用自己的担当为我们的成长搭好台阶，换来我们的成长！

但是这种成长的痛又有谁真的能替代呢？

"宝贝是不是换牙了？"实在想不到招的伊人求助百度了。

"呀，是的，记得你说过出牙时的症状，还挺像的！"这样想着的时候，我们的心都稍微轻松了点儿。

好好呵护，慢慢哄吧。好在一阵儿过后，孩子累了，一下就进入了梦乡。

中午回家，来不及放下包，来不及洗手，直奔客厅，一把就抱起了小宝，她以开怀大笑回应我，清朗纯洁！

"呀，真的，长出牙了呀！真的出牙了！"我掩饰不住的开心、激动、感动、欣慰……都有吧！

我把深深的一吻留在了她的额头上，心疼欣喜！

"成长快乐！小可心！"说完，我们相视大笑。

孩子，成长无人替代，痛为我们搭建的是成长的阶梯，是我们成长的所有资本。成长不易，成长不已。长长的路，我们慢慢走，不急，你慢慢来！

一如既往的善良

“皮皮，电梯来了！”我唤着和爷爷奶奶说再见的宝贝。

“爷爷奶奶，再见！”他一边挥手，一边小跑出来。从房门出来大概有个两米长的走廊，左转就是电梯，能听得见道别声和关门声。每天在如此的道别声中温馨开始！晚上的“爷爷奶奶，我回来了！”这样一句，消融一天的劳累！

“不妙，忘记带伞了！”走出电梯门的刹那，宝贝这样说了一句。不过还好，昨天虽风雨交加，今天已无雨。

“妈妈，我衣服有帽子，你没有。如果下雨，我也和你一样不戴帽子！”走在旁边的宝贝如此说着。

“为什么呢？宝贝衣服有帽子！”我有点诧异。

“妈妈，我要和你一起迎接风雨！你没有挡雨的，我也不要！”宝贝面带微笑，坚定的眼神，落地有声的话语，是驱走这段时间身体所有不适应的良药！

“一起迎接风雨！”如熨斗温暖地熨平生活中的所有褶皱。想起了这样一句话，“世界最动听的话不是‘我爱你’，而是‘有我在’！”温暖有力量！

（二）

从医院出来，心如释重负。

"妈妈呀！你们放心啦！医生说了，没有大事的！"我们走出医院，左拐弯的时候，宝贝这样说道。

"是呀！我们可要照顾好自己的身体啊！不能让牵挂我们的人担心！"我默默注视着宝贝。

"妈妈呀，那爷爷太可怜了！我们给他点儿钱吧！"宝贝用力地扯了扯，暗示着我。

"好呀！"我从口袋掏出刚刚看完病剩的零钱，不多，十来块的样子，我一起放到了他的手里。

"去吧！"我松开了手。

宝贝慢慢靠近，缓缓弯下腰，轻轻地把钱放在那爷爷面前的纸盒里……

"谢谢！"那爷爷不停地点头示意。他双腿膝盖以下被截肢，盘坐在地上，头发花白，眼睛深陷，皱纹肆无忌惮地嵌满整脸。直到宝贝离开，他还在一个劲儿地说"谢谢！"

从那零零散散的几张钱可知，他今天得来的捐助并不多！

"妈妈，那个爷爷真可怜，腿都断了！"走出好远以后，宝贝若有所思地说。

"是呀！"我没有说，在"附二医"门口，这样的爷爷十天有九天有，而且还不止一位；我也没有说，很多时候这样的捐助他们得不到受益；我更没有说他们或许就是"打一枪换个地方的"骗子……我什么也没有说。让他觉得这是一次真心的捐助就好了，这样，在他小小的心里装着的就会是世界的美好！

想起了这样一段文字："孩子那种悲天悯人的情怀是与生俱来的，它需要我们去点燃，而不是熄灭。需要顺从，而不是违背。"

或许，一直看不到世界肮脏面的孩子，在以后的成长路上会吃亏上当，但我想，教孩子学会分清辨析事实真相的能力固然重要，但是从小在孩子内心播种善良的种子更重要。毕竟，看清是一种能力，而善良却是一种选择！

（三）

一直到坐上公交车，我们都在各自的沉思中缄默着。

看看手表，想起出门时宝贝奶奶嘱咐我的话，"中午回不回家吃饭都来一个电话！"其实她是想第一时间知道孩子的情况。

自上周六游泳课后，宝贝的眼睛由发痒到满眼红丝，这下可急坏了我们，马上到医务室看病，拿药。医生看看就开了一瓶眼药水，嘱咐一天滴三到五次。

伊人太忙，我主动承担起了滴药水的责任。只是由于时间的不同步，我自作主张地定成了早中晚三次，谁曾料想，一周了，还不见好转。其实我也检讨出了好多不足：第一，为了减少麻烦，我缩减了滴药水的次数；第二，为了节省时间，每次滴得不太认真，很多药水都被宝贝直接挤出去了。

于是，礼拜五晚上爷爷实在忍不住了，还没有等我们坐下，就质问开了。

"眼睛有问题可不是小事，不能忽视，明天无论如何都要带孩子上医院检查！给孩子请假！你们没有时间，我带孩子去！"宝贝爷爷一改以往的和颜悦色。

我们感觉到了事情的严重，都屏住呼吸，听凭发落！

片刻，父亲从沙发上起身，背手踱步到厨房，给我们热菜去了！

接下来，伊人给宝贝请假，我电话预约，还好眼科好预约，一切搞定，父亲的菜也热好了。"你爸就这样，孩子身上的每件小事都是大事！"在一旁的母亲说开了。

"宝贝，给爷爷打个电话吧！"我把拨通的电话给了宝贝。

"爷爷呀！您放心，我没有事情了！现在和妈妈去学校，中午不回家吃饭了……"

宝贝微笑着的话语奔跑在电波里，我似乎看到了电话那头同样笑开花的熟悉的父亲的脸。

这样的隔代亲，说也说不清楚的隔代亲，甚至会让爸爸妈妈醋意涌生的隔代亲，来得如此自然！想起了幼儿园时的一件事。

那天，家里要来客人，平时负责接送宝贝的爷爷要掌勺，自然我去接宝贝。因为车技不佳，我选择了乘公交车。小区到学校的那趟公交车，每站人都满满的，特别是上下班高峰期，坐着回家几乎是不可能的。

那天，人特别多。宝贝很自然地紧紧抱着我的腰，和我面对面站着。"宝贝，平时爷爷也是这样保护你吗？""是的，每次，爷爷都是一手抓住扶手，一手抱紧我。所以，我们一定要对爷爷好，等我长大了，一定要孝敬爷爷奶奶！"我仍能清楚记得当时的画面，我的脸一下红了，总感觉不该让父亲挤公交车送宝贝上学，即使父亲执意那样做。

…………

想着想着，不觉伸手揽孩入怀中，突然觉得，那颗小小的柔柔的心也在逐渐变得坚强懂事起来。不知道为什么，真的不愿意他如此懂事，撒野一点儿，任性一点儿也许才更幸福吧！

很多时候，我都不知道，该为孩子的乖巧体贴、小大人般的坚强，感到庆幸还是担忧？

我只愿，孩子澄澈的心灵宁静后，渐渐沉淀，沉淀出自己完整的内心，平稳地踏出人生快乐的轨迹！

那就一如既往地体贴、善良，坚强吧！

愿你铭记"善良会把生活里的黑暗变成光明；美好的人性能融化心头的冰。"

愿你一直存善念，一直说善言，一直行善事。

愿你不啻微光，造炬成阳。

心怀诗意，趋光成长

鸡蛋，从外往里打破是食物，从里往外打破是生命。

下车，落锁。楼下，有风，有阳光，不徐不疾，不温不燥，时光流淌得刚好。

"妈妈，你下午没有课了？"宝贝听到我和母亲的对话，从书房飞奔出来，一脸阳光灿烂。

"没有了！"这个时候我已经被宝贝紧紧抱住了。

"太好了，妈妈！"我牵着他的小手，走进了书房。

风被挡在窗外，阳光透过落地窗，洒落在沙发上，铺满了书桌。"今儿个可以躺在沙发上，好好补上昨晚耽误的觉了。"想着既可以闻着太阳的香味入睡，又达成了当初布置书房时的小小心愿，心中不禁一阵窃喜。

"妈妈，我们一起背古诗吧！"原来宝贝刚刚在背古诗，书桌上，那本《小学生必背古诗70首》静静翻开着，阳光在字里行间流淌。每一个汉字如翩翩起舞的小精灵，跳跃着，氤氲出墨香。

宝贝喜欢古诗，回家路上，旅行途中，会看会背。除了课本上学的以外，要求背诵的这70首在一年级的时候就背得剩不下几首了。前不久，追"中国诗词大会"那会儿，奶奶说宝贝已经全都会背了，而且还有一题选手没有答出，宝贝答出，还击败了百人团里五十多人呢！

中国诗词大会刚刚落下帷幕，遗憾、期待、紧张、兴奋……各种心情吧。说实在话，成为这个节目的粉丝，离不开宝贝的推荐，他每期都追，而且还一边看一边答题，赛后还有点评。那次彭敏第四次攻擂成功成为擂主的时候，宝贝双手紧握拳头，用力一收，来了句"彭敏！你真棒！"那是真心的点赞；宝贝无比期待那场决赛，因为有他力挺的陈更姐姐，当陈更答对六题就把票数拉短到只差武亦姝11票的时候，宝贝激动得从沙发上站起，在客厅里扭起了舞姿，孩子就是孩子，他还不知道结果不到最后还不是结果。当陈更第七题答错遗憾离席后，宝贝情绪低落，"失败了？陈更姐姐！"重复了三次，疑问的语气一次强于一次，"那好吧！武亦姝姐姐也很有实力的！"宝贝继续投入到观战中。

人生总有些许的遗憾，继续努力，会让遗憾变成美丽的经过。但是我没有跟宝贝说。

第二天，宝贝写了一篇日记，简单朴素的语言里，流露出来的是美好的情愫，"我一定要学好中国诗词！"小小的心里也有大大的天地！

"好的，那我们马上开始吧！"我甚至还没有放下手中的包，就这样坐在了阳光里，聆听着宝贝流利的背诵，享受着诗歌的落英缤纷。

"妈妈，你报题目我接下去背。"宝贝把书本反过来拿在手里，俨然平日里学生背书给老师听的模样。

"好的！"一开始，我并没有觉得宝贝能一口气背完，只是想呵护他小小内心里的那份成就感。几首下来或许我应该知道宝贝一定是可以很流利地背完。而且宝贝流利的程度出乎了我的想象。我报完题目，他马上就接朝代和作者，并且还能声情并茂地背诵整首诗。说来惭愧，好多都是我没有积累过的，有的时候还会出现同题目的诗词，宝贝都会提醒我，他背的是哪一首。更有甚者，他还跟我讲起了有几首他琢磨了很久才懂意思的古诗，说起了那时的心情，还有"妈妈，我理解得对吗"的小心求证。

"我终于理解了，谢谢妈妈！"这是解决了李白诗中"轻舟已过万重山"中的"舟为什么是轻的"的时候，宝贝会表达感谢之情。是啊，舟为什么是轻的呢？是没有装东西吗，不然舟也不算轻啊。我尝试告诉宝贝学会利用课文注解，但是宝贝说他没有从注解里找到答案，问奶奶，奶奶也不知道。是的，对于一个二年级的孩子来说，这个知识点还是有点难度的。我们知道李白因参加永王李璘幕府事被牵连，流放夜郎(今贵州省西部)，行至白帝城才得赦免。在返回江陵途中，写下了这首诗，当他得知自己被赦免之后，如释重负，难以掩饰的喜悦就流于笔端了，于是就可以理解"舟轻"主要是想表达内心的愉悦之情。

我倚靠沙发，聆听着滚落在地板上的诗词的字字铿锵声，喟叹他背得如此熟练并且还会思考，不禁心生惊喜，时光的流逝里，他把老师们辛勤地付出回报在了自己内心的充盈里。身为母亲的我不但没有付出，连见证的机会都是在这样的偶然里，试想那些我缺席的他品诗读诗的日子里，对于他来说，恰到好处的讲解是不是会让他背得更轻松呢。

想到了宝贝成长路上我们的那些缺席，更有甚者的是我们还站在成人的角度指手画脚。宝贝何时开始学会了一个人承受成长路上的孤独，一个人如何习惯面对成长路上的点滴……我浑然不知。

我们一生要用多少时间来使自己的外表变得洁净，再要用多少时间来让自己的内心变得充盈和坚强，或许需要你真的肯把生命放进生活里、成长里，人生才不会亏待你！

诗词大会亚军获得者彭敏在散文集《被嘲笑过的梦想，总有一天会让你闪闪发光》中这样写道："年轻，最重要的品质，便是要善于创造并坚持梦想。不要看轻了自己，不要总去怀疑，你是否配得上自己的梦想。"孩子，现在和你谈梦想还太早太重，只是谁不愿意，心中都有梦，在追梦路上把每天生活得像一首诗呢？而此时只愿你的生活一如既往地诗意盎然，没有太多其他。

热爱，真的可抵岁月漫长。

阳光里，你的笑脸灿烂若曦，愿你跃动的诗心住在阳光里，继而心怀诗意，趋光成长，跃动出美好人生的每一天！

精彩的自己

很小的时候，就记得妈妈说过一句话，每个人都有一个合适的位置。要学会找准自己的位置。

在合适自己的位置上，活出精彩的自己，或许是这句话的一个延伸。

当一名教师，是学生时代为自己找准的位置；当一名优秀的教师，是找准位置之后的追求；成为一名活得精彩的女教师，我想该是潜藏在内心深处的夙愿吧。

精彩自己，要学会静。

"结庐在人境，而无车马喧。问君何能尔，心远地自偏"，"静以修身""非宁静无以致远"这是伟人心灵的平静。身为女教师，身兼多职——首先，我们必须是淑女，再者是贤妻良母，更主要的是"传道授业解惑"的师者……在这样一个行色匆匆的时代，能不与世沉浮，不患得患失，喧嚣之地心如止水，是非之事闲谈莫论，烦恼之心悠然待之，实在需要定力，需要一颗强大的内心。让心灵安静，你就听不到任何外界的喧哗，你就不会纠缠于一些琐事。静，是一种超然的洒脱，是修身养性的精神追求。安静，是一种力量，让我们凝神静待，沉思一切。

精彩自己，要学会读。

身处一个知识大爆炸的时代，知识更新速度不断加快，身为教师，与时俱进尤为重要，身为女教师，你可以不漂亮，但是一定要有才，要有丰盈的善良的心！学会阅读，很大程度上能如法国作家莫洛亚所言："在书中重新发现生活，准确理解生活的艺术。"阅读，是一种力量，让我们安静地存在，享受一切。

精彩自己，要学会悟。

"觉是一个瞬间，悟是一个过程"，生活并不是一帆风顺的，学会把生活中的挫折内化，微笑面对生活中的每一天，需要我们学会感悟，把"一地琐事"感悟为生活的馈赠，把"风霜雨雪"转化为成长的力量，把"简单重复"认为是成功的筹码；在感悟中激活自己。感悟，是一种人生智慧，豁达我们的人生，丰富我们的精神世界。

在适合自己的位置上，静心阅读，在感悟中学会感恩，学会成长，精彩自己。

双向奔赴

我喜欢去她的理发店洗头发，并不是因为她的技艺有多精湛，而是比较喜欢和她聊天，天南地北海外游，家事国事天下事，也会谈及年龄，不知不觉中奔不惑的列车已经开启。

还不曾多想，总觉得这趟列车会晚点很久才到，至少晚到我有足够的时间整理行囊，有足够的时间整理心情，至少不至于我是在慌乱无措、追赶的状态下乘上这趟美丽的列车；总觉得父母昔日的呵护还在昨天，那时候老师让写的理想呢，那时候的憧憬呢，看来都留在了上一站；怎么一下子就搭上了这趟列车，并且还在马不停蹄地开往下一站。

还有那马不停蹄的奔赴。

总想把生活过得很优雅，至少有足够的时间关注自己的爱好，有大把的时间投入到自己喜欢的工作，能忘记一切最好，尽情陶醉。而事实却永远是反着来的，你没有属于自己真正能够支配的时间，你只能像一只高速旋转的陀螺，永远不得停息。面对自己所爱，只能是鞭长莫及。

于是，我们开始了无休止的假设，假设当年，假设重新开始，假设一切；开始无端的抱怨，抱怨工作太多，抱怨情人不够浪漫，生活不够小资，缺乏情调。事实上抱怨一点儿都无用。不管你怎么高唱，生活还是在以它自己为中心，继续歌唱着。于是忧伤刹不住车了，随着流年马不停蹄地驶向下一站了！

只是生活还是需要更多期待的，这无可厚非。

人的美好一生，本是由一天一天的希望组成。没有期盼的人生，会觉得每天上班、下班，吃饭、睡觉的日子是极度无聊的。细想一下，我们每天的生活真的没有多大差别，今天是昨天的翻版，今年是去年的重复，如果没有了期盼，那生活就会过得浑浑噩噩。

从前段时间宝贝适应住宿的生活里，我明白了一个人如果真的无法改变生活，为什么不学会适应生活呢？给自己一点期盼，就可以化解眼前一个个的苟且。"孩子，你应该自己学会解决问题了。"

这样的微信最终还是没有能在朋友圈被看到。"眼下的黑夜沉静而深远，愿每天都如你说的很快乐。"最终这样发的，字里行间掩盖了一位母亲那颗被刺痛的心。宁愿这样，我也愿意期盼，明天的太阳会比今天更耀眼，因为它多了今天的蓄势！

心有一份期待，生活自然会雨过天晴，迎来彩虹。

绵绵的冬雨挥挥洒洒下了几天后，彩虹出来了，横贯天际，镶嵌在碧蓝碧蓝的天边，不禁让人觉得这是上天无私的馈赠，美得让人静心、清心、倾心。

凡事往好处想，以舒缓之心度日，日子会越过越长，越过越厚。忧伤会马不停蹄地驶离人生的轨道。岁月本长，忙者自促。人到中年，已本无轰轰烈烈，无他求，只求平凡中学会展示生命的价值，垫高人生的厚度，于平凡中坚守住内心深处的那种情有独钟的生活姿态。安静、安心就好！

这样想着的时候，突然觉得不惑之年已无惑。

生活，双向奔赴才会有幸福；人生，全力以赴才会有精彩的未来。

治疗忧伤，无须密码。人心归处，双向奔赴，安静便可抵达！

加柴，水总会开

小时候，家里没液化气，更没见过饮水机、烧水壶等，烧开水要么用煤炭炉，要么用大锅。

煤炭炉子烧水相对比较简单，用专门的壶子，灌好水，烧开以后，倒进保温瓶就可以了。比较麻烦的是用大锅烧开水，先要把锅洗得一点油星子都没有，这一步如果马虎，那你以后的所有工作都白搭，烧出来的开水上面浮着一层油，是不能喝的。这项工作一开始是母亲做的，后来她慢慢放心交给我了。接下来就是往灶膛里添柴，这个任务一般非我莫属，男孩子是没有那份耐心在灶前欣赏火苗舞蹈的，尽管舞姿那般优美。

"我都弄好了，你只管往里添柴，水就开了，水不怕烧糊，怕烧干。你听到'咕咚咕咚'的响声以后，再添几把柴，水就开了。揭锅盖时，倒开水时，注意不要被蒸汽烫到。还要记住，响水不开，开水不响！"母亲这样交代以后，就忙里忙外去了。

记忆中烧过、倒过多少开水，都没有一次闪失，我办事，靠谱儿，父母也放心！

听着一根一根柴燃烧发出的"噼啪噼啪"声、水没开之前的"咕咚"声，看着热气腾腾还不时翻滚着的不响的开水，顿时觉得生活被热闹填满了。

现在生活里，饮水机上鲜红的"加热""开水"字样代替了记忆中柴火的"噼啪"声和水开之前的"咕咚"声,一失以往的热闹!烧水是快捷了,还减少了很多的细琐环节,人力物力都得到了解放,却总觉得那烧出来的水少了一股翻腾的热情!

作为"高龄产妇""二胎宝妈"的我,为了让自己把每天都过成一种坚持,我开始打理"荒废"已久的公众号,浇水、松土、施肥、给予阳光雨露,"春落山村",生机勃勃了;我开始坚持阅读并做摘抄笔记,坚持上班时候苦于没有时间做的事情,看着厚厚的笔记本一页一页被留下痕迹,被翻过,有种"每天积累一点点、改变一点点,就能成为更好的自己"的自我安慰;我开始坚持写日记,以前的、现在的、明天的心情都入文,似乎觉得把日子过成了"自己想要的模式";我近似疯狂地读书写读后感,甚至不顾家人对我身体的担忧,乘车远出,参加读书沙龙活动;我开始把大把大把的时间花在陪孩子学习和陪父母散步上,有对以前生活中太多缺席的愧疚和弥补之嫌……

其实,只有自己明白,这些都是开水没开之前发出的"咕咚"声。伊人好像读出了我的心思,每天晚上回家,都会跟我谈谈校园里、班级发生的事情,其实谁都知道,天天如此的校园生活对于正在经历的人来说,是没有任何趣味可言的;但是,在我这里却是充满了好奇,似乎只有这样的时刻,我才感觉我的身和心还是属于校园,还是在和孩子们共进退的!

这样的时间是一天里真正无声但有温度和热情的时间。于是决定把日子过成闲而不慌的模样:每天看看书,写写字,当作成长;追追剧,走走路,说成休闲;唠唠嗑,睡睡觉,品味生活;理理过去,想想未来,梳理人生。

如此,挺好!

殊不知,没有开水没开之前的"咕咚"声,没有一次一次地添柴,哪来的水开;没有一个一个堂堂日子地过好,哪来岁月的亮堂;没有一次一次地积累付出，哪有成功的光临！

人生如水，添好一个一个日子的柴，人生自然就会翻滚出热气！

"坚持就是胜利！"每次说到预产期的时候，大宝贝总是这样鼓励着我。

是的，坚持就是胜利。再添几把柴，水就开了！人生也就沸腾了！

如此！甚好！

"爷爷奶奶，你们对我真好！等我长大以后，我也要好好孝敬你们！"宝贝突然依偎到我妈怀里，双眼眨巴眨巴，我爸坐在沙发的另一端，习惯性地伸手抹抹头，说道："怕是等不到那一天喽！"

那天阳光很好，看着隔代的两辈人，温暖肆意蔓延！

"我们很好了。每天早晚出去锻炼锻炼身体，闲来收拾一下房间，打扫卫生，买买菜，煮煮饭……晚上大孙子回家陪着唠嗑，你们回来谈谈工作。这样的生活胜神仙呢！"妈妈说得很缓慢，很满足，"你们什么也不要担心，安心认真工作就行！"

谁说不是呢？家里所有的事情几乎不用我们插手，每天早上早餐烧好，晚上点心备好等我们回家，唠上个把小时嗑儿，我们话题很广，天南海北，体育赛事，娱乐新闻，工作中的乐事烦恼……互道晚安入眠，美梦多多。

光阴恬静安详，岁月静好，了无风霜，生命温馨长久。养老是每个家庭都要面临的，被养老也是每个人必须面对的。

如此！甚好！

"家有两老如两宝！"儿子周岁以后我就继续上班，打来育英开始，他的饮食起居都由爷爷奶奶照顾了。说得更具体一点儿，包括孩子的小袜子、小短裤都是爷爷奶奶买的，更不用说生病要吃什么药，平时喜欢吃什么菜，喜欢什么风格的衣服，等等，我们都没有发言权。当着爷爷奶奶操着爸爸妈妈的心，我爸爸说："你们只管干好自己的工作。平时孩子的学习，上点心就好！其他的不用你们管！"幸福吧！

孩子上学问题永远是外来务工者的心头难。学校不仅为我们解决了上学问题，老师的孩子还有各种优惠政策。孩子现在顺利上了小学，乖巧懂事，活泼可爱；自尊心强，积极乐观，求上进；孝敬，礼貌待人；老师同学们喜欢，亲朋好友夸赞……欢言笑声落遍校园每个角落，春去秋来，寒暑易节六载，吾家小儿茁壮成长，记忆留香！

为人父母，孩子之事就是大事，只愿你站在蓝天下，轻盈呼吸、挺直如小树，自然明亮芬芳地成长，如莲开，无忧无虑，芳香满树！育英六载，温暖的六载，朝夕相处，陪儿渐行渐长。育儿是每对父母都应面对和经历的。

如此！甚好！

猴年，是我的本命年。感动过，彷徨过，努力奋斗过；面对过挫折，尝试过失败，迎接过风雨，品尝过成功；有过生离死别的心痛，有过大难之后对生命的敬畏，被误解过，爱过、恨过、伤过……渐渐明白，死是一件不必急于求成的事，怎么活着才是最重要的！

因为由高三一下跳到初一，还没有充分适应，"没有关系，相信自己！我们都相信你！"还清楚记得徐老师推推眼镜，边说边点头，我的心被狠狠震撼了！"别上火！适应需要一个过程！"期中考试之后的三清山旅游，杨哥如是鼓励；"自信点儿！"这是我很敬重的，但是见面了又会让我胆怯的叶校长说的，话很短，但很有力量，很有温度！徐校长真诚的关怀；还有叶主任10月11日那次语重心长的聊天，我把它当成警醒和鞭策；同事们在我摸爬滚打路上伸出援助之手，扶一程，带一路……渐渐明白，追梦路上不孤独，不冷清！渐渐顺手，渐渐明确。文章发表了，作文获奖了，论文发表了……

育英六载，是我成长的六载。从彷徨到坚定，学生们学有所成，工作开心舒心，闲暇时学习充电，在学校为我们搭建的大舞台上演绎属于自己的精彩。领导们的关怀，同事们的热情帮助，学校政策的温暖出台……工作上自我要求，精神上自我清洁，生活上善良乐观。

生命本是一场声势浩大的人海拾荒。一路寻找，一路发现，一路坚持，一路拼搏，方能一路精彩，一路收获！

渐渐明白，年轻和年龄无关，只是一种心态；成功和位置无关，只要有梦想！育英是孕育我们每个人梦想的摇篮！成长无关性别和年龄，是一个人一辈子的事情。我很庆幸，育英六载，梦想发芽，还将开花结果……

如此！甚好！

老有所养，这个社会才让人心安！幼有所依，这个社会才有让人前进的动力！壮有所用，这个社会才让人心存希望！

如此！甚好！

很喜欢听《我的要求并不高》，其实我的要求也并不高，"养老""育小""工作"就是全部了吧！实实在在又很容易懂的中国梦，或许这也是我们每个人的中国梦吧。我是一个中国人，更是一名育英人！朵朵梦想之花在育英温暖的大家园里绽放着。

愿我们的生命之树在育英这片肥沃的土壤里，枝繁叶茂！愿每个人的梦想之花怒放得芳香四溢！

如此甚好！

悟十二年之变，感师恩之深厚

——写给我崇拜的林爽老师

时光不徐不疾，依旧安静。我们不惊不扰，心怀温柔。

何其有幸，在这温暖之州，遇见了您，并且成了您的学生。

崇拜林爽老师，并不因为她是我们瓯海区语文教研员，而是始于颜值，敬于才华，久于性格，忠于人品。

她的气质里，藏着她走过的路、读过的书。特别是这十二年间，她带领我们在语文教学教研的阵地里，翻山越岭、跋山涉水，走过这段不同寻常的教研之路；更让我们看到了一个潜心教研的教育者姿态，一个用匠心、用智慧、用执着探索教研的领跑者形象。

慢慢忆来，那些点点滴滴，那样清晰，那样有温度……

聚焦问题，有效课堂

2011年10月，刚加盟育英，从高三一下来教初一，还很不适应。好在学校非常重视年轻教师的成长，成立了"师徒结对"青蓝工程，就这样，我成了林爽老师的学生。

身材匀称，乌黑的头发披肩，圆脸，皮肤极好，这是林老师给我的初印象。

最难忘的还是那双炯炯有神的眼睛以及那恰到好处的微笑，浅浅的、甜甜的……

那次借来我校调研的机会，她听了我《狼》一文的公开课。

上课的具体环节我忘记了，但课后离别的画面依旧历历在目。

"课堂结构很完整，看得出基础知识很扎实。"林老师面带微笑地说，"但是如果能聚焦问题，让提问有效、课堂有效，应该会更好。"

我就像一个接受"审判"的小孩一样，内心忐忑不安，局促得很，只是一边僵硬地微笑，一边点着头。

"留下来吃了饭再走吧！忙一上午了，刚好又是午饭时间。"当时的教研组长孙成老师执意要留林老师共进午餐，但被林老师委婉地拒绝了。

"好好琢磨，继续加油！"林老师挥挥手，消失在我们的目光里。

"林老师总是这样，来调研，很少吃饭，总说麻烦。"孙老师补充道。

也就是在那时，我暗暗下定了决心：一定要认真学习，让自己变得更优秀，不辜负林老师。

接下来的教研我们围绕"问题化教学"展开，林老师一而再，再而三地强调，"教育要返璞归真"；老师一定要学会聚焦课堂，有效提问，拒绝零碎提问……

和蔼、为他人着想，不摆架子，林老师的形象已经深耕我心里了。

先学后教，自我发展

2018年3月31日，有幸跟随林爽老师赴扬州西来桥中学学习。

从小组文化到班会文化再到小老师课堂，合作是核心！自主贯穿他们教育教学的始终。课堂的导学、领学、展示等都以学生为主，老师点拨，特别是小老师课堂，学生自教、自评、自我消化。合作中有自我展示，自我展示又促进合作，自己动手中学习。

这与林老师主张的自主合作学习是不谋而合的，还有"导学单"的运用可谓是恰到好处，用林老师的话来说就是要改变课堂。

课改，发生根本性变化的是教与学的方式，设计好导学单，处理好小组合作交流，引领好课堂展示，这是课改的核心所在。特别主张先学后教，促进学生的自我发展。

后来我们才知道，那次学习机会是林老师克服了重重困难，好不容易争取来的。只要能利于大家的学习，林老师会不顾一切地搭建平台，这点我们都懂。

当刘胜老师推出生日蛋糕为林老师祝福的时候，我们才知道那天是她的生日。林老师被学员们异口同声唱起的生日歌感动得不知所措，热泪盈眶。

林老师就是这样，语文教研的事情永远是最大的，永远是排在她生活第一位的。

立足文本，真实阅读

名著阅读是中考一定有的。

一开始，通过疯狂刷题，名著也是能拿到高分的，但是，这样的名著阅读只是一个形式，孩子们压根就不能受益多少。

于是，林爽老师一次一次地呼吁我们带领孩子真实阅读，做真实的阅读者。

她反复强调，老师都不阅读哪来的底气教孩子们呢，所以她成立了爱阅读指导团，带领老师们走进文本、设计教案、上公开课、举办阅读沙龙活动等；她提出的整本书阅读理念在当时是最新的。在她的不断努力和坚持下，林老师编著的《中学语文名著阅读教学实践手册》很受我们一线教师的欢迎，也得到了市甚至其他省市教研员们的称赞。

我就是借着这样的东风，爱上了阅读。

从要读的名著到难啃的专业书籍或理论著作，从开始断断续续地读到现在坚持每天阅读打卡，坚持写随笔、论文或者课题研究等，我一直都在坚持……

我总觉得，我们的老师都在这么努力，我们有什么理由不努力呢。我只有做得更好，才不会辜负林老师的谆谆教诲。

林老师，就是这样，发现的问题就要解决，认定了方向就不达目的不罢休。

微项目化，活动开展

2019年开始，项目化学习慢慢渗透到语文学科的教学中。

又是林老师，带领我们立足教材，从大单元教学开始，渐渐过渡到项目化学习活动的开展中。

面对个别老师的不理解，林老师总是耐心地讲解，一遍一遍地呼吁，强调未来的教育，项目化是必然趋势。

很快林老师的预见与项目化学习热潮完美契合。

我们的项目化活动丰富多彩、内容真实，得到了市教研员的好评。

2021年12月，我也尝试开展了一次项目化学习活动。

将近一个半月的时间，我们立足名著《昆虫记》，开展"创意明信片设计"的项目化学习活动。我们真实感受到了项目化学习带来的乐趣，后来我还向全区其他老师做了汇报，孩子们的作品得到了老师们的高度肯定。

后来，林老师发现了项目化学习的不足，于是提出了微课堂项目化学习，也就是微项目化学习。

"微项目学习"是指在课堂中为学生提供15—20分钟，完成探索性项目任务，或者在课外用类似实践性作业的形式对某个内容或主题进行小探索，是"基于项目学习"模式的延伸和发展。

它既保留了"基于项目学习"原有的优势，又克服了"基于项目学习"中时间长、跨度大、评价难、参与度较低等问题，将学科知识分散为多个小项目进行，以训练学生在有限的时间内有效管理主题的能力，更切合学校教学课程实际，有着有效利用课时、提高教学效果、体现工学结合等优点。

林老师总会在不断的教研中发现、解决问题并提炼有价值的理念，走在课改的前沿，引领我们向前跑。

"很欣慰，看到了你们课堂教学方式的蜕变，这是我一直期待发生的，你们现在做到了！"今年3月份，林老师来我校调研，听完我的公开课之后，非常开心地说道。

林老师，或许您还不知道，这些年我一直追随您的脚步、埋头奔跑，只是想做一名您的合格学生！

师恩厚重，笃定前行

十二年弹指一挥间，从问题化教学到以学生为中心的先学后教，再到整本书阅读，又到后来的大单元教学和项目化学习等，您的心中装着的始终是学生以及语文教研的那些事情。

现在细细想来，其实都是相通的。

您注重孩子自主学习能力的培养，立足于唤醒学生生命意识，侧重在课堂实践中教育学生认识生命、热爱生命、敬畏生命；本质上都属于教学目标的实践活动，立足学情，立足教材，探究教材内容，探索教学方法。

悟十二年之变，每一帧光阴的韵脚上都镌刻着我们奋进的足迹。

每一个平常的日子，素淡宁静而又温暖安然，无论是岁月静好还是蹉跎，在育英的十二年，我们在不动声色中成长，在波澜不惊里追求，在自然而然中收获。

这十二年，我从迷茫到内心的明朗，对语文教学变得自信且越来越热爱；我从坚持阅读到坚持写随笔，继而文字在各大报纸杂志发表；从坚持做小课题到课题获得市级二等奖，到多篇论文在国家级核心期刊发表；我及时更新理念，研读新课标，学习并落实教学任务，在忙里偷闲，走出去，向专家们学习。

比如，为了尽力完成您布置的区期末语文试卷的部分题目，我阅读专著、查阅资料，等等，兴趣被执着点燃。

不必说区里命题我从三等奖到二等奖，再到市里获奖；也不必说个人素养比赛二等奖；单是教学设计、论文等区一等奖，以及区级骨干教师、"教坛中坚"荣誉称号的获得等，都离不开您的谆谆教诲。

感师恩之深厚，我将感恩化成前行的动力。

现在身为备课组长的我一直致力于新课标理念的解读和践行，认真备好每一堂课，因为您说的"不备好课，就不要进课堂"我铭记于心；看着孩子们的作品发表于《中学时代》《作文成功之路》等各大杂志的时候，我更有了努力的动力；看到孩子们个个热爱语文的时候，我更多了坚定的信念……

因为我知道，老师给予学生对学习、生活的热爱，可抵岁月漫长呀，就像我从您身上得到的热爱一样。

刚好遇见，满心欢喜

每一次的全力以赴，都是人间值得。我想，这十二年的变化，变的是时间，不变的是美好回忆。

林老师，身为您的学生，我崇拜您，崇拜您对待心中追求，凝聚着"咬定青山不放松"的韧劲；对待每一个任务，您有"不破楼兰终不还"的信念；对待您的学生，您又有"俯首甘为孺子牛"的大度情怀；对待您自己，时时有"宁静中致远"的淡泊名利。

喜欢张爱玲老师的一段话："于千万人之中遇见你所要遇见的人，于千万年之中，时间无涯的荒野里，没有早一步，也没有晚一步，刚巧赶上了，没有别的话可说，唯有轻轻地问一声：哦，你也在这里？"

每一场遇见，总是独一无二，我要轻声说的是："遇见您，真好！谢谢您！"

何其有幸，在这温暖之州，遇见您！

您引领我们奔赴那开满鲜花的地方，用诗和远方抵御岁月沧桑，风雨兼程，我们依旧满心欢喜。

热情·长情·真情

窗外，六月的雨，飘飘洒洒；关乎金手指的心情，明明媚媚。

雨落人间，夏风刚好。所遇的人间烟火事，一行一行，写满了故事，将流年一往情深地珍藏，还有那些穿梭在岁月清欢里的温暖情愫。

走进金手指，是从走近我们敬爱的成玉老师开始的。

也许成玉老师忘记了，但是我始终记得。

那时候每个周一的阅读课，我都会和孩子们一起看报、读书、赏美文。那天也不例外，窗外阳光明媚，我和孩子们正陶醉在文字的清香里，安静的课堂被我情不自禁地"呀！"给打破了。原来我们喜爱的大作家成玉老师生活在我也很喜欢的城市——"七台河"。要知道，那是我一生幸福的起点啊，是我梦想植根和开花的地方，是我把自己嫁给诗和远方的地方呀！

当我把我熟悉的七台河、诗样的七台河和盘托出，用介绍梦中情人一样的羞涩语言跟成玉老师坦白之后，成玉老师用最大的热情迎接了我的加入，我和金手指的兄弟姐妹们一起，开始了一段长长久久的追随之旅……

岁月漫长，我们心怀热爱，携手共赴金手指的美好殿堂。

我们喜欢成玉老师的文字，清新透亮，满满的正能量。在这里，我们能感受到颗颗爱好文字的有温度的心！"四海之内皆兄弟姐妹！"在这里，我们团结、快乐在以朱老师和李老师为核心的大家庭里，快乐着我们自己的快乐，幸福着我们自己的幸福。

这里，我们谈文学，聊人生，嘻嘻哈哈话家长里短，件件事都是写作的好素材，字字句句里都飘着文字的香。我是条默默的"贪吃蛇"，因为不善言辞的缘故，很多时候我都在屏幕后偷偷乐着，偷偷羡慕着，一边温暖一边感叹，"心有如此之寄托，真好！"

更多的时候，成玉老师深切而温暖的文字，浸润的是师长的牵挂和安慰。每天读老师的文字，哪怕只是聊天的文字，都觉得那样感人至深。在老师的笔下，每一个文字都是灵动的，充满力量，能治愈人心的。无论什么时候，总能让心找到来时的路，在偌大的人世间、尘世间都不会迷失方向。"心永远向善""别怕，黑暗一捅就破""日子不旧，只是落满灰尘"……这样的文字，谁读谁都喜欢，谁读谁都爱不释手，谁都能心生内力，笃定前行！

老师的文字里有生活，五彩缤纷，生机勃勃；老师的文字里有希望，星星之火，可以燎原；老师的文字里有力量，哲理深厚，字字珠玑；老师的文字里行走着人生，氤氲着真善美的芳香！

笔走纸端，泼墨书香，所有金手指的兄弟姐妹们一起在文字的世界里默默用心，长情行走。我们共同分享文字发表的喜悦，一起感动成长的蜕变，一起品尝生活的酸甜苦辣；我们线上学习、线下相聚，亲如一家人。

岁月因志同道合双向奔赴而更加美好，金手指更因成玉老师和师母李老师的善解人意和不抛弃不放弃而更加具有凝聚力。

2019年4月16日，我经历了平生最难忘的一次"被家访"，远在三千多公里之外的成玉老师和小双老师来温州家访了。只有我知道，因为忙碌的原因，也因为自己的懒惰，我在渐渐偏离金手指学习的轨道，成玉老师和小双老师发现了"学困生的我"，于是就有了这次特殊的"家访"。我和我家先生真的感动至极，成玉老师就是这样，从不放弃任何一位学生。只因时间仓促，没有带两位老师把温州的山水看尽，匆匆的雁荡山之游，给予我的却是对成玉老师真正的理解。

畅游于山水间，心却在成玉老师的生活经历中起起伏伏，那些发生在他身上的故事，无论基调是什么，他始终都是微笑着平缓地说出，所有的过往都被老师一一悦纳，经过妙笔生花，都化成了美好生活的文字。

他的善良、大度、宽容，最主要的是他对生活和文学的无比热爱，让我们心生敬佩。胡适老师的"人生的意义不在于何以有生，而在于自己怎么生活。你活一日便有一日的意义，做一事便添一事的意义"等文字，对成玉老师是最好的评价。

我说我事情多、没有时间坚持创作，等等，后来得知老师比我更忙，还坚持每天四点起来写文章的时候，我自愧不如，老师的耐心和恒心真的非常人能企及。

"不放弃，不抛弃"，这是老师给予我的最长情的感动。

真正将金手指镌刻入心，是去年暑假我们两家的再次相聚。

成玉老师和小双老师在得知我们要回老家的那一刻起，就一直在筹备我们的相聚事宜。时刻播报天气情况，叮嘱随身携带什么衣服，一路上吃的，住宿安排，等等，老师们都是非常详细地安排。

"亲人相逢，千杯不醉。"老师们带我们品尝家乡的美食，分享家乡点点滴滴的变化，还有聊不尽的家常话……那一杯杯酒，那一句句暖心的问候，那一个个深情的拥抱，和金手指兄弟姐妹们线上共享团聚幸福的个个瞬间，那照片定格全家福的瞬间……所有的人间美好呀，在我们每个人的心里温暖而明媚着。

喜欢李老师的贤淑、善解人意、才华横溢；喜欢班长的细心、耐心、爱心、无私奉献之心；喜欢大家的相互鼓励、相互支持；喜欢每月开展丰富多彩的读书、观影、创作、交流谈心的活动，线上交流分享，线下沟通提议；感动于陶陶姐的才气和坚强，感动于常院长的善良和坚守，感动于每个人的执着追求……只恨自己文笔拙劣，水平有限，苍白的语言写不尽心中的喜欢、感谢、感动、感恩！千言万语也抵不过一句话："有这个大家庭真好！"

捡拾岁月的烟火，轻扣未来，我们轻盈蹁跹在追随墨香的旅途上。

金手指，是每颗爱文字之心的沃土，是我们共同的精神家园。我们一直在路上，一直在一起！

生命是一程又一程的护送

那天，下着雨。

老家来电话，九十高龄的外婆病重，盼望爸爸妈妈回家，爸爸妈妈一脸的凝重，我知道他们的担忧，我们工作起来是无暇、也不能照顾好皮皮的，于是一致决定，皮皮跟爸爸妈妈先回老家。

火车缓缓启动，缓缓驶离，直至贴在玻璃窗上被挤平的爷孙的面庞掠过，消失在前方，瞬间，人生走过，然后泪过，然后泪干，那如雨般落满一地的牵挂和愧疚，渗入土层，风干于心。这样的离别不需要多的言语，只剩目送，目送渐行渐远的牵挂……

那段身和心分居的日子，除了妈妈和爸爸的"放心，家里一切都好，你们好好照顾自己，好好上班"，还是他们"家里一切都好"的只报喜不报忧。

我们在等，等何时回家的电话，无论如何也要送外婆最后一程的。直至丧事办好以后，爸爸说要在家料理一些后事，我们才怀着遗憾结束等待。妈妈说不要我们回家是外婆的意愿，说太远了，来回不方便，并且怕耽误工作……妈妈还说外婆是安详地走的，没有遭一点罪，是喜丧。外婆身体一向硬朗，这是我知道的。就在去世前一个春节，我们吃年夜饭的时候，她盘腿一坐，还小口嘬酒呢，饭后还"吞云吐雾"，那姿势霸气十足。妈妈三姐妹照顾的这段日子里，她酒戒了，烟还偶尔抽抽。只是后来妈妈告诉我，外婆生活不能自理，照顾起来才有点辛苦的，"不过这也是我们儿女应该做的，我们小的时候不知道她为我们吃了多少苦。"茶余饭后，母亲总是这样轻描淡写地轻松讲来。

后来的后来，我们才知道，天底下所有的爸爸妈妈都一样，都是撒谎不留一点痕迹的高手。爸爸妈妈怕我们工作分心，皮皮住院那样的大事都是皮皮出院以后，才告知我们的。他们照顾皮皮和外婆的那段日子，或许是他们身体和精神上行走最艰难的日子。

回老家不久，皮皮高烧不退，镇上的医院已经无力查出病因了，得上市里大医院。这下老两口知道了事情的严重性，怎么办？告诉我们，我们在千里之外；不告诉我们，手术又有风险，万一有闪失，又无法向我们交代，最后还是决定没有告诉我们。

"那天，雨下得很大。幸好有你们云山大哥在，他送我们去的市里。皮皮一路一言不发，直望着窗户外豆粒般的雨珠发愣。看着都心痛。多懂事的孩子！我要好好保护他，即使我只是奶奶！当时我就是这么想的！到了医院，你们云山大哥挂号、拿药、办理住院手术，都是一路跑的。让两眼一抹黑的我们，心安！淋巴发炎，每天需要用针抽掉里面的脓，也就是给伤口消炎，那是很痛的，我们的大孙子很坚强，痛的时候只是吧嗒吧嗒掉眼泪，豆粒般滚落，连医生都说这孩子真了不起！那个时候我们是最无助、最心痛的，恨不得我们替他疼……"当我们问到为什么不告诉我们的时候，情到深处，妈妈双眼噙着泪花说："你们工作多辛苦，好好工作就是，有你爸和我呢！不要紧。只是心里真的挺怕的，怕万一有闪失！"

如果不是皮皮要做一个疝气手术，或许我们永远都不能体会一份留在爸爸妈妈那里的至深伤痛。

第二年暑假，我们又到了同一家医院。"这不是去年那个坚强的小宝贝吗？"不知道怎么的，疝气手术结束以后，主治医生巡视病房的时候说这句话的情形好像还发生在昨日，是喜悦，还是愧疚，说不清道不明，分明医生转身对我说的时候，眼睛里满满的都是赞赏，言语里都是对爷爷奶奶细心照顾孙子的辛苦和肯定，如果不是隔壁那声"奶奶，救命啊！救救我！你快救救我吧！"的呼救声，我们的对话还会继续。

"隔壁的小女孩也得了和小宝贝去年一样的病，抽脓时，不能打麻药，是真的很痛的。我过去看看。"

说小女孩是被绑着抽脓的一点儿都不夸张，她奶奶、护士，按着手脚，还有一位医生按着肚子，就差没有用绳子捆绑住，另一个医生抽脓，小女孩撕心裂肺的号叫声在走廊回荡，回荡……

我的心一紧一酸，内心深处流淌出来的热泪，焦灼了脸颊，径直跑到皮皮的病床前，一把抱住皮皮，肆无忌惮地任颗颗泪落。那段我们缺席日子的点点滴滴，密密麻麻多得如上天洒泼下来的雨滴。在我脑海张牙舞爪，挤眉弄眼，充满讽刺。

"懂事、坚强的大孙子需要我们的保护，你们外婆最后的日子里我们要给她最舒适的照顾和最后的护送，挺不住也要挺着，哪边都不能有遗憾。"我们哪里会知道，生命的旅程里他们还遭受了多少的辛酸和艰辛。

突然想起了这些文字："母亲啊！你是荷叶，我是红莲，心中的雨点来了，除了你，谁是我在无遮拦天空下的荫蔽？""一生要强的爸爸，我能为你做些什么，微不足道的关心收下吧！谢谢你做的一切，双手撑起我们的家，总是竭尽所有，把最好的给我。"我们在爸爸妈妈筑起的巢中不畏风雨地成长，这是生命永恒的真谛，是人类历史长河中永不枯涸的生命源泉。

　　在我们的生命中，所有的爸爸妈妈都为孩子撑起了护送的大伞，有形的也好，无形的也罢，从心的故乡和身的新故乡出发，在一程又一程的生命护送里，必定让我们的成长世界春暖花开，阳光明媚！